Lizzie Shane

Lizzie Shane est une romancière américaine ayant grandi en Alaska avant d'étudier à Chicago et de voyager dans le monde entier. Elle est l'auteure de plusieurs comédies romantiques, dont *Douze chiens pour Noël*, son premier roman à être traduit en France, publié en 2022 aux éditions de l'Archipel.

DOUZE CHIENS POUR NOËL

LIZZIE SHANE

DOUZE CHIENS POUR NOËL

Traduit de l'anglais (États-Unis)
par Catherine Duras

l'Archipel

Titre original :
THE TWELVE DOGS OF CHRISTMAS

ISBN : 978-2-266-33668-0

Dépôt légal : octobre 2023

1

Les habitants de Pine Hollow, dans le Vermont, aimaient penser qu'ils vivaient dans une ville de conte de fées. Une ville quasi parfaite à tous points de vue. Agréable et charmante… tant que vous n'étiez pas l'un des membres du conseil municipal, dont la responsabilité était que tout *reste* parfait. Après deux longues années passées à écouter la moindre doléance, Ben West estimait qu'il avait suffisamment payé pour tous les crimes qu'il avait pu commettre au cours d'une vie antérieure.

Et Noël approchait… Noël, la pire période de l'année.

Chaque année, la ville devenait folle pour les fêtes. Et la messagerie de Ben était saturée d'appels de citoyens débordant d'idées. Davantage de lumières pour l'illumination des arbres. De nouvelles guirlandes pour la bibliothèque. Plus de rembourrage pour le costume du père Noël, puisque le joyeux drille qui remplissait ce rôle s'était mis à courir le marathon depuis l'été et avait perdu dix kilos.

Tout cela entrait dans le budget de la ville – ce qui signifiait un passage par le conseil municipal. Et Ben avait le douteux privilège d'avoir la voix décisive lors des votes.

Il avait de la chance quand il pouvait parcourir le trajet de chez lui à l'école d'Astrid, puis à son bureau sans être interpellé une demi-douzaine de fois par un chaleureux « Hé ! Ben, j'espérais bien te croiser ! » tandis que son téléphone vibrait sans arrêt.

Justement, quelques notes de la musique des *Dents de la mer* résonnaient dans sa poche, annonçant un nouvel e-mail dans sa boîte. Il l'ignora et traversa la cuisine en direction de la machine à café. Peut-être que, pour une fois, ce n'était pas une « urgence » ? Peut-être un miracle de Noël ? Quelqu'un proposerait une solution au lieu d'ajouter un nouveau problème à la liste.

La musique menaçante des *Dents de la mer* recommença au moment où il glissait un mug et pressait le bouton, afin que la machine gronde et déverse au goutte-à-goutte le liquide salvateur. Rien ne se produisit. Il se pencha pour examiner l'appareil. Il était branché, tout semblait conforme, mais quand il pressa de nouveau le bouton… rien.

La machine le narguait.

— Bonjour, oncle Ben !

Il grogna un vague « B'jour » à sa nièce.

Astrid, ignorant l'humeur massacrante due au manque de caféine, ouvrit un placard.

— Qu'est-ce que tu prends ? Cupcakes, gâteau au chocolat ou pain d'épices ?

Ben tourna la tête de façon à la voir au moment où elle attrapait des céréales. Astrid était une créature terrifiante – une personne du matin –, mais, d'habitude, elle ne lui proposait pas de douceurs au petit déjeuner.

— Rien de tout ça ? Trop tôt pour le sucré ? Et pour la vente de gâteaux ? Tu sais, la kermesse de Noël ? Tout le monde doit s'inscrire et apporter quelque chose, lui rappela Astrid en posant la boîte de céréales sur le comptoir.

— Oui… La kermesse…

Ben reporta son attention sur la machine. Elle était branchée. Il y avait de l'eau. Et s'il la débranchait et la rebranchait, comme pour rebooter un routeur ? Ça devrait fonctionner, non ?

— C'est bientôt ? demanda-t-il distraitement.

— Dimanche en huit.

Elle prit le lait et des myrtilles dans le frigo et les déposa sur le comptoir.

— On doit s'inscrire aujourd'hui et on ne peut pas faire de cookies parce que Merrit Miller a dit que, cette année, elle en préparait, et comme sa tante tient la boulangerie, les siens vont être, genre, les meilleurs de toute l'histoire, et tous ceux qui vont en faire auront l'air minables.

Elle versa des cornflakes, du lait et des myrtilles dans son bol et s'arrêta, la cuiller en l'air.

— Alors nous, on doit préparer des cupcakes ou des brownies ou du pain d'épices ou quelque chose. Et je ne sais pas quoi inscrire.

Ben ouvrit la bouche, mais aucun son n'en sortit, son cerveau décaféiné étant dépourvu d'inspiration. *Cupcakes, brownies, pain d'épices ?*

— Euh…

Deux ans plus tôt, si quelqu'un lui avait dit que la question de la préparation de gâteaux de Noël se poserait de façon plus ardue que l'énigme du Sphinx, cela l'aurait fait rire pendant huit jours. Mais beaucoup de choses avaient changé depuis deux ans. Son odieuse perfectionniste de sœur et son mari, « l'homme le plus fiable de la planète », n'étaient plus. Astrid était désormais sous sa responsabilité. Et sur Facebook, il faisait partie d'un groupe de parents de la classe d'Astrid qui semblait faire office de master class dans l'art d'humilier, de façon passive-agressive, les mamans – en l'occurrence l'oncle.

Cupcakes, brownies, pain d'épices, quel que soit le choix, il devait être prêt à le défendre, au vu des dernières études sur la nutrition des enfants, sinon il serait mis en pièces par le groupe. Étaient-ils sans gluten ? Avaient-ils été préparés sur une surface qu'aucune espèce de fruit à coque n'avait touchée depuis une décennie ? Combien de grammes de sucre ? Combien de calories ? Les œufs provenaient-ils de joyeuses poules bio, élevées en plein air, dont la qualité de vie équivalait à la sienne ? Un ancêtre de la vache qui avait produit le lait avait-il reçu des antibiotiques ?

Il se voulait un tuteur responsable. Il voulait qu'Astrid soit heureuse et en bonne santé, ce qui signifiait se soucier de toutes les choses dont il fallait se soucier. Mais, parfois, il lui semblait qu'il n'y arriverait jamais, à la différence de ces gens-oh-si-serviables et toujours prêts à lui dire qu'il faisait quelque chose de travers – parce qu'il faisait *toujours* quelque chose de travers.

Brownies, cupcakes ou pain d'épices ?

Il avait besoin d'un café pour prendre sa décision.

Mais pourquoi aussi organisaient-ils sans arrêt des ventes de gâteaux, si la moitié des parents pensaient que la farine et le sucre étaient des poisons ? Parfois, il avait envie d'arborer un tee-shirt avec l'inscription « J'AI SURVÉCU AU SIROP DE MAÏS RICHE EN FRUCTOSE ».

— On n'a qu'à faire juste des brownies, déclara Astrid alors qu'il lui tournait le dos, devant sa machine à café inutile.

Elle n'avait pas l'air affectée, mais le « juste » le toucha en plein cœur.

Katie n'aurait jamais fait *juste* quelque chose. Elle était Super Maman, la Reine des ventes de gâteaux – elle avait aussi un grand sens de l'humour et ne se prenait jamais trop au sérieux. Elle était le genre de maman dont rêve chaque gamin. Elle était la maman avec laquelle Astrid aurait dû grandir, mais sa nièce était coincée ici, avec lui et ses piètres talents de pâtissier. Et il refusait de la décevoir.

— Non, on va faire quelque chose de plus sympa, insista-t-il sur un ton joyeux, comme si tout son circuit nerveux n'était pas en déliquescence. Pourquoi pas du pain d'épices ?

Il n'en avait jamais fait de sa vie.

S'il vous plaît, faites que le pain d'épices soit facile à faire.

— Vraiment ?

La note de surprise dans la voix d'Astrid l'incita à persévérer.

— Oui. Ça ne doit pas être si compliqué.

Sa nièce grimaça.

— On devrait peut-être faire des brownies.

— Me crois-tu incapable de faire du pain d'épices ?

— Un peu, oui.

Ben éclata de rire devant tant d'honnêteté.

— C'est réglé. Pain d'épices.

Son portable émit à nouveau la sonnerie des *Dents de la mer*, mais en apercevant l'heure sur la pendule du micro-ondes, il résista à l'envie de le sortir de sa poche.

Zut.

— Tu es bientôt prête ? On va être en retard.

Encore une fois.

Astrid était habillée pour l'école. Lui, il allait devoir se dépêcher de trouver une chemise encore à peu près propre s'il voulait la déposer à l'heure. La machine à laver étant en panne depuis deux semaines, le choix était réduit. Avec la fête de Thanksgiving qui bouleversait les plannings, le réparateur avait proposé de venir pile le jour de la réunion parents-enseignants, alors, en attendant une nouvelle date, ils devaient se contenter de laver leur linge à la main.

Encore un sujet qu'il ne dominait pas. Et maintenant venait s'y ajouter la machine à café.

Comme ce devait être intéressant d'avoir assez d'heures dans la journée pour tout faire. Il se souvenait vaguement d'avoir connu ça, mais ce souvenir était lointain.

Astrid glissa de son tabouret et mit son bol dans l'évier.

— Les brownies sont sympas aussi…

— Aie un peu confiance en tes aînés.

— J'ai confiance, c'est juste que je me rappelle l'an dernier…

Ben ouvrait déjà la bouche pour balayer son inquiétude, – partiellement – justifiée, mais son portable sonna, coupant net son élan. Les mots « Boss Lady » apparurent sur l'écran. Sauvé par le gong.

— Bonjour, Delia. Je ne peux pas parler longtemps. Je dois accompagner Astrid à l'école.

— As-tu reçu mes e-mails ?

La voix de la mairesse résonna dans son oreille. Delia Winter ne connaissait qu'un volume : mégaphone. Et un seul mode : impatience. Sa question expliquait les sonneries des *Dents de la mer*. Elle avait dû envoyer un e-mail toutes les cinq secondes – elle ne pouvait jamais attendre de recevoir la réponse. Mais elle adorait la ville et personne n'en avait fait plus qu'elle pour Pine Hollow. Delia poursuivit avant qu'il n'ait eu le temps de répondre :

— Je pense que j'ai la solution, pour le déficit du budget.

— Super.

— C'est le refuge pour chiens ! tonna-t-elle.

Ben tressaillit, mais, heureusement, Astrid ne semblait pas avoir entendu. Elle était en train d'empaqueter son déjeuner. Cela faisait des mois qu'elle le tannait pour avoir un chien. Depuis son dixième anniversaire. Et il éludait à chaque fois. Ils en étaient au point où la seule mention du mot « C-H-I-E-N » déclenchait une dispute qui n'en finissait pas.

— Delia, juste une seconde.

Il articula silencieusement « cinq minutes » à l'adresse d'Astrid et sortit en courant de la cuisine, se cognant l'orteil sur le rebord de la deuxième marche, qui était mal fixée, jurant intérieurement à ce rappel d'une autre réparation nécessaire dans cette vieille maison grinçante.

Delia attendit la seconde réglementaire avant de poursuivre :

— Le financement du refuge pour chiens a toujours fait partie du budget discrétionnaire du maire. Il suffit de le réattribuer. Je ne sais pas pourquoi je n'y ai pas pensé plus tôt.

— Est-ce que cela ne va pas nuire au refuge ? demanda-t-il, doucement, pour qu'Astrid n'entende pas.

Il n'était jamais allé au refuge mais avait la vague image d'un vieux couple sur un terrain en bordure de la ville.

— Nous les financerons jusqu'à la fin de l'année, pour leur donner le temps de placer les chiens. Rita et Hal se font vieux, et leur petite-fille a dû venir les aider, mais je suis sûre qu'elle aimerait retrouver sa vie d'avant. Et, à ce que l'on dit, Rita et Hal souhaitent vivre aux Domaines. Or, jusqu'à présent, ils ne le pouvaient pas, à cause des chiens. Tout le monde y gagne.

Ben trouva, à l'odeur, une chemise mettable et l'enfila. Il devait y avoir un hic dans cette solution parfaite, mais il n'arrivait pas à deviner où.

— Nous devons trouver l'argent nécessaire pour réparer le toit de la salle des fêtes et c'est ce qui impacterait le moins la ville dans son ensemble. On ne peut pas faire de coupes dans le budget de l'école ou dans celui des pompiers. Et la dernière fois, quand nous avons voulu réduire le budget pour l'éclairage du sapin de Noël, j'ai cru qu'on allait déclencher une émeute. C'est la meilleure solution.

— D'accord…

Aujourd'hui, ses chaussettes ne seraient pas assorties, mais qui prête attention à ce genre de détail ?

— Alors, je compte sur ta voix ? On peut voter le budget cet après-midi, informer le refuge et fermer pour les fêtes, si tu es pour.

Il ne savait pas dans quoi il s'engageait le jour où il avait accepté de remplacer son beau-frère au conseil municipal pour le restant de son mandat de quatre ans. Il avait juste pensé que les responsabilités de Paul et de Katie étaient dorénavant les siennes, et que ce serait bon pour Astrid s'il les endossait. Mais deux ans de discussions sur le budget et l'urbanisme lui avaient prouvé son erreur. « Fermer pour les fêtes » était la phrase la plus séduisante qu'il eût entendue depuis longtemps.

— D'accord.

Il glissa les pieds dans ses chaussures et attrapa son ordinateur portable.

— Ça me paraît raisonnable.

Il dévala l'escalier en évitant, cette fois, la marche mal fixée.

— Delia, je dois y aller.

— À plus tard. Merci, Ben !

Astrid attendait au pied de l'escalier, emmitouflée dans son gros anorak, son sac sur le dos – ce qui le fit se sentir encore plus mal dans son rôle de figure parentale.

— Tu es prête ? lui demanda-t-il, alors qu'elle l'était, visiblement.

Il attrapa son manteau accroché près de la porte, vérifia l'heure sur la pendule comtoise de l'entrée. En se dépêchant, ils y arriveraient – et il pourrait boire un café à La Tasse avant d'aller au bureau. Il ouvrit la porte et laissa passer Astrid, avec le sentiment d'avoir évité une balle – ou tout un peloton d'exécution –, le temps de se retrouver à sa hauteur sur le trottoir. Elle leva innocemment la tête vers lui.

— Qu'est-ce qui se passe, avec le refuge pour chiens ?

*

Le trajet jusqu'à l'école traversait le cœur de Pine Hollow, et il était généralement ponctué par la plainte familière d'Astrid : il n'y avait aucune raison que les élèves de sixième puissent aller tout seuls à l'école tandis que ceux de CM2, alors qu'ils étaient à peine moins âgés, devaient être accompagnés comme des bébés. Elle avait de l'avenir comme débatteuse – au moins selon les podcasts sur la parentalité que Ben avait écoutés récemment et qui encourageaient l'autonomie et l'indépendance –, et un bon argument, mais cela ne changeait rien au règlement de l'école.

Aujourd'hui, Ben subissait plutôt l'autre refrain favori d'Astrid : Toutes les Preuves Montrant qu'Astrid K. Williams est assez Responsable pour Avoir un Chien. Avait-elle entendu que le refuge allait fermer ?

Le mal de tête de Ben se déclencha à mi-chemin entre le Bluebell Inn et la boulangerie de Magda.

— Et si je peux *prouver* que je peux m'occuper d'un chien ? essaya Astrid pour l'amadouer, malgré les tentatives de Ben pour détourner la conversation.

Il envisagea de lui répondre qu'il accepterait un chien dressé à lui servir son café, mais il craignit qu'elle ne le prenne pour un encouragement.

— Astrid, j'apprécie ta persévérance, mais nous en avons déjà parlé. Nous n'avons pas de jardin.

Quand il avait emménagé dans la vieille maison de Paul et de Katie, après l'accident, il avait eu l'intention de suivre leur plan sur deux ans : boucler leur projet de rénovation et revendre la maison, pour en acheter une plus grande sur un grand terrain. Il n'avait pas prévu que sa fiancée le laisserait finir les travaux tout seul… Ni que remplacer Paul à la mairie et Katie à l'association des parents d'élèves occuperait chaque seconde de sa vie. Désormais, toutes les fois qu'Astrid demandait un chien, cela lui rappelait qu'elle aurait dû vivre dans une grande maison avec un jardin.

— Je le sortirai, insista-t-elle. Et je lui donnerai à manger. Tu n'auras rien à faire. S'il te plaît ! On pourra en prendre un petit. Tu ne le remarqueras même pas.

— Sauf quand il aboiera. Et quand je paierai les factures du véto.

— Je lui apprendrai à ne pas aboyer et je paierai pour les piqûres et le reste. J'ai gardé mon argent de poche.

Puisque c'était lui qui lui donnait son argent de poche, il savait exactement combien elle avait dû mettre de côté ; mais il admirait sa détermination.

— Nous ne prendrons pas de chien, répéta-t-il pour la millionième fois depuis quatre mois.

Jamais prête à renoncer, elle arbora un sourire angélique.

— M'occuper d'un chien serait bon pour mon éducation.

— Arriver à l'heure en classe sera encore meilleur pour ton éducation.

Il passa son bras autour des épaules de sa nièce, la serra contre lui, puis la poussa en direction de l'école.

— Allez. Amuse-toi bien. Apprends plein de choses.

Astrid leva les yeux au ciel, puis elle aperçut sa meilleure amie, Kimber ; elle partit en courant, son sac tressautant dans son dos.

— Astrid, ne cours pas !

Elinor, la bibliothécaire, qui surveillait l'entrée des élèves ce matin, n'avait pas eu besoin d'élever la voix pour être immédiatement obéie.

— Pardon, tante Eli.

Astrid rétrograda aussitôt à un rythme de marche rapide.

Elinor Rodriguez avait été la meilleure amie de Katie et faisait presque partie de la famille.

— Ben !

Elle fit un geste de la main pour l'arrêter avant qu'il ne puisse s'échapper en direction de La Tasse.

— Ne t'en va pas comme ça. Je dois te parler une minute.

Il résista à l'envie de faire semblant de ne pas l'avoir entendue. Elinor était sans doute la personne la plus intelligente qu'il connaisse, mais il avait toujours trouvé un peu terrifiant d'être soumis à son regard perçant, et sa façon de passer du coq à l'âne le désarçonnait. Tout l'être de Ben réclamait de la caféine, juste pour fonctionner.

En s'approchant, Elinor remonta ses lunettes sur son nez.

— Quoi de neuf ? fit-il.

— J'ai besoin de tes disponibilités pour la kermesse de Noël.

Tout en lui parlant, elle surveillait les enfants qui entraient.

— Jeremiah, lâche cette boule de neige !

— Je croyais que les CM2 tenaient les stands, maintenant qu'ils sont grands.

— En effet, mais nous devons prévoir des adultes qui surveillent afin de s'assurer qu'ils rendent correctement la monnaie et qu'ils ne mangent pas tous les gâteaux quand personne ne les regarde.

Ben faillit émettre un nouveau grognement. Il aurait dû s'en douter. Les responsabilités des enfants étaient toujours celles des parents. Encore un truc sur la pile.

— Tu dois juste bloquer une plage de trois heures afin qu'Astrid puisse participer à la kermesse…

— Trois heures ?

Plus le temps de faire le pain d'épices et de l'envelopper dans de jolis emballages. Acheter les ingrédients, emmener Astrid et la ramener… Personne ne parlait de ça quand on disait : « On va faire une kermesse pour Noël. Ce sera amusant ! »

— Je peux te remplacer comme chaperon, si tu veux, proposa Elinor, mais Ben secoua la tête dans un geste de refus automatique.

— Non, ça va.

Il ne laisserait personne dire qu'il esquivait ses responsabilités.

— Où est-ce que je m'inscris ?

Elinor sortit une tablette d'une large poche de son manteau et la lui tendit.

— Choisis l'une des cases vides.

Ben parcourut les disponibilités, essayant de trouver ce qui pourrait marcher, un dimanche de décembre. La ville devenait folle pour les fêtes et il y avait toujours un million de choses à faire – et il se sentait obligé de tout faire pour Astrid.

Il avait réussi à accrocher les décorations lors du week-end de Thanksgiving – parce que Katie décorait *toujours* la maison à l'avance, et il ne voulait pas décevoir Astrid –, cependant il avait encore les achats de Noël à effectuer. Et les paquets cadeaux. Et remplir les chaussettes de Noël. Plus le pain d'épices, la machine à laver, la cafetière électrique, et il lui faudrait aussi préparer la chambre d'amis avant l'arrivée de ses parents pour Noël, dans trois semaines – ils ne manqueraient d'ailleurs pas de remarquer qu'il n'avait pas fini les réparations en cours dans la maison.

Il avait besoin d'un clone !

— Pure curiosité : essaies-tu d'effrayer les enfants ?

— Quoi ?

Il leva les yeux de la tablette, comprenant avec un temps de retard qu'il lançait un regard noir quand Elinor imita son expression.

— Sympa.

— C'est mon rôle en tant qu'amie de te prévenir. On te fait une réputation, en ville.

Elle plissa le nez et ses lunettes glissèrent.

— Le nom d'« Ebenezer » a été prononcé.

— Je ne suis pas un Scrooge[1], rétorqua-t-il sur un ton un peu plus défensif qu'il ne l'aurait souhaité. Je suis juste *stressé*. J'ai beaucoup à faire.

Et pas de café.

— Le stress est mauvais pour le cerveau, commenta Elinor sur le ton de la conversation. J'ai lu une étude qui montre qu'il te met en mode réactif et te coupe de la

1. Ebenezer Scrooge est un personnage d'*Un conte de Noël*, de Charles Dickens.

partie créative du cerveau, celle qui résout les problèmes. Savais-tu qu'un excès d'hormones du stress dans ton cerveau peut en modifier la composition chimique et entraîner une dépression ? C'est fascinant, non ?

Super. Maintenant, il devait s'attendre à ça.

— Oui, c'est fascinant. Et ça m'aide beaucoup. Merci.

Elinor haussa les épaules.

— Tu dois trouver un moyen de déstresser.

— J'y penserai. Après Noël.

Il tapa son nom au hasard dans un espace libre et lui rendit la tablette. Il devait juste faire en sorte d'y arriver. Comme d'habitude.

La cloche avait déjà sonné et tous les enfants étaient entrés en classe.

— Kaye Berry t'a toujours trouvé sexy et elle est divorcée depuis peu…

— Non, intervint-il avant qu'elle ne se fasse des idées. Je ne vais pas sortir avec l'une des mamans de la classe d'Astrid. Je ne sais déjà pas où donner de la tête, alors ce n'est pas le moment de commencer une relation avec qui que ce soit.

Astrid était sa priorité, et tant qu'il n'aurait pas réussi à lui donner la vie qu'elle méritait – avec un grand jardin et un chien –, il ne pouvait penser à rien d'autre. Il le devait à Katie et à Paul. Maintenant, il fallait juste trouver comment s'en sortir.

2

— Allez, Partridge ! Regarde par ici. Allez, mon bébé !

Ally Gilmore, photographe de mode professionnelle, s'accroupit devant le bouledogue le plus baveux du monde, tenant son appareil d'une main et un jouet couineur de l'autre.

Elle avait toujours été prête à se contorsionner dans la meilleure position pour obtenir une bonne photo mais, jusqu'ici, ses modèles avaient plutôt été du genre moue boudeuse et corps anguleux que grands yeux attendrissants et poil lustré. Enfin, le concept était le même. Mettre le produit en valeur pour le vendre. Trouver le meilleur angle pour le rendre attirant. Et, dans le cas présent, le produit était ce bouledogue baveux – le plus ancien résident du Refuge pour nos Amis à quatre pattes.

Ce chien errant était arrivé au refuge trois ans plus tôt et le pauvre Partridge n'avait toujours pas trouvé un foyer, malgré tous les efforts des grands-parents d'Ally pour vanter son charme unique.

Certes, il arborait un net prognathisme, ses yeux étaient de tailles différentes, et il bavait quand il était excité… ou quand il avait faim… ou en dormant…

en fait, un peu tout le temps, mais il avait droit à autant d'amour que tous les autres résidents du refuge. Et Ally était bien décidée à prendre la meilleure photo pour le site web, afin que quelqu'un en tombe amoureux.

À condition qu'il cesse de lécher l'appareil photo.

— Allez, chéri. Aide-moi. Tu me remercieras plus tard.

Colby le saint-bernard, le chien le plus paresseux de la planète, qui dormirait vingt-quatre heures sur vingt-quatre si cela ne l'empêchait pas de manger, leva soudain la tête et regarda vers l'entrée du chenil une fraction de seconde avant que des aboiements ne se propagent à travers le bâtiment, résonnant sous la voûte du plafond.

— Gram ?

Ally haussa le ton pour se faire entendre.

Il était encore tôt, bien trop tôt pour des amateurs d'animaux de compagnie. Elle n'en avait d'ailleurs pas vu beaucoup depuis qu'elle était arrivée, trois semaines auparavant. Ses grands-parents disaient que c'était la saison, tout le monde s'affairant à préparer Thanksgiving, mais Ally avait l'impression que ce site web vieillot y était peut-être aussi pour quelque chose. C'était la raison pour laquelle elle était sortie du lit alors qu'il faisait encore nuit, ce 1er décembre, déterminée à y remédier.

— Ally, ma fille ! chantonna Gram par-dessus les aboiements.

— Je suis là, répondit Ally, évitant de justesse un nouveau coup de langue de Partridge sur l'appareil.

— Qu'est-ce que tu fais ?

Gram apparut au coin du couloir venant de l'entrée. Elle portait une boîte qui semblait bien trop lourde pour quelqu'un qui s'était déchiré un ligament de l'épaule deux mois plus tôt.

— Je prends des photos, pour le site web.

Ally sortit précipitamment de la cage de Partridge et posa son appareil photo pour saisir la boîte géante de biscuits pour chiens que portait sa grand-mère.

— Qu'est-ce que tu fais ? Où est ton attelle ?

— Oh, je n'en ai pas besoin. C'était juste pour les deux premières semaines.

Elle se pencha pour caresser les oreilles de Colby en guise de salutation, avant de se diriger vers Partridge.

Rita Gilmore mesurait à peine un mètre cinquante-deux – c'est-à-dire cinq centimètres de moins qu'Ally. Ses boucles blanches exubérantes étaient coincées sous un bonnet de tricot rouge vif, mais il se dégageait toujours d'elle une impression de liberté – comme si elle était née sauvage et ne serait jamais domptée. Ce qui était bien, tant qu'elle ne risquait pas une blessure à cause de son entêtement.

— Les médecins ont dit que le risque de récidive…

Sa grand-mère balaya la phrase d'un revers de main.

— Les médecins disent cela pour se protéger au cas où je me blesserais à nouveau et les poursuivrais en justice. Je vais bien. Ne t'inquiète pas.

Ally serra les dents. Depuis qu'elle était arrivée à Pine Hollow, elle entendait ce refrain : « Je vais bien. Ne t'inquiète pas. Je n'ai pas besoin d'aide. Ne dis rien, ne fais rien qui sous-entende que je suis trop vieille pour me débrouiller toute seule. »

Sauf qu'elle l'était. Gram s'était disloqué l'épaule et déchiré des ligaments en ne faisant rien de plus ardu que promener l'un des chiens du refuge. D'accord, il s'agissait de Maximus, un croisé lévrier irlandais de la taille d'un petit poney qui ne connaissait pas sa force, mais quand même. Gram ne pouvait pas continuer à prétendre qu'un couple de quatre-vingts ans avait la force physique nécessaire pour tenir seul un refuge pour chiens. Ally avait raison d'être soucieuse.

D'autant plus qu'ils lui avaient caché cette blessure pendant des semaines. Pour ne pas l'inquiéter. Pour qu'elle ne mette pas sa vie à New York entre parenthèses pour venir les aider.

Son grand-père s'était épuisé à essayer d'empêcher sa grand-mère d'enlever son attelle et de reprendre le travail à peine rentrée de l'hôpital. Quand Ally était venue passer le week-end à Pine Hollow et avait vu ça, elle avait opté pour la seule solution envisageable : elle avait tout laissé tomber et était restée sur place.

Le bail de son appartement était arrivé à terme, une séance de photos en extérieur venait d'être annulée, et cela faisait un moment qu'elle se demandait si elle allait rester à New York. La blessure de Gram était apparue comme un gigantesque signe lumineux provenant de l'Univers et pointant en direction de Pine Hollow. L'occasion parfaite de passer les fêtes avec sa seule famille, de s'imprégner de l'atmosphère de Noël trop-charmante-pour-être-vraie de cette petite ville et de réfléchir à son avenir tout en aidant au refuge.

Sauf que ses grands-parents semblaient opposés à ce qu'elle leur apporte son aide.

Gram fronça les sourcils en apercevant l'appareil photo posé sur le banc, près de l'enclos de Partridge.

— Tu n'as pas besoin de faire ça, chérie.

— Je veux vous aider.

Ally déposa le carton de biscuits à l'entrée de la réserve.

— Je sais que tu ne veux pas changer le site web parce que quelqu'un l'a fait gracieusement il y a dix ans, mais, crois-moi, c'est comme ça qu'aujourd'hui beaucoup de gens choisissent un chien. Ils veulent voir des photos et un commentaire sympa.

— Les gens ne tombent pas amoureux d'une photo. N'est-ce pas, Partridge ? Tu es d'accord ?

— Tout mon travail consiste à faire en sorte que les gens tombent amoureux des choses que je prends en photo, rétorqua Ally en saisissant son appareil. Mais même si tu as raison, et si les gens n'adoptent pas juste en voyant une photo, cette photo peut au moins les amener à franchir la porte du refuge. Ou peut-être de mignonnes vidéos. On pourrait ouvrir un compte Twitter ou Instagram. Pour faire connaître aux gens les chiens que nous avons. Il y a peut-être quelqu'un en ce moment même qui cherche un bouledogue ou un lévrier irlandais sur Petfinder. Nous devons proposer nos chiens sur le Web, ce qui signifie adapter le site web à la nouvelle décennie.

— Tout ce truc de site web est trop compliqué pour ton grand-père et moi. Je sais que tu veux nous aider, mais notre façon de faire a toujours très bien fonctionné, et tous nos bébés trouveront un foyer en temps et en heure.

— Mais si un site plus attractif peut les aider à le trouver plus rapidement, quel mal y a-t-il à cela ?

— C'est trop compliqué pour nous. Et tu devrais profiter de tes vacances.

Gram glissa son bras valide dans celui d'Ally, l'entraînant vers le devant du refuge. Colby se mit debout avec un soupir et les suivit.

— Ne voulais-tu pas aller en ville pour prendre quelques photos de la place avant que la neige ne soit toute piétinée ?

— C'est vrai, reconnut Ally, mais je peux aussi faire ça. Je suis heureuse de vous aider, pas seulement pour le site web. J'aimerais être utile.

— Et tu l'es, ma chérie, déclara Gram en lui tapotant le bras. En fait, je venais te demander si tu pouvais rester cet après-midi pour garder un œil sur le refuge.

Ally eut l'impression que sa grand-mère venait d'inventer cette demande pour l'apaiser, mais elle n'allait pas discuter, puisque cela lui offrirait l'occasion de charger des photos sur le site pendant qu'elle serait seule.

— Vous allez quelque part ?

— Ton grand-père veut participer au tournoi de poker aux Domaines. Nous ne rentrerons pas tard. Là-bas, ce sont des couche-tôt.

La résidence de services Les Domaines de Summerland, en bordure de la ville, ressemblait davantage à un country club chic qu'à une maison de retraite. En plus du terrain de golf et de la piscine, elle offrait également des services d'assistance et de soins aux résidents qui en avaient besoin – ou en auraient besoin un jour.

Sa grand-mère avait toujours clamé qu'elle ne mourrait pas dans une maison de retraite et envisageait de rester dans sa maison jusqu'au jour où on l'en sortirait les pieds devant. Mais, récemment, beaucoup de partenaires de poker du grand-père d'Ally s'y étaient installés, si bien qu'il passait presque autant de temps aux Domaines que chez lui. C'était un bel endroit – pourtant Ally était soulagée que ses grands-parents ne semblent pas vouloir s'y installer. Elle se sentait dépourvue d'attaches, et leur maison était le seul endroit où elle pouvait se sentir un peu chez elle.

Ally décrocha son manteau de la patère près de la porte et l'enfila. Elle tint la porte pour sa grand-mère et Colby et, ensemble, ils suivirent l'allée couverte de neige jusqu'à la maison.

La grande ferme blanche avait été largement décorée pour Noël, avec des guirlandes lumineuses sous le porche, d'autres sur la rampe et une couronne sur la porte. Gram insistait pour décorer également la grange. Elle s'était lancée dans les décorations de Noël dès la fin du week-end de Thanksgiving. Ally et son grand-père faisaient de leur mieux pour l'aider – et l'empêcher de trop solliciter son épaule. Gram avait toujours aimé cette période, mais elle semblait vraiment fanatique cette année. Ou, simplement, Ally le ressentait ainsi parce qu'elle vivait auprès d'elle.

Cela faisait trop longtemps qu'elle n'avait pas éprouvé ce sentiment de fête. La chaleur et le calme. Elle aimait Noël à New York, les lumières et l'excitation, mais elle appréciait toujours mieux cette période quand elle faisait le voyage jusqu'à Pine Hollow pour être avec ses grands-parents, comme quand elle était petite. À l'époque, elle trouvait cet endroit magique, et cette impression ne s'était jamais complètement effacée.

— Allez, va faire tes photos, l'encouragea Gram. Sors et profite un peu de la ville. Nous t'avons trop monopolisée jusqu'à présent.

Ally pressa le bras de sa grand-mère.

— J'aime bien ça, être monopolisée par vous.

En arrivant dans le Vermont, elle avait juste souhaité passer du temps avec ses grands-parents et s'occuper des chiens. Ces dernières années, elle avait travaillé en free-lance, se déplaçant chaque fois que son travail l'exigeait, ce qui signifiait passer beaucoup de temps toute seule. La solitude lui pesait. Elle aurait aimé partager son quotidien avec quelqu'un.

Mais Gram avait raison. Si elle voulait profiter de Noël à Pine Hollow, elle ne devait pas rester enfermée au refuge. Cela lui ferait du bien de sortir un peu en ville.

Un quart d'heure plus tard, elle descendait la longue allée, une écharpe autour du cou et son appareil photo à la main.

*

Pine Hollow était à ses yeux l'archétype de la vie provinciale. Chaque coin de rue ressemblait à une carte postale. Si elle allait dans une direction, elle découvrirait des passages couverts et la route sinueuse qui menait à une station de ski. Dans la direction opposée se trouvait le square central, avec son kiosque, tapissé de neige dans le paisible silence hivernal.

Prenant des clichés tout au long de sa promenade – l'hôtel de ville historique, une jolie auberge –, Ally se dirigea vers le square. Malgré quelques piétons, des habitants vaquant à leurs occupations, cette matinée de décembre était merveilleusement calme, et l'air froid vivifiant.

Les paroles d'un chant de Noël lui trottaient dans la tête et elle se mit à chantonner tout en marchant vers le centre de la ville. En approchant du square, elle entendit des voix criant des ordres avant même de tourner au coin de la rue et de voir l'activité qui régnait ici.

Des gens organisaient la livraison d'un sapin gigantesque qui serait au cœur d'une cérémonie lors de son illumination, la semaine suivante. Ally traversait la rue pour avoir un meilleur angle de prise de vues quand surgit un traîneau tiré par un cheval. Pouvait-on souhaiter mieux comme image classique de Noël ?

Ally sourit et recula pour prendre la photo avant que le traîneau ne s'en aille. Elle n'avait pas emporté son grand-angle, mais encore quelques pas et…

Des clochettes tintèrent au-dessus d'elle. Ally se concentra sur son viseur, tout en faisant encore plusieurs pas rapides en arrière… et elle heurta quelque chose de dur.

— Put…

Elle se retourna, gênée.

— Désolée ! Je ne…

Les mots lui manquèrent tandis qu'elle levait les yeux. Au-dessus des larges épaules, une barbe brune et broussailleuse, puis de magnifiques yeux bleu pâle. Son cœur tressaillit, les mots restèrent coincés dans sa gorge, et sa main serra instinctivement son appareil photo, jusqu'à ce qu'elle comprenne que le Grand Brun Broussailleux la regardait méchamment.

Il tenait une tasse en carton écrabouillée au bout de son bras tendu, et une large tache de café s'étalait sur sa chemise, là où son manteau était ouvert.

— Oh… fit Ally, votre chemise…

3

Ben n'avait pas de chance, aujourd'hui.

La file d'attente à La Tasse était énorme, alors il avait décidé d'acheter sa dose de caféine à la boulangerie de Magda. Son mal de tête pulsait, sa patience ne tenait plus qu'à un fil… alors, bien sûr, Gayle Danvers, la présidente du comité pour le spectacle de Noël, avait choisi l'instant précis où il posait le pied dans la boulangerie pour le coincer et lui déblatérer un laïus d'un quart d'heure sur les raisons pour lesquelles le théâtre où se déroulait le spectacle avait *absolument* besoin de nouveaux rideaux. Ne pouvait-il pas trouver l'argent pour ça dans le budget ?

Il avait répondu « non ». Parce que c'était toujours à lui de dire « non ». Quelqu'un devait être réaliste. Quelqu'un devait se soucier des coûts.

Mais Gayle n'avait pas accepté sa réponse. La ville entière avait l'air de penser que, si on le harcelait assez longtemps, il finirait par céder ; il devait donc, encore et encore, passer pour le méchant. Sa vie semblait se réduire à décevoir les gens.

Mais cela n'autorisait pas Gayle à l'accuser de gâcher Noël alors qu'il essayait juste d'acheter une tasse de café afin que sa tête n'explose pas.

Quand Magda lui avait donné son café, il avait presque couru dehors.

Alors, oui, il sortait peut-être un peu trop vite en tentant de s'échapper avant que quelqu'un d'autre ne le coince et ne lui demande de l'argent, mais cette touriste armée d'un appareil photo ne regardait pas où elle allait. Elle lui était rentrée dedans sans qu'il ait pu l'éviter.

Il n'en avait même pas bu une seule gorgée avant que le contenu de sa tasse n'éclabousse sa poitrine. Il avait pu éloigner assez le tissu de sa peau pour ne pas être brûlé au second degré, mais maintenant il sentait déjà l'air hivernal rafraîchir le tissu imbibé, et sa seule chemise mettable ne l'était plus…

Tout ça à cause d'une furie trop occupée par son objectif pour prêter attention à son environnement. Elle était minuscule, même si les boucles brunes empilées au sommet de son crâne lui ajoutaient quelques centimètres, mais elle l'avait bousculé avec la force d'un joueur de football américain. Elle tenait un gros appareil photo – la touriste typique. Du genre à considérer Pine Hollow comme le pays du père Noël. Venue là juste pour s'amuser.

— Je suis vraiment désolée, répéta la jeune femme.

Elle avait un agréable visage rond, celui d'une « gentille fille », qui affichait une expression contrite exagérée.

— Je ne regardais pas où j'allais…

— On peut le dire, grommela Ben en tirant sur le tissu de sa chemise.

— J'essayais de prendre le sapin quand le traîneau est arrivé, expliqua-t-elle en faisant un geste vers le square. Désolée. Je paierai le pressing.

Ben veillait à ne pas acheter de vêtement exigeant un nettoyage à sec, mais ces paroles lui rappelèrent que la machine à laver ne fonctionnait plus, preuve qu'il était sous le coup de la loi de Murphy.

— Non, ça va.

Mais ça n'allait pas du tout.

— Laissez-moi au moins vous offrir un autre café…

— Je n'ai pas le temps pour un autre café, rétorqua-t-il d'un ton sec, amplifié par le mal de tête qui lui cognait toujours aux tempes. Je suis déjà en retard à mon travail et, maintenant, je dois rentrer me changer parce qu'une touriste pense que ma ville est un adorable décor de Noël placé là pour la distraire. Des gens vivent ici, vous savez. Nous ne sommes pas là juste pour la photo.

Elle écarquilla les yeux.

— Je n'ai jamais dit…

— La prochaine fois, vous ferez peut-être attention, au lieu de croire que le monde entier gravite autour de vous et de votre appareil photo.

Son expression « gentille » disparut alors, et ses yeux bruns lancèrent des flammes.

— J'essayais de m'excuser. Il s'agit d'un accident. Je ne vous ai pas bousculé exprès.

— Eh bien, c'est rassurant. Si vous faisiez *exprès* de renverser du café sur les gens, on aurait un réel problème.

Il parlait comme un crétin, mais les mots jaillissaient de sa bouche, poussés par la frustration accumulée depuis le matin, sans oublier le tambour qui lui martelait la tête.

— Je suis *désolée*. C'est quoi, votre problème ? demanda-t-elle en se haussant de toute sa taille au moment où la porte de la boulangerie s'ouvrait avec un son de clochette.

Son problème, c'était la machine à laver en panne. La machine à café naze. Les projets de rénovation jamais réalisés. Les demandes incessantes provenant du conseil municipal et de l'association parents-enseignants. La culpabilité ressentie de ne pouvoir offrir à Astrid le chien et le jardin qu'elle souhaitait. Le sentiment qu'il décevait tout le monde et prenait de plus en plus de retard.

C'était tout ça, son problème.

Et maintenant, il s'en prenait à des étrangers au hasard, sur la place. *Montre l'exemple, mon ami*. Sa vieille copine Culpabilité fit son retour.

— Regardez où vous allez, dorénavant, maugréa-t-il. Ici, ce n'est pas le pays du père Noël.

Il la dépassa et croisa le regard de Gayle Danvers, plantée devant la boulangerie.

Exactement ce dont il avait besoin. Toute la ville allait être au courant. Ben s'attaquant à une touriste. Le début idéal pour les fêtes.

Le rouge lui monta au visage et il salua Mrs Danvers d'un geste de la tête en grommelant.

Il retourna à la maison de Paul et Katie pour trouver quelque chose de sec à se mettre.

*

— Ne faites pas attention à lui.

Ally, les yeux fixés sur le dos du Grand Brun Broussailleux qui s'éloignait, reporta son regard sur la femme âgée qui sortait de la boutique.

— C'est notre Scrooge local, expliqua-t-elle. Chaque ville a le sien, non ?

Ally sourit, hésitante.

— Sans doute…

Elle n'était pas tout à fait innocente, ceci dit. Elle n'avait pas fait attention, complètement absorbée par ce qu'il y avait devant son objectif, et elle l'avait bousculé en reculant. Il s'était conduit comme un crétin en refusant ses excuses et en la traitant comme si elle l'avait fait exprès, mais elle l'avait arrosé de café – même si c'était par accident.

— Non, vraiment, ne vous inquiétez pas, insista la femme en s'approchant pour lui tapoter le bras. Vous êtes la petite-fille de Rita et Hal, n'est-ce pas ? La photographe ? ajouta-t-elle en indiquant l'appareil photo.

— Euh, oui, c'est moi.

La femme sourit.

— Vous ne vous souvenez probablement pas de moi. Vous étiez haute comme ça, quand vous veniez avec vos parents.

Sa main était au niveau de sa taille.

— Gayle Danvers. J'habitais dans la même rue que vos grands-parents.

— Oui, bien sûr, Mrs Danvers ! Je suis contente de vous rencontrer.

— Je voulais vous dire que vous faites quelque chose de merveilleux. Mettre votre vie entre parenthèses pour venir aider vos grands-parents. Combien de personnes feraient ce sacrifice ?

— Oh, ce n'est pas un sacrifice…

— Bien sûr que si. C'en est un, et ne laissez personne dire le contraire, insista Mrs Danvers de façon gênante.

Vous êtes une bonne fille, Ally Gilmore. Et ne pensez plus à ce vieil Ebenezer West, ordonna-t-elle avec une dernière tape sur le bras.

Ally lui sourit à son tour, envahie par un certain malaise. Elle n'était pas venue à Pine Hollow parce qu'elle était une sainte mais parce qu'elle en avait besoin.

Dans le square, le sapin était désormais dressé, dominant le kiosque. L'idée de déambuler dans la ville en prenant des photos avait cependant perdu de son attrait. Elle prit un dernier cliché du square et du traîneau – juste pour contrarier le prétendu Scrooge –, puis elle abrita son appareil sous son manteau et reprit le chemin de la maison de ses grands-parents.

Un vent froid s'était levé et elle baissa la tête pour s'en protéger, essayant d'oublier l'incident avec Ebenezer. Elle se sentait si bien avant de le bousculer. Et, oui, elle avait peut-être une vision fantasmée de la ville – ce flou artistique qui baignait les images de Noël dans les films –, mais était-ce un crime ? Elle aurait dû faire attention, mais était-ce une raison pour qu'il se montre aussi grossier ?

En fait, elle l'avait trouvé séduisant, une fraction de seconde avant que sa personnalité ne la fasse changer d'avis. Un mètre quatre-vingts, brun, de larges épaules et des yeux bleu glacier. Avec sa barbe broussailleuse, il ressemblait davantage à un bûcheron sexy qu'à un vieil avare, mais un Scrooge restait un Scrooge, et il ne méritait pas d'occuper le moindre espace dans son cerveau.

Alors, évidemment, elle pensait encore à lui au moment où ses grands-parents partirent pour les Domaines et quand elle s'enferma dans le bureau pour travailler sur le site web. Elle essayait de se concentrer, sans pouvoir s'empêcher de revivre la scène de leur rencontre.

Colby était affalé sur l'un des vieux coussins destinés aux chiens qui encombraient le petit bureau, et il ronflait doucement. La plupart des autres chiens dormaient ; le seul bruit provenait de la vieille radio qui crachotait des chants de Noël, joués par le Trans-Siberian Orchestra. Elle n'avait aucune idée du temps qu'elle venait de passer à télécharger ses photos et à mettre les descriptions à jour. Cela pouvait faire des heures ou peut-être seulement quelques minutes, quand Colby dressa la tête, se tourna vers la porte ouverte et émit un faible « Ouaf ».

Ally leva la tête au moment où la porte du refuge s'entrouvrit, et une petite voix lança :

— Euh… Bonjour ?

Quelques aboiements lui répondirent, les chiens se réveillant pour accueillir le visiteur.

Un *client*.

Ally se ressaisit aussitôt.

— J'arrive ! cria-t-elle en se levant.

Colby se mit sur ses pattes, à contrecœur, pour l'accompagner.

— Colby, je crois qu'on en a un pour de vrai.

Elle ouvrit la porte du bureau en grand, avec un large sourire… qu'elle s'efforça de conserver en voyant qui se trouvait à l'entrée.

Deux petites filles se tenaient côte à côte, leur cartable sur le dos, et jetaient des coups d'œil timides autour d'elles. Ally n'était pas très bonne pour deviner les âges car elle n'avait pas fréquenté beaucoup d'enfants, mais, à première vue, ces deux-là devaient être en fin d'école primaire. Assez âgées pour circuler seules en ville, mais trop jeunes pour avoir atteint la période insupportable de l'adolescence.

Et certainement pas assez grandes pour adopter un chien sans l'accord de leurs parents.

4

— Bonjour !

Ally salua les deux gamines en jetant un œil vers la porte, au cas où leurs parents les suivraient, tandis que la radio jouait une version blues de « White Christmas ».

— Puis-je vous aider ?

Elles se tenaient proches l'une de l'autre, comme pour se soutenir. L'une était grande, mince, avec des boucles rousses, alors que l'autre était petite, avec des lunettes et des nattes brunes encadrant son visage.

Colby s'avança à toute vitesse – c'est-à-dire, pour lui, la moitié de celle d'une tortue –, et les gamines le fixèrent aussitôt, l'air plus ravi qu'inquiet devant le gros chien.

— Il est très gentil, les rassura Ally. Mais il n'est pas à adopter. Il s'appelle Colby.

— Bonjour, Colby, roucoulèrent-elles en chœur, tendant leurs mains gantées vers lui.

Colby les renifla vaguement, puis, ayant épuisé son potentiel de cardio pour la journée après avoir fait dix pas, soupira de façon théâtrale et s'affala par terre comme un gros saint-bernard.

— Ne soyez pas vexées par ce manque d'intérêt. Pour Colby, la seule chose qui compte après la sieste, c'est la nourriture. Est-ce que… vos parents vous accompagnent ?

Les deux fillettes échangèrent un regard. Un accord silencieux passa entre elles, et elles se redressèrent, le menton levé, comme pour se préparer à une bataille.

— Je m'appelle Astrid, déclara la plus grande des deux. Et voici Kimber.

Ally hocha la tête.

— Ally. Ravie de faire votre connaissance.

La petite avec des nattes – Kimber – prit une grande inspiration pour annoncer :

— Nous cherchons du travail.

Ally cligna, se retenant tout juste de sourire. La voix de Kimber était ferme et directe. Il s'agissait d'une affaire sérieuse. Mais elle semblait n'avoir que huit ans.

— Je crains qu'il n'existe des lois interdisant le travail des enfants.

— Pas un vrai travail, rectifia Kimber.

— Du volontariat, proposa la rouquine, Astrid, tout aussi déterminée.

Ses yeux imploraient Ally de l'écouter.

— On pourrait aider… Promener les chiens, les nourrir…

— Ou leur donner le bain ou leur enseigner des tours…

— Tout ce que vous voudriez qu'on fasse… conclut la rouquine. N'importe quoi.

Un déclic se fit et Ally se permit de sourire.

— Laissez-moi deviner… Vos parents ne vous laisseront pas avoir un chien tant que vous n'aurez pas prouvé que vous êtes assez responsables pour vous en occuper, alors vous venez ici pour le leur prouver.

Kimber fit les yeux ronds derrière ses lunettes.

— Comment avez-vous deviné ?

Ally sourit.

— Je suis passée par là. Quand j'avais votre âge, je voulais tellement avoir un chien… Je ne pensais qu'à ça.

Astrid hocha vigoureusement la tête et fit un pas en avant.

— C'est exactement ça. Nous travaillerons dur. S'il vous plaît.

Il était tentant d'acquiescer, en partie parce qu'elles lui rappelaient son enfance, et puis elle apprécierait un peu de compagnie. Mais ce n'était pas suffisant pour embaucher des gamines.

— Vos parents savent que vous êtes ici ?

— Bien sûr !

Le regard d'Astrid partit sur le côté, évitant le sien.

Donc, les parents n'ont aucune idée de l'endroit où elles sont. Super.

Qu'était-elle supposée faire dans ce cas ? Dénoncer les filles à leurs parents parce qu'elles n'avaient pas la permission d'être ici ? Y avait-il un danger quelconque à les laisser promener un chien ou deux ? Elle pourrait leur confier Fred et Ginger. Ces deux vieux teckels bâtards étaient des anges à promener en laisse et ne leur donneraient aucun mal. Si cela se passait bien, elles pourraient lancer une balle à Harry dans l'enclos, derrière – le berger australien ne manifestait aucune agressivité mais avait besoin de courir régulièrement.

Cela semblait assez inoffensif, mais si l'une d'elles s'écorchait simplement un genou et que les parents ignoraient où elles étaient…

— Je suis désolée…

Le bruit du gravier crissant sous des pneus dans l'allée déclencha une série d'aboiements.

— Nous sommes très gentilles avec les chiens, plaida Astrid auprès d'Ally, quand une voix à l'extérieur épargna à celle-ci de briser le cœur des fillettes.

« C'est nous ! »

Colby trouva l'énergie de lever la tête en entendant la voix familière et Ally se sentit soulagée. Gram saurait s'il était possible d'accepter des enfants comme volontaires.

— C'est ma grand-mère, expliqua-t-elle. Nous allons voir ce qu'elle en pense.

Ally alla la rejoindre et la vit ouvrir le hayon de la vieille Subaru, puis farfouiller à l'arrière de la voiture. Un coup de vent lui fit comprendre qu'elle n'avait pas pris son manteau en sortant. Elle serra les bras contre elle pour se tenir chaud. Astrid et Kimber se tenaient juste à côté de la porte de la grange, emmitouflées dans leur manteau, comme si elles attendaient toujours l'occasion de défendre leur cause.

Ally s'approcha de la voiture, cherchant le chauffeur des yeux.

— Où est passé Gramps ?

— Hein ? Oh, tu connais ton grand-père… Encore en train de les battre au tournoi de poker.

Ally fronça les sourcils en regardant la vieille Subaru, garée de travers dans l'allée.

— Tu es rentrée toute seule ?

— J'ai reçu un appel de Selina, à Franklin, dit sa grand-mère, comme si cela répondait à la question.

Elle prononça quelques mots d'une voix douce et Ally entendit distinctement un gémissement canin.

— Ce trésor avait besoin de nous. Elle a été abandonnée, laissée errante quand sa famille a déménagé. Tu imagines ?

— Gram ! gronda Ally, ignorant le chien. Dis-moi que tu n'as pas conduit toute seule jusqu'à Franklin et au retour ? Tu n'es pas supposée prendre le volant.

La vieille Subaru avait une boîte de vitesses manuelle, or Gram ne devait pas se servir de son bras droit.

— Tu aurais dû m'appeler, insista Ally.

Mais elle n'était pas surprise que la vieille dame ait parcouru soixante-dix kilomètres à l'instant où quelqu'un l'avait prévenue qu'un chien devait être secouru. Gram avait le cœur le plus généreux qui soit – et aussi une sacrée tendance à se lancer sans réfléchir.

— Ce n'était pas loin et je vais bien. Tu vois !

Gram bougea vigoureusement son bras, puis son regard glissa derrière Ally.

— Bonjour, Astrid. Bonjour, Kimber.

Elles se connaissaient. Évidemment ! Tout le monde se connaissait, ici. C'était Ally, l'étrangère. Et la seule voix de la raison dans toute cette folie.

— Tu pourrais *perdre l'usage de ton bras* si tu te blesses de nouveau, lui rappela Ally, mais ses paroles ne firent pas dévier sa grand-mère, dont le regard était toujours fixé sur la caisse de transport dans le coffre.

— Eh bien, j'ai de la chance, observa-t-elle gaiement. Et puis c'était une urgence. Regarde-moi cette tête.

Elle était adorable. Apparemment moitié épagneul, avec de longues oreilles soyeuses et de grands yeux implorants.

— J'ai pensé qu'on pourrait l'appeler Dolce. Elle est très stylée, non ?

Ally refusait de se laisser distraire.

— Gramps sait-il que tu es partie avec la voiture ?

— Tu le connais, quand il joue… Je serai de retour là-bas avant qu'il ne s'aperçoive que je suis partie.

Oh non !

— Tu ne retournes pas là-bas. Je vais aller le chercher. Et la prochaine fois, tu dois m'appeler. C'est exactement pour ça que je suis ici.

— D'accord, conclut Gram en levant les yeux au ciel. La prochaine fois, je t'appellerai. Mais n'est-elle pas adorable ?

Ally soupira.

— Tout à fait, reconnut-elle en acceptant sa défaite pour le moment, se demandant aussi ce que penserait son grand-père quand il lèverait les yeux de ses cartes pour découvrir que sa femme avait disparu. Il était le plus raisonnable des deux et le seul à obtenir que Rita Gilmore fasse ce qu'elle ne voulait pas faire.

— Il faudra que Jeb vienne la voir, pour qu'on soit sûrs qu'elle est en bonne santé, à jour dans ses vaccins et stérilisée. Ensuite, elle sera apte à trouver de bons maîtres. N'est-ce pas, ma fille ?

— On n'a pas de place pour elle.

Ces dernières semaines, ils avaient accueilli davantage de chiens qu'ils n'en plaçaient. En réalité, depuis qu'Ally était arrivée, aucun chien n'avait été adopté.

— Pour le moment, on la gardera dans le bureau, déclara Gram avec un geste désinvolte. Mais je ne crois pas qu'elle va rester longtemps. J'ai une intuition. Quelqu'un va se dépêcher de l'emmener.

Elle fit un large sourire.

— Êtes-vous venues choisir un chien, les filles ?

Elles se regardèrent.

— Pour le moment, nous voulons faire du volontariat, expliqua Astrid.

— Quelle bonne idée ! C'est très gentil ! Voulez-vous m'aider à installer Dolce dans le bureau ?

Laisser des enfants s'occuper d'un nouveau chien, dont les vaccins n'étaient pas vérifiés, ne pouvait qu'attirer des ennuis. Ally s'avança rapidement avant que sa grand-mère ne puisse saisir la caisse. Elle ne voulait pas la voir porter cette charge.

— Je m'occupe de Dolce. Tu pourrais montrer aux filles où sont les laisses pour qu'elles promènent Fred et Ginger…

— Bonne idée ! Vous allez les adorer.

Elle posa un bras sur les épaules des deux fillettes et les guida vers le chenil, laissant Ally seule avec le timide épagneul.

Il la regardait d'un air inquiet et elle se pencha pour lui sembler moins intimidante.

— Bonjour, ma jolie.

Elle tendit la main pour laisser le chien renifler ses doigts à travers les barreaux.

— Tout va bien. Tu es en sécurité, maintenant.

Dans sa poche, son portable émit une sonnerie d'alerte e-mail. Aussitôt, l'épagneul se réfugia au fond de la cage en cachant sa tête.

— Tout va bien, répéta doucement Ally.

Elle s'éloigna et sortit son portable.

— C'est peut-être quelqu'un qui souhaite adopter une gentille fille comme toi…

Elle n'avait mis en ligne le formulaire d'inscription que quelques heures plus tôt, elle était donc peu optimiste, mais on pouvait toujours espérer. C'était peut-être le début d'une longue série.

Mais quand elle ouvrit le message, ce n'était pas une inscription.

Au regret de vous informer… déficit budgétaire… suspendons le financement… 1er janvier…

Elle survolait le texte, tentant de comprendre, mais cela n'avait pas de sens. La ville ne pouvait pas suspendre le financement du refuge. Il existait depuis tant d'années. D'aussi loin qu'elle se souvienne.

— Ally ?

La voix de sa grand-mère perça le brouillard qui semblait l'envelopper depuis qu'elle regardait l'e-mail, comme si elle pouvait en changer le sens en le relisant.

— Tu vas bien ? Tu es blanche comme un linge.

Ally leva les yeux de son portable, et les mots qui sortirent de sa bouche donnèrent corps au message.

— Ils veulent fermer le refuge.

5

— Mais qui peut faire ça ? Qui coupe les vivres à un refuge la veille de Noël ?

Ally allait et venait dans le petit bureau tandis que sa grand-mère était assise par terre en tailleur, occupée à essayer d'attirer Dolce en dehors de sa cage avec un biscuit au cheddar. Elles avaient transporté le chien à l'intérieur, et le choc ressenti par Ally s'était transformé en indignation et en frustration.

— Je suis sûre que c'est une erreur, dit Gram pour la calmer, baissant la voix pour ne pas effrayer Dolce. La ville ne nous supprimerait jamais notre subvention.

— Le message dit qu'ils veulent que nous placions tous les chiens et que nous cessions toute activité au 1er janvier.

Le refuge recevait de l'argent par le biais des frais d'adoption et de dons, mais il ne survivait que grâce aux subventions municipales. Ally n'avait eu aucune idée du coût élevé du refuge jusqu'à ce qu'elle regarde les comptes. Nourriture, frais de vétérinaire, paniers pour chiens et jouets, ça allait de soi, mais elle n'avait pas pensé au propane pour chauffer la grange ni aux coûts de l'assurance responsabilité ou de l'entretien. Ses grands-parents avaient ouvert le refuge après avoir pris leur retraite, et pendant vingt ans, cela avait semblé facile – alors qu'ils n'avaient pas particulièrement le sens des affaires –, mais trois semaines après son arrivée, le château de cartes s'effondrait.

— Je suis persuadée qu'ils n'en ont pas l'intention, insistait sa grand-mère. C'est un malentendu. Qui a envoyé cet e-mail ?

Ally fit dérouler le message, qu'elle n'arrêtait pas de relire : « Cordialement, Benjamin West, mairie de Pine Hollow ».

— Benjamin West.

Sa grand-mère fronça très brièvement les sourcils.

— Heum…

— Quoi ? Qu'est-ce que ça veut dire, « heum » ? Qui c'est ?

— Il a remplacé Paul Williams au conseil municipal il y a deux ans et il…

— Ne dis rien, l'interrompit Ally. Et il est capable de vous demander de fermer juste après Noël. Je vois le genre !

— Non, bien sûr. Il peut être un peu irritable, mais certaines personnes sont plus abruptes que d'autres. Il y a eu des rumeurs sur sa fiancée, mais il est un oncle *formidable*, et je suis sûre qu'il n'a pas l'intention de nous faire mettre la clé sous la porte.

Ally n'avait pas envie d'en entendre davantage. Si sa grand-mère arrivait toujours à dire du bien de tout le monde, Ally savait lire entre les lignes. Ce conseiller municipal *irritable* était sans doute pourri jusqu'à la moelle. Chasser de pauvres chiens perdus en plein hiver !

Elle fourra son portable dans sa poche.

— Je vais là-bas.

Sa grand-mère la regarda en fronçant à nouveau les sourcils.

— Là-bas où ?

— À la mairie.

Ally décrocha son manteau de la patère et jeta son écharpe autour de son cou.

— Je ramène la voiture aux Domaines pour Gramps et, après, je vais me battre.

Ses grands-parents n'hésiteraient pas à piocher dans leurs économies pour sauver le refuge, mais ils avaient besoin de cet argent pour vivre. Et elle n'allait pas laisser un bureaucrate imbu de son pouvoir les déposséder.

— Je peux aller chercher ton grand-père...

— Gram !

— OK, OK ! Je reste ici et je surveille Dolce, et Astrid et Kimber.

Elle pencha la tête en réfléchissant.

— Quoique tu doives peut-être emmener Astrid avec toi. Ben West est son oncle et elle pourrait peut-être le persuader mieux que toi.

Ally était certaine qu'Astrid n'avait pas dit à ses parents qu'elle voulait faire du volontariat au refuge, et ce Benjamin West avait l'air d'un type tout à fait prêt à la dénoncer.

Ally secoua la tête.

— Je n'ai pas besoin d'une gamine pour me défendre. Je vais dire à ce Benjamin West ce que je pense. Ce refuge reste ouvert. Cet *irritable*...

Elle cherchait en vain un terme insultant décemment prononçable devant sa grand-mère.

— … bonhomme va se demander ce qui lui arrive.

*

— Il s'est juste *arrêté*.

Ben compta silencieusement jusqu'à dix pour rester calme tandis que Lisa Hilson gesticulait devant l'écran noir de son ordinateur. Depuis deux ans, il gérait le service informatique de la ville à lui tout seul, et il était toujours aussi sidéré par la propension qu'avaient les gens à se noyer dans un verre d'eau.

— Allez boire un café, je vais voir ce que je peux faire.

— Merci.

Elle le laissa tranquille, le temps qu'il établisse son diagnostic. Il s'accroupit afin de vérifier les câbles et les connexions. Le bureau était recouvert de décorations de Noël, et il trouva la multiprise sous un amas de guirlandes… interrupteur éteint.

Il appuya dessus, entendit le ronronnement familier de l'ordinateur se mettant en marche et se redressa pour s'asseoir dans le fauteuil de Linda, afin de s'assurer que c'était bien là le seul problème : l'installation électrique du bâtiment de la mairie était réputée capricieuse et perturbait souvent le bon fonctionnement des appareils électroniques.

Si seulement tous les problèmes pouvaient se résoudre aussi simplement qu'en appuyant sur un bouton !

En attendant, il afficha sa liste de choses à faire sur son portable, puis ajouta *recette pain d'épices* et *retrou-*

ver à quelle heure je me suis enregistré pour la foutue kermesse à cette énumération sans fin. Ainsi que *réparer machine à café*.

Deux ans plus tôt, il se serait sans doute contenté d'en commander une autre, mais, à l'époque, chaque dollar dépensé n'était pas un dollar en moins économisé pour les futures études d'Astrid. Si Katie et Paul avaient mis de l'argent de côté pour elle, les bonnes écoles étaient de plus en plus chères, et Ben ne percevait plus son salaire de la Silicon Valley. Travailler pour la ville était plus cool que les semaines de quatre-vingts heures qu'il faisait à Palo Alto – mais, à l'époque, il ne pensait pas devenir parent isolé ni conseiller municipal. *Cool* n'était plus qu'un souvenir lointain.

Il rangea son téléphone et laissa son regard errer. Des guirlandes et des lumières clignotantes étaient accrochées sur toutes les surfaces, une boule de gui était même suspendue au-dessus de la porte – cela semblait bizarre, sur un lieu de travail, mais Ben n'allait pas suggérer de la décrocher pour, de nouveau, se faire traiter de grincheux.

Nouvel objectif: faire profil bas et éviter d'énerver qui que ce soit d'ici le jour de Noël.

Pendant que l'ordinateur se mettait en route, il fixa la boule de procès-pour-harcèlement-sexuel-en-puissance et fut donc aux premières loges pour voir apparaître la touriste du matin sous le gui: elle entrait en trombe.

Son manteau violet s'ouvrit et son écharpe blanche s'envola dans le courant d'air que provoqua la porte en claquant. Son expression s'assombrit quand elle posa les yeux sur lui.

— Vous?

Ben fronça les sourcils.

— Moi ?

— C'est vous, n'est-ce pas ?

Les mots fouettaient l'air.

— Bien sûr, c'est vous, Benjamin West. Comme la méchante sorcière de l'Ouest.

— Aucun rapport.

— J'aurais dû me douter que c'était vous, rétorqua-t-elle.

Ce qui ne l'aida pas à comprendre ce qu'elle faisait là.

— Avez-vous fait ça parce que j'ai renversé votre café ? Êtes-vous si mesquin ?

— Écoutez, je suis désolé pour ce matin. Ma machine à café était en panne et la journée avait très mal commencé. Mais je n'aurais pas dû m'en prendre à vous.

— Excuses refusées. Plein de gens commencent mal leur journée. La mienne n'a pas été rose. Et vous savez pourquoi ? Parce qu'un type m'a hurlé dessus ce matin alors que je m'excusais, et maintenant il ferme mon refuge. Qui fait cela ? Oh, bien sûr, Ebenezer West. Le Scrooge de Pine Hollow. Déterminé à ruiner le Noël de tout le monde.

Un sentiment de ras-le-bol envahit Ben.

— Pourquoi tout le monde pense que je suis contre Noël, tout à coup ?

— Si vous ne voulez pas qu'on le pense, vous ne devriez pas fermer le refuge canin trois semaines avant Noël. Ce refuge, c'est *la vie* de mes grands-parents. Ils s'en occupent depuis vingt ans, et maintenant, quoi ? Vous leur coupez les subventions parce que votre journée a *mal* commencé ?

Les pièces du puzzle se mettaient en place. Enfin presque.

— Vous êtes la petite-fille de Rita et Hal ?

— Vous attendiez quelqu'un d'autre ?

— Je m'attendais à une citadine.

Les mots avaient devancé sa pensée. Il avait entendu dire que la petite-fille de Rita et Hal travaillait dans la mode à New York. Il s'était imaginé un magnifique mannequin d'un mètre quatre-vingts, cheveux lisses et faux cils. Et hauts talons. Certainement des hauts talons. Mais cette tornade haute comme trois pommes était entrée en snow-boots, sans un soupçon de maquillage pour cacher ses taches de rousseur. Elles étaient d'ailleurs mignonnes, ces taches de son. À condition d'ignorer le regard noir au-dessus.

— Eh bien, oui, je suis citadine. Et les citadines ne se laissent emmerder par personne. Alors expliquez-moi pourquoi mon financement est arrêté sans aucun motif ni préavis, trois semaines avant Noël.

Ben haussa les sourcils en l'entendant résumer la situation. Pas étonnant qu'elle le prenne pour Scrooge.

— Depuis quand êtes-vous à Pine Hollow, miss Gilmore ?

Elle releva le menton dans une attitude de défi. Elle était adorable comme ça, en colère, mais il avait beaucoup trop l'instinct de conservation pour se risquer à le lui dire.

— Quelques semaines, mais le refuge existe depuis des lustres. Mes grands-parents sont des *piliers* de la communauté.

— Vous étiez donc là il y a quinze jours, quand nous avons eu une chute de neige ? Et vous avez appris, j'en suis sûr, que, sous le poids de cette neige lourde et humide, le toit du foyer municipal s'est effondré ? Ce bâtiment qui accueille des dizaines de manifestations diverses est aujourd'hui en danger.

— Je ne vois pas le rapport avec le refuge.

— C'est un bâtiment municipal. C'est donc à la ville de payer les réparations. Et cet argent doit venir de quelque part. Personne ne souhaitait couper vos subventions, mais c'était la seule solution. Nous ne pouvions diminuer les crédits alloués aux écoles ou aux premiers secours sans impacter toute la ville… On ne roule pas sur l'or, ici.

Ally serra les lèvres en lui jetant encore un regard noir, mais légèrement radouci.

— Vous n'auriez pas pu…

La phrase se termina dans un grognement de frustration.

— Le conseil municipal n'a pas agi pour vous embêter, ni vous ni personne d'autre. Si cela peut vous consoler, cet argent va bénéficier à toute la communauté.

— Le refuge bénéficie aussi à la ville, insista Ally, mais ses yeux trahissaient la reconnaissance de sa défaite. Que sommes-nous censés faire des chiens ?

— Leur trouver un maître. N'est-ce pas ce que vous faites ?

— Cela ne se fait pas d'un coup de baguette magique ! Il y a bien plus d'offres que de demandes, et nous n'avons pas eu une seule adoption depuis que je suis arrivée. Et maintenant, nous devons trouver un foyer pour tous les chiens en moins d'un mois ? Je dois être maudite !

Elle leva les yeux vers lui, le rose lui montant aux joues.

— Je n'arrive pas à croire que je vous ai dit ça.

— Ça va. Je ne suis pas Ebenezer Scrooge, vous savez.

Son découragement lui faisait mal au cœur, mais il rejeta son envie d'aider cette demoiselle en détresse. *Tu n'as pas le temps pour ça, idiot.*

— Je ne voulais pas vous traiter de… D'accord, je l'ai fait, mais je pensais seulement aux chiens et à mes grands-parents, et au délai de quatre semaines, et à Noël, et au nouveau chien qui vient d'arriver, pour lequel je ne sais pas quoi faire… Vous savez, cela ne m'aide pas, que vous ayez une bonne raison pour supprimer la subvention. Nous en avons besoin.

— Le budget municipal n'a aucune marge de manœuvre, malheureusement.

Et c'était son vote à lui qui avait été déterminant pour sceller le sort du refuge.

— Écoutez, la ville ne peut pas continuer à vous financer après le 1er janvier, mais elle peut peut-être vous aider à placer les chiens. Je peux faire passer le message. Je m'occupe du bulletin municipal. Et si j'entends parler de quelqu'un qui cherche un chien, je vous l'envoie.

— Bien, murmura Ally. Merci. Désolée de vous avoir appelé Scrooge.

Ben fit la grimace. À l'instant, il se sentait Scrooge.

— Joyeux Noël.

Elle sourit tristement.

— Bah ! Fumisteries…

6

Ally rentra au refuge, la tête baissée contre le vent, tentant de trouver une solution. Elle aurait dû se douter que le crétin qui avait coupé les vivres était le même barbu que ce matin. Et cela ne l'aidait pas, qu'il ait une bonne raison de le faire. Elle se sentait encore plus démunie.

Elle comprenait bien que l'argent devait venir de quelque part, mais par le passé ils en avaient trouvé, non ?

Elle ne pouvait s'empêcher de penser qu'elle en était responsable d'une façon ou d'une autre. Elle avait toujours été attentive à la signification des signes. Des messages en provenance de l'Univers. Ou peut-être voulait-elle y croire parce que cela aurait signifié que ses parents étaient là, quelque part, comme des voix silencieuses qui la guidaient.

Elle était venue à Pine Hollow parce qu'il lui semblait que l'Univers lui indiquait de quitter New York. Tout avait coïncidé : la fin de son bail, une pause dans son travail en free-lance, ses grands-parents ayant besoin d'elle.

Et maintenant, c'était comme si Pine Hollow la rejetait – et punissait ses grands-parents de l'avoir accueillie.

Une voiture s'arrêta à sa hauteur et Ally reconnut la Subaru familière. Une fraction de seconde, elle crut que sa grand-mère avait repris le volant, mais la vitre côté passager s'abaissa et son grand-père se pencha par-dessus le levier de vitesses.

— Je te dépose quelque part ?

— Hé !

La colère bourdonnait encore en elle, mais un nœud se défit quand elle s'inclina vers la portière.

Son grand-père avait une voix sèche, rocailleuse, et manifestait toujours un calme impénétrable. Dans la famille, il était la voix de la raison et de la logique – mais il était aussi capable d'agir pour provoquer sa femme et de faire un clin d'œil à Ally si elle s'énervait. Ally avait toujours pensé qu'elle lui ressemblait : organisée, pratique plutôt qu'émotive. Mais il avait suffi d'un petit obstacle sur son chemin pour qu'elle imite sa grand-mère, se précipitant à la mairie et traitant un conseiller municipal d'Ebenezer Scrooge.

Copper, le mini-chien avec une tête de vieillard desséché, qui, selon son grand-père, était le chien de Gram, mais qui n'était jamais à plus d'un mètre de Gramps, était assis sur ses genoux, les pattes avant sur la vitre côté conducteur. Quand Ally s'assit dans la voiture, agréablement chaude, et mit ses mains gelées devant les bouches de chauffage, Copper vint la renifler avant de retourner à son poste de surveillance du trafic.

— As-tu gagné ?

Son grand-père haussa nonchalamment les épaules.

— Quelques dollars. Je leur ai laissé le reste pour la prochaine fois. Ta grand-mère m'a appelé.

Quand elle lui avait ramené la voiture, elle n'avait pas voulu l'interrompre et n'était pas entrée. Elle avait aussi été impatiente d'arriver à la mairie, espérant régler le problème du financement avant que son grand-père ne l'apprenne.

— T'a-t-elle dit qu'elle avait conduit jusqu'à Franklin pour récupérer un chien ?

— Ça lui ressemble, de faire ça, répondit-il gentiment. Mais ce n'est pas pour ça qu'elle m'a appelé.

— Elle n'est pas supposée conduire.

— Heum.

C'était son grand-père tout craché. Il ne la contredisait jamais directement. Il acquiesçait à ce qu'elle disait de telle manière qu'elle se sentait idiote.

Ally s'agita, le calme du vieil homme l'agaçait, avec son silence plus efficace qu'un interrogatoire.

— Elle t'a parlé de l'e-mail. Du financement.

— Elle l'a mentionné.

Il mit son clignotant. La voiture glissait lentement le long des rues de la ville. Avec les sens uniques, les écoles, l'abondance de stop, elle serait sans doute allée plus vite à pied – surtout que son grand-père roulait toujours dix miles en dessous de la vitesse autorisée. En général, cela énervait Ally, mais ce jour-là, c'était pire. Son manque de réaction, son allure méthodique, au ralenti, lui donnait envie de le secouer et de crier : « Tu ne vois pas qu'on a un problème ? » Elle s'efforça de rester calme.

— Apparemment, ils ont besoin de cet argent pour le toit du foyer municipal.

Il hocha la tête sans quitter la route des yeux.

— J'ai entendu dire qu'il s'est effondré. Sous le poids de toute cette neige.

— Il nous reste quatre semaines pour trouver un nouveau financement ou un toit pour tous les chiens.

Son grand-père grogna mais ne répondit pas, comme à son habitude. Hal Gilmore était réputé pour toujours penser avant de parler, même quand elle aurait souhaité qu'il se dépêche de dire quelque chose.

— Ce n'est pas idéal, finit-il par admettre, mais ce financement de la ville a toujours été basé sur un accord mutuel, sans garantie.

Elle s'énerva.

— Pourquoi n'es-tu pas bouleversé ?

— Est-ce que cela faciliterait les choses ?

Peut-être pas, mais le fait que ses grands-parents ne semblent jamais s'inquiéter de rien l'incitait à s'inquiéter encore davantage.

— On pourrait chercher des subventions, suggéra-t-il. Selon mon expérience, on en obtient une sur quinze demandes remplies, ce qui n'empêche pas de les remplir. J'ai entendu parler d'un truc en ligne…

— Une cagnotte sur Internet, une œuvre de charité participative.

— Voilà.

Elle l'observait, tentant d'absorber son calme.

— Tu n'es pas du tout inquiet ?

Gramps haussa les épaules et gratta la tête de Copper.

— Ta génération est tellement pressée, réclamant une solution à peine le problème posé. C'est peut-être la métropole ou bien Internet qui vous envoie des trucs à la seconde où vous les demandez. Je ne sais pas. Mais je sais que quand tu inspires et laisses les choses se faire, parfois les problèmes se résolvent d'eux-mêmes.

Ally résista à l'envie de grincer des dents. Sa grand-mère se précipitait tête baissée sans penser aux conséquences et son grand-père attendait que l'Univers règle tout. Comment avaient-ils survécu pendant plus de quatre-vingts ans ?

— Tu ne dois pas t'inquiéter pour ça, le financement viendra ou pas et on s'en sortira. Tout ce dont tu as à te soucier, c'est de profiter d'être à la maison pour les vacances.

Sa grand-mère lui avait dit la même chose : « Profite de la maison. » Sauf que ce n'était pas sa maison. Sa maison n'était nulle part.

Ally n'avait pas grandi à Pine Hollow, mais elle n'avait plus de famille dans le New Jersey, et elle avait perdu de vue depuis longtemps ses amies d'enfance. Elle avait changé après la mort de ses parents, ce que personne n'avait compris. Là-bas, il n'y avait plus rien pour elle. Elle ne se sentait de racines nulle part, mais à Pine Hollow, elle avait l'occasion de passer du temps avec des personnes qui comptaient pour elle et de réfléchir à sa prochaine étape. Un nouveau départ.

Elle en avait assez du temporaire dans sa vie : son travail en free-lance, toujours du mal à joindre les deux bouts. Elle avait posé sa candidature pour un travail plus stable à New York, mais si ça ne marchait pas, elle ignorait où elle irait. Et oui, sans doute, elle s'était imaginé que tout s'arrangerait comme par magie, qu'elle se sentirait chez elle à Pine Hollow, à s'occuper du refuge et de ses grands-parents. Mais maintenant…

Gramps tourna dans l'allée menant au refuge et à la ferme où ses grands-parents avaient vécu pendant cinquante ans. Ils y avaient fait leur vie, créé le refuge dans une vieille grange avec le désir d'aider. C'était leur héritage et Ally ne laisserait personne le menacer.

— On obtiendra des fonds, assura-t-elle sans savoir encore d'où ils proviendraient. On y arrivera.

— Heum.

Son grand-père leva le frein à main mais n'éteignit pas le moteur, laissant l'air chaud souffler dans l'habitacle.

— Et nous trouverons des familles pour les chiens. Même si… *quand* nous aurons le financement pour rester ouverts, les chiens auront toujours besoin de familles.

— Et ils vont les avoir. Tu verras. Les chiens ont leur façon pour trouver les personnes qui leur conviennent.

Il gratta le menton de Copper.

— C'est l'amour. Tu ne peux pas forcer l'amour. Il faut attendre. C'est magnifique de voir un animal se faufiler dans le cœur de quelqu'un.

C'était bien beau, l'amour, mais Ally n'allait pas attendre que l'éclair jaillisse. Maintenant, ils avaient une date limite. Pour le financement et pour les chiens.

Quatre semaines.

Elle devait bichonner ce site web.

— As-tu quitté ton poker pour venir me chercher ?

Gramps la regarda, ses sourcils broussailleux arqués.

— J'ai pensé que tu aurais besoin d'une oreille attentive.

Ally détacha sa ceinture de sécurité et se pencha vers lui.

— Tu es le meilleur, tu sais ?

Copper, excité par le mouvement, passa entre eux et vint lécher le menton d'Ally. Gramps répondit d'un ton bourru.

— Je n'ai pas fait grand-chose.

— Tu es venu, répondit-elle d'une voix douce.

Et cela comptait beaucoup. Cela faisait trop longtemps qu'elle n'avait eu personne avec qui fêter une victoire ou parler quand cela n'allait pas.

Elle n'allait pas décevoir ses grands-parents. Elle allait placer tous les chiens et sauver le refuge. Et aucun conseiller Scrooge ne l'en empêcherait.

7

La culpabilité est un moteur puissant.

C'était la seule explication pour comprendre pourquoi Ben remontait la longue allée gravillonnée menant au Refuge pour nos Amis à quatre pattes pendant son heure de déjeuner. Il n'avait pas le temps, mais il n'arrêtait pas de penser au refuge. Et à la jeune femme qui le dirigeait.

La veille, il n'avait pas retenu son prénom. Petite-fille de Rita et Hal. Lors de leur rencontre, ils ne s'étaient pas embarrassés de civilités. Mais il ne pouvait pas oublier son abattement.

La machine à café ne fonctionnant toujours pas, il avait dû passer prendre son café à La Tasse, ce matin. Il n'était pas allé à la boulangerie, pensant mettre de côté la culpabilité qu'il ressentait, de lui avoir aboyé dessus la veille, mais c'était compter sans la rapidité avec laquelle les ragots se propageaient à Pine Hollow. Quatre personnes au moins lui avaient adressé un commentaire du genre « J'ai entendu dire que vous fermiez le refuge » ou « Est-il vrai que vous avez attaqué la petite-fille de Rita et Hal dans le square hier ? » Juste une autre épreuve sur le long chemin de sa culpabilité.

Astrid l'avait tanné durant tout le dîner pour avoir un chien. Elle avait même suggéré de faire du volontariat au refuge pour prouver qu'elle était capable et responsable – ce qui l'avait fait se sentir encore plus coupable d'avoir eu le vote décisif pour sa fermeture. Il n'avait pas osé lui annoncer que le refuge allait fermer, de peur qu'elle lui demande d'adopter tous les chiens.

Il ne pouvait pas faire ça, mais il pouvait aider à leur trouver un foyer avant la fermeture.

Ce matin, il était allé sur le site pour sélectionner des chiens pour le bulletin municipal et il y en avait plus qu'il ne fallait. La page d'accueil regorgeait de photos de chiens, tous plus mignons les uns que les autres. C'était un chantage visuel émotionnel, mais il ne pouvait les montrer tous dans son bulletin. Il devait se concentrer sur un ou deux. Alors il alla discuter avec la dame du refuge pour savoir lesquels avaient le plus besoin d'aide.

Il aurait pu envoyer un e-mail. Il aurait sans doute dû en envoyer un. Mais il se sentait redevable. Comme si la situation dans laquelle elle se retrouvait était sa faute à lui, plutôt qu'un effet collatéral de l'effondrement d'un toit.

— Bonjour ! lança-t-il, ce qui déclencha un chœur d'aboiements.

La vaste grange arborant le panneau « REFUGE POUR NOS AMIS À QUATRE PATTES » s'élevait d'un côté de l'allée, et de l'autre se dressait une maison entourée d'un porche. Ne voyant personne, il se dirigea vers la grange.

— Miss Gilmore ?

Elle ne pouvait sans doute pas l'entendre, à cause des aboiements. Il ignorait combien de chiens étaient accueillis ici, mais on aurait dit des dizaines. Son sentiment de culpabilité se réveilla quand il se rendit compte qu'il ne s'était même pas renseigné sur le rôle du refuge avant de voter. Il n'aimait pas beaucoup les chiens. Il n'avait pensé qu'à en finir avec les affaires de la ville jusqu'à la fin de l'année.

Il ouvrit la porte de la grange et une clochette tinta au-dessus de sa tête, déclenchant un nouveau concert d'aboiements et des grattements effrénés de pattes sur le vieux plancher en bois. Il laissa la porte se refermer derrière lui, une fraction de seconde avant qu'une demi-douzaine de chiens tournent le coin et se précipitent vers lui.

Il s'attendait à voir des cages. Pas des chiens en liberté, sans surveillance.

Ben se comporta virilement. Il hurla.

*

Ally sursauta en entendant un cri étranglé de l'autre côté de la porte.

Après le départ de ses grands-parents pour emmener Dolce chez le vétérinaire, elle s'était enfermée dans le bureau et avait rempli des demandes de subvention, rivée sur l'ordinateur jusqu'à ce que ses yeux picotent. Elle avait fait des recherches sur Google jusqu'à tard, la nuit précédente, pour trouver des subsides et des conseils pour maintenir le refuge à flot.

Elle avait ouvert une cagnotte en ligne, mais il existait tellement de causes importantes réclamant de l'attention qu'elle ne croyait pas vraiment que cela suffirait pour sauver le refuge. Elle s'était donc attaquée aux demandes de subvention, si absorbée par sa tâche qu'elle s'était à peine aperçue des aboiements grandissants de l'autre côté de la porte, jusqu'à ce cri. Même Colby avait redressé la tête et se mettait en mouvement pour aller voir.

— Gram ?

Ally regarda l'heure : il était encore tôt pour que ses grands-parents soient de retour avec Dolce, à moins d'avoir été téléportés depuis Burlington.

Les aboiements devenaient frénétiques, le genre d'enthousiasme déclenché par les repas ou l'arrivée d'un visiteur. Ally se précipita pour ouvrir la porte et resta bouche bée devant le spectacle qui s'offrait à elle.

Ebenezer West était debout, le dos contre la porte, et la moitié des chiens du refuge se pressaient autour de lui en aboyant.

— Qu'avez-vous fait ? s'exclama-t-elle.

Les portes des cages étaient toutes ouvertes. Ben tourna aussitôt les yeux vers elle et ce fut alors qu'elle vit la panique sur son visage.

— Retenez-les !

Les chiens accoururent vers Ally, qui s'empressa de fermer la porte du bureau avant qu'ils n'y entrent.

— Pourquoi les avez-vous fait sortir ?

— Ce n'est pas moi !

— Eh bien, quelqu'un a dû ouvrir les portes.

La partie de la grange qui abritait les enclos des chiens était en L, le reste de l'espace étant occupé par deux réserves et le minuscule bureau. Ally courut jusqu'au coin pour voir la longue rangée d'enclos, Colby sur ses talons.

Partridge apparut. Les pensionnaires dirigeaient l'asile.

Une demi-douzaine de portes supplémentaires étaient ouvertes. Jelly, un turbulent labrador mâtiné de pitbull, gambadait, tandis que Biscuit, un bâtard brun et noir, trottinait en tirant un coussin aussi gros que lui. JoJo, un épagneul nain avec plus de cran que de jugeote, aboyait devant les pattes de Maximus, qui observait cette déconcertante petite boule de poils.

Leur plus récent pensionnaire, un énergique berger australien, bizarrement appelé Harry alors que c'était une femelle, se précipita vers un dernier enclos encore fermé. Elle se dressa sur ses pattes arrière et posa les pattes avant sur le loquet. Elle appuya et, sous le regard d'Ally, le loquet se leva.

La petite Harry était à la tête d'une mutinerie.

— Sont-ils supposés faire ça ? demanda une grosse voix près d'Ally.

Ben avait l'air dépassé par les événements.

Le golden retriever récemment libéré bondit joyeusement, ravi de se joindre à la fête. Harry et Jelly le poursuivirent... passant entre les jambes de Ben. Il émit de nouveau ce cri haut perché en essayant de retrouver son équilibre et, ricochant contre la paroi d'un enclos, il tomba par terre... Ally ne put se retenir.

Elle éclata de rire.

*

Il leur fallut près d'une heure et une bonne dose de patience pour que tous les chiens rejoignent leur enclos.

Ally comprit vite qu'il fallait d'abord rentrer Harry, sinon elle continuerait à libérer ses copains, mais un berger australien qui pensait qu'une poursuite était un jeu formidable se révéla extrêmement difficile à attraper. Surtout quand son autre jeu favori fut de mener le troupeau de chiens d'un bout à l'autre du corridor.

Ben n'était visiblement pas à l'aise avec les chiens et elle s'attendait à le voir prendre la poudre d'escampette, mais, à sa grande surprise, il resta – et fit même obstacle avec son corps pour coincer Harry, tout en semblant convaincu que le gentil berger australien allait lui sauter dessus d'un instant à l'autre.

Quand Harry fut enfermée à double tour dans son enclos, il leur fut plus facile de rassembler les autres chiens – surtout une fois munis de friandises. Ally lança un sac de biscuits au foie, obligeant Ben à l'attraper par réflexe.

— Occupez-vous des petits, lui dit-elle, et elle se dirigea vers Jelly, qui s'aplatit en gardant l'arrière du corps dressé. Une fois que Biscuit, Jelly et Captain America furent rentrés dans leur enclos, Fred et Ginger regagnèrent le leur tout seuls, s'enroulant l'un contre l'autre. Ally n'eut plus qu'à fermer la porte. Elle enferma Colby dans le bureau. Il ne restait plus que le gros bêta Maximus à faire rentrer.

— Viens par ici, gros baveux, viens…

Ally se retourna et vit Ben tentant d'amadouer Partridge avec un biscuit que le bouledogue fixait avec adoration.

— Il s'appelle Partridge.

Ben la regarda par-dessus son épaule, l'air toujours traumatisé, serrant le sac de friandises dans sa main.

— Vous n'avez pas connu beaucoup de chiens, n'est-ce pas ?

— Ça se voit tant que ça ?

Elle ne put s'empêcher de sourire tandis qu'il sortait de l'enclos et qu'elle refermait la grille.

— Un peu ! Vous vous sentez bien ? Le bruit que vous avez fait juste avant que je sorte était… singulier.

Il rougit sous sa barbe.

— Vous l'avez entendu, hein ?

— Oui.

Elle était épuisée. Heureusement, après cette aventure, les chiens l'étaient aussi, tous étendus de tout leur long sur leur coussin. Ben était face à elle dans le corridor soudain silencieux et elle se demandait pourquoi il était toujours là – ou pourquoi il était là, tout simplement. Cela ne correspondait pas à l'idée qu'elle s'était faite de lui.

— Que faites-vous ici ? Ne me dites pas que vous voulez adopter.

— Non, pas du tout.

Elle haussa les sourcils.

— D'accord…

Il se tortillait presque, ce grand homme manifestement très mal à l'aise.

— Je vous ai dit que je vous aiderais.

Elle cligna des yeux.

— Je ne pensais pas que vous le feriez.

Il se redressa, bombant le torse.

— Je n'ai pas l'habitude de faire des promesses sans les tenir.

Bien. Maintenant, elle l'avait offensé.

— Écoutez, je ne voulais pas vous insulter. Nous n'avons pas démarré du bon pied. J'ai pensé que vous vouliez juste vous débarrasser de moi.

Il grimaça.

— Pouvons-nous tout reprendre au début ? Contrairement au bruit qui court, je ne suis pas le Grincheux de service.

Il lui tendit la main.

— Ben West.

— Ally Gilmore.

Elle lui serra la main, notant au passage sa taille, la façon dont elle enveloppait complètement la sienne, avant de la lâcher en rougissant.

Deux heures plus tôt, elle aurait décrété qu'il était l'ennemi, mais c'était difficile de le haïr après l'avoir vu reculer devant un épagneul papillon de quatre kilos comme si c'était un loup et néanmoins rester jusqu'à ce que tous les chiens soient rentrés dans leur enclos.

Ce n'était peut-être pas un mauvais bougre, mais elle ne voulait pas trop miser sur cette offre d'aide. Elle doutait qu'il apporte des subsides.

— Alors vous vous proposez pour du volontariat ? J'ai toujours besoin d'aide pour les promener, leur apprendre les bases ou même jouer avec eux. Nous souhaitons que la transition du refuge à une famille définitive se fasse le plus en douceur possible, ce qui demande une bonne socialisation…

— Je suis là pour le bulletin d'information.

— Ah ? D'accord.

Certainement pas aussi bon qu'un financement.

— Vous avez trop de chiens pour que je les montre tous. Cela effraierait les gens, expliqua-t-il, l'air assez effrayé lui-même. Alors j'ai pensé en choisir quelques-uns et les répartir dans des e-mails sur les deux prochaines semaines, afin que les gens puissent se focaliser sur l'un ou l'autre, plutôt que d'être submergés par l'ampleur du… problème.

Il regarda les enclos comme s'ils contenaient des dragons cracheurs de feu au lieu de clébards endormis.

— Combien y en a-t-il ?

— Une douzaine. Plus celui que mes grands-parents ont emmené chez le véto, mais tant qu'on ne sait pas si elle est en bonne santé, on ne peut pas la montrer.

Ally pencha la tête sur le côté.

— Vous vous attendiez à combien ?

— Je ne sais pas. Quatre ou cinq. C'est une petite ville. Combien peut-il y avoir de chiens errants ?

— Douze, apparemment. Treize en comptant Dolce.

— Douze…

Ben se frotta un sourcil en jetant un coup d'œil vers Partridge, qui le regardait toujours avec adoration, espérant une autre friandise.

— On pourrait appeler l'opération « Douze chiens pour Noël ».

Surprise, Ally émit un petit rire.

— C'est mignon.

Ben fronça les sourcils en regardant le bouledogue.

— Pourquoi s'appelle-t-il Partridge[1] ?

— Il est arrivé à Noël et ma grand-mère avait cette chanson dans la tête.

— Il est ici depuis un an ?

1. « Les Douze Jours de Noël » est une chanson populaire énumérant les douze cadeaux reçus les douze jours suivant Noël. Le premier est une perdrix, *partridge* en anglais, dans un poirier.

— Trois ans, en fait. Ce n'est pas inhabituel, vous savez. Certains chiens sont adoptés aussitôt, à peine arrivés, déjà repartis… mais beaucoup d'autres…

Elle secoua la tête.

— Certains chiens sont plus difficiles à caser. Trop vieux, trop excités quand ils rencontrent une nouvelle tête ou trop timides. Chaque chien a un bon côté, mais ils ne se montrent pas toujours sous leur meilleur jour dans un endroit comme celui-ci. Quelques-uns ont déjà navigué d'un refuge à un autre avant d'atterrir ici, à la recherche de la bonne personne pour les aimer. Mon grand-père pense qu'il suffit de trouver la personne adéquate, mais il est difficile de savoir ce que les gens cherchent quand vous ne les connaissez pas.

— Là, je pourrais vous aider. J'ai vécu ici presque toute ma vie. S'il y a une chose que je connais, c'est cette ville.

Ally le regarda, sceptique devant l'offre du Scrooge local.

— Vraiment ?

— Tout à fait. Je dois retourner au bureau, mais je pourrai revenir demain à l'heure du déjeuner. Vous me montrerez les chiens les plus difficiles à faire adopter et j'essaierai de dénicher la personne qui leur conviendrait. Nous pourrons même prendre de nouvelles photos pour la parution des « Douze chiens pour Noël ». Y ajouter un bonnet de père Noël ou une guirlande, ou autre chose.

— C'est la meilleure stratégie, au point où j'en suis.

Et beaucoup plus que ce qu'elle attendait de lui.

— Vous êtes sûr de vouloir faire ça ?

— Tout à fait sûr.

*

Ben retourna rapidement à la mairie, s'en voulant d'avoir proposé du temps dont il ne disposait pas. Il pensait lui parler seulement du bulletin, rien de plus, mais devant son scepticisme, il avait voulu lui prouver qu'elle se trompait. Qu'il n'était pas le Scrooge que tout le monde croyait.

Sans parler du fait qu'un peu de réussite lui ferait du bien en ce moment. Il ne pouvait peut-être pas offrir à Astrid une grande maison avec jardin, ravir tous ses concitoyens avec un budget illimité pour les événements de la ville, ni même faire réparer sa machine à laver dans un délai raisonnable, mais il pouvait trouver un foyer pour ces chiens.

Il passerait une nouvelle heure de déjeuner à aider le refuge, pas plus. Une rédemption et une victoire faciles aux yeux de ses administrés.

Il connaissait cette ville. Il connaissait ses habitants. Cela ne pouvait pas être difficile.

8

Ally repensait encore à la proposition de Ben une heure plus tard, quand ses grands-parents rentrèrent de Burlington. « Douze chiens pour Noël ». Le titre était charmant. Si charmant qu'elle aurait aimé l'avoir trouvé toute seule. Elle n'arrivait pas à se concentrer sur la demande de subvention devant elle, alors, dès qu'elle entendit le crissement des pneus sur le gravier, elle ferma l'ordinateur et vint à leur rencontre.

Gram ne portait toujours pas son attelle quand elle sortit de la voiture mais, au moins, elle n'essaya pas de soulever le panier de transport.

— Quel est le verdict ? demanda Ally à son grand-père quand il ouvrit la portière pour laisser s'échapper un Copper tout excité.

Elle ouvrit le hayon pour attraper le panier de Dolce.

— Est-elle en bonne santé ?

— En parfaite santé. Et enceinte.

— Oh ! Non.

— Ne t'inquiète pas. Les chiots partiront très vite, assura Gram.

Mais les pensées se bousculaient dans la tête d'Ally. La facture du vétérinaire. Le *temps*. Dolce ne pourrait pas être stérilisée tant que les chiots ne seraient pas sevrés, dans des *semaines*. Bien après la date limite du 1er janvier. Les chiots devraient être vaccinés, stérilisés et castrés.

— C'est prévu pour quelle date ?

— Une quinzaine de jours. Plus ou moins. Elle semble à l'aise dans le panier, alors on va l'installer dans le bureau pour qu'elle se sente en sécurité.

Quand Gram ouvrit la porte du refuge, elle fronça les sourcils, devant l'absence d'aboiements.

— Ils sont bien calmes. Tu les as drogués ?

Ally sourit.

— Ils sont fatigués. Nous avons vécu une aventure, en votre absence. Tu vois Harry ? Eh bien, elle arrive à ouvrir les portes. Elle les a tous fait sortir et courir d'un bout à l'autre du couloir.

— Non ? J'aurais aimé voir ça ! s'exclama Gram, les yeux brillants.

— Voilà pourquoi ils l'avaient surnommée « Houdini », marmonna Gramps tout en poussant Colby afin qu'Ally dépose le panier de Dolce dans le coin.

— Houdini ? interrogea Ally, surprise.

— C'était un nom étrange et elle n'y répondait pas, alors on l'a appelée Harry, le diminutif de Harriet. Mais maintenant je comprends. La reine de l'évasion. Elle est vraiment intelligente !

— Ce n'est pas toi qui as dû leur courir après pour les faire rentrer dans leur enclos.

Mais heureusement que Gram n'était pas là. Elle se serait certainement blessée de nouveau.

— J'ai eu de la chance que Ben soit présent, sinon cela m'aurait pris tout l'après-midi.

— Ben ?

— Ben West est venu. Avec des idées pour nous aider à placer les chiens. Des articles dans le bulletin de la ville.

— Tu vois ? Je savais qu'ils n'avaient pas l'intention de supprimer le financement.

— Ils ont bien supprimé notre financement, Gram. Je crois qu'il s'est senti… je ne sais pas, responsable.

Il devenait difficile de le considérer comme le méchant.

— Est-ce qu'on a des trucs de Noël qui conviendraient aux chiens ? Des bonnets de père Noël, des écharpes ou autres ? demanda Ally.

Le regard de sa grand-mère brilla d'excitation.

— Avons-nous des décorations de Noël ? Je pourrais me sentir insultée que tu poses la question !

*

Le stock de décorations de Noël était impressionnant. Ally ne trouva pas de bonnet de père Noël, mais elle mit de côté un certain nombre d'articles – même si une part d'elle-même doutait que Ben revienne le lendemain. Il n'avait aucune raison de les aider.

Elle pouvait faire ça sans lui. Elle ne saurait peut-être pas quel citoyen de la ville conviendrait à quel chien, mais elle savait prendre des photos…

Une cascade d'aboiements l'avertit de son arrivée. Ally se leva et s'avança à l'entrée du bureau quand la porte extérieure s'ouvrit.

— Salut !

Ben la salua d'un hochement de tête tout en enlevant ses gants.

— Salut.

Un instant de gêne plana entre eux.

— Avez-vous faim ? Ma grand-mère a préparé des sandwichs quand j'ai dit que vous veniez pendant votre pause déjeuner. Mes grands-parents avaient un déjeuner prévu, mais elle a voulu s'assurer que je vous reçoive bien.

— Vous n'avez pas à me nourrir. Je me suis invité tout seul…

— Pour nous aider. Ce truc des « Douze chiens » concerne le refuge. Le moins que nous puissions faire est de vous nourrir. Et le sandwich jambon-fromage de Gram est à tomber. Vraiment, vous ne devriez pas rater ça.

Un sourire égaya un côté de sa barbe.

— Dans ce cas…

Ally entra dans le bureau, où se trouvait le panier de pique-nique. Sa grand-mère avait même entouré l'anse d'un ruban rouge. Elle déballa le déjeuner.

Ben s'assit sur le canapé, et Ally, derrière le bureau. Colby vint poser sa tête sur les genoux de sa maîtresse, soupirant tragiquement quand elle ne lui donna pas aussitôt un morceau de jambon.

Ben désigna Colby d'un petit coup de menton.

— Celui-ci n'est pas enfermé ?

— C'est le mien. Colby. Il est très amical.

Elle lui caressa les oreilles.

— Il est très *gros*.

Ally sourit.

— Oui, aussi. Avez-vous vécu une mauvaise expérience avec un chien ?

— Non, j'ai juste…

Il haussa les épaules.

— … Nous n'en avons jamais eu, quand j'étais enfant. Et vous, avez-vous toujours eu un chien ?

— Non, pas quand j'étais gamine. J'en voulais tellement un… J'aime beaucoup Gramps et Gram, mais je crois que la principale raison pour laquelle je voulais venir ici, quand j'étais petite, c'était pour jouer avec les chiens. Ils en avaient deux. C'était avant qu'ils prennent leur retraite et ouvrent le refuge.

— Votre grand-mère était prof de dessin, n'est-ce pas ?

— Au lycée. Oui.

Ally prit une poire dans le panier et la lui proposa. Il refusa d'un signe de tête.

— Avez-vous suivi ce genre de cours ?

Elle s'en tenait à des banalités.

— Non, je m'intéressais davantage aux maths et aux sciences. C'est vraiment bon, ajouta-t-il en montrant son sandwich.

— N'est-ce pas ? Je n'arrive pas à lui faire dire son secret. La moutarde de Dijon, peut-être.

Super. Maintenant, elle parlait cuisine. Parce que ce n'était pas du tout bizarre.

— Ne me demandez pas. Je suis nul en cuisine.

Ally ne comprenait pas pourquoi elle se sentait aussi mal à l'aise avec lui. Peut-être parce qu'elle l'avait jugé trop impulsivement.

Dolce émit un petit « ouaf » dans son panier, et Ben sursauta, redoutant une menace.

— Il y a quelque chose là-dedans.

— C'est Dolce. La nouvelle arrivée. Elle est encore un peu nerveuse. Et le voyage à Burlington chez le véto n'a pas arrangé les choses.

— Ah, oui, c'est celle qu'on ne pouvait montrer sur le site avant de savoir si elle était en bonne santé.

Ben se pencha avec précaution pour regarder dans le panier.

— Est-ce qu'elle va bien ?

— Oui. Le panier la sécurise. Elle est en bonne santé. Pleine. Mais en très bonne santé.

Ben regarda Ally et grimaça.

— Félicitations ?

Elle s'esclaffa en entendant son ton mi-amusé, mi-peiné.

— Oui, ce n'est pas idéal.

Elle se leva et donna le reste de son sandwich à Colby.

— Prêt à rencontrer les chiens ? Ne vous inquiétez pas. Ils sont beaucoup plus faciles à manier un par un. Et ils vous aiment déjà.

Il haussa les sourcils, l'air sceptique.

— Vous croyez ?

— Absolument. Si vous leur donnez une friandise une fois, ils vous aiment pour toujours.

Elle saisit un sachet sur le bureau et le lui lança. Il l'attrapa, toujours dubitatif.

Ally le conduisit au cœur du chenil, saluant les chiens par leur nom et donnant à Ben des informations sur chacun, au fur et à mesure.

— Je suis sûre que vous vous rappelez Harry, diminutif de Harriet. Ou Houdini, paraît-il.

L'énergique berger australien courait d'un bout à l'autre de son enclos, sautant par-dessus son bol surélevé et rebondissant sur le mur, littéralement, avant de refaire un tour.

— Elle a déjà été adoptée deux fois et renvoyée dans différents refuges. Nous ne l'avons que depuis une semaine, et hier… Vous avez vu.

Ally indiqua le cadenas élaboré sur la porte.

— Cette fois, je pense qu'elle est enfermée. C'est sans doute le chien le plus intelligent ici, et elle est très douce, mais elle a besoin de quelqu'un à la hauteur du challenge. Et qui ne manque pas d'énergie.

Ally s'approcha de l'enclos suivant en évitant de regarder Ben alors que huit petites pattes trottinaient à leur rencontre.

— Fred et Ginger. Adorables et inséparables. Si on essaie de les séparer, ils arrêtent de manger. Ils sont âgés. On les a récupérés quand leur propriétaire est mort soudainement. Ginger souffre du dos, elle ne peut pas monter les marches et elle a besoin d'une rampe pour grimper sur le canapé. Fred est épileptique. Il est sous médicaments et ceux-ci coûtent cher, et avec un choix aussi large, les gens préfèrent un animal moins compliqué.

À côté, une grosse tête hirsute se pressait contre la porte.

— Maximus : moitié lévrier irlandais, moitié danois, je crois. Et à moitié dressé. Mais un grand cœur. On ne lui a pas appris les bonnes manières quand il était jeune, et il est si gros qu'il est difficile à gérer. On a essayé, mais il ne connaît pas sa force : il a besoin de quelqu'un capable de s'occuper d'un poney qui se prend pour un bichon.

Nouvelle cage, nouvelle histoire. Peanut, le chihuahua sourd. Trapper, le Jack Russell borgne. Et la pauvre Daisy, qui faisait pipi par réflexe de soumission à chaque fois qu'un étranger tentait de la toucher.

Ils avaient tous une raison d'être ici. C'était pourquoi Ally avait été si découragée à l'idée de devoir leur trouver une famille d'adoption d'ici un mois. Les refuges de la région étaient tous surpeuplés, surtout au moment des vacances, et il n'était pas question de les y transférer.

Elle s'arrêta devant le dernier enclos.

— Et le dernier, mais non le moindre : Partridge.

Le bouledogue se dandina jusqu'à la porte, haletant et traînant des filets de salive de chaque côté de la gueule.

— Quel problème a-t-il ?

— Il n'a pas de *problème*.

Ally ouvrit la porte et s'accroupit pour caresser ses replis de peau.

— Il n'a pas encore trouvé la bonne personne. N'est-ce pas, Votre Excellence baveuse ?

Partridge lui lança un regard adorateur, tout en se penchant d'un côté sous ses gratouillis.

— J'ai pensé qu'on pourrait commencer par lui, parce qu'il est totalement dans le thème des « Douze chiens pour Noël », suggéra Ben, debout à l'écart.

Ally le regarda par-dessus son épaule.

— Vous connaissez quelqu'un qui serait parfait pour lui ?

— Non, personne ne me vient à l'esprit. Mais je suis sûr que si on le met en valeur, si on dit que le refuge ferme et qu'on demande aux gens de nous aider à le faire savoir, on trouvera la bonne personne.

Il se tenait aussi loin que possible de la cagè de Partridge. C'était drôle, cet homme bourru à la barbe broussailleuse se tenant bien raide, à l'écart. Déterminé à ne pas laisser un chien entrer dans son cœur.

Partridge grogna en lui reniflant la main. Ally reporta son attention sur lui et lui caressa les oreilles.

— De quoi avez-vous besoin pour votre article ?

Ben avança d'un pas.

— Toutes les informations qui inciteront les gens à l'adopter. Et des photos dans l'esprit de Noël.

— D'accord.

Elle se mit debout et observa le chien le moins photogénique de la Terre.

— J'ai de quoi le déguiser dans le bureau. Je reviens tout de suite.

9

Ben vit Ally partir en courant et sentit une boule chaude contre sa cheville. Il sursauta en voyant Partridge affalé contre lui.

Elle l'avait laissé seul avec le chien. La cage était ouverte et il n'y avait pas de laisse en vue. Heureusement, Partridge ne semblait pas décidé à s'enfuir. Il était à moitié assis sur la chaussure de Ben et le regardait fixement, en se léchant les babines de temps en temps.

— Salut.

Ben tenta de retirer son pied mais Partridge se rapprocha, laissant une traînée baveuse sur le bas de son jean.

— Merci, dit-il sèchement.

Et Partridge grogna en le regardant, comme si c'était un jeu.

Ben regarda à l'autre bout du refuge, mais il était seul avec le chien. Sans doute pour la première fois de sa vie. En particulier avec un chien qui semblait vouloir le forcer à faire quelque chose grâce à son pouvoir psychique canin.

— Qu'est-ce que tu veux ? demanda-t-il au chien.

Partridge grogna et s'appuya un peu plus contre la jambe de Ben, en poussant un soupir, comme épuisé par sa stupidité.

— Désolé. Je ne suis pas très chien… admit-il en se penchant pour lui tapoter maladroitement la tête.

Partridge se ragaillardit aussitôt, se redressant lourdement, et Ben recula, craignant une morsure – sinon un coup de langue très mouillée –, mais il ne sentit qu'un souffle doux et chaud contre sa main. Il le gratta timidement derrière l'oreille, et le chien soupira, regardant, plein d'adoration… le sachet qu'il tenait dans l'autre main.

Les friandises. Le chien voulait que cet humain stupide lui donne un bonbon. Et Ben était là, avec le sachet à quelques centimètres de ce pauvre clébard.

— C'est ça que tu veux ?

Il y plongea la main et en retira un carré marron et sec qui dégageait une forte odeur de foie.

Partridge s'immobilisa instantanément, le regard fixé sur la gourmandise. Seule sa langue bougeait.

Ben lâcha le carré en direction du chien – il craignait pour ses doigts s'il lui tendait le bonbon. Celui-ci rebondit sur le nez du chien, qui se précipita dessus et l'avala en un clin d'œil. Puis il reprit sa position de quémandeur au pied de Ben.

— Désolé, mec, je ne sais pas si tu as le droit d'en avoir plusieurs.

Il ferma le sachet et le mit dans sa poche, mais Partridge poursuivit son opération de persuasion par l'esprit. Ben se pencha en l'observant attentivement pour être sûr de ne pas perdre un doigt et lui donna une nouvelle tape timide sur la tête. Le chien sembla apprécier, fermant à demi les yeux en grognant doucement.

Quand Ben se redressa, Partridge gémit en s'appuyant contre sa jambe – et en bavant sur sa chaussure.

— Et alors ? Que veux-tu, maintenant ?

— Vous avez des bonbons.

Ben sursauta. Concentré sur Partridge et son abondante production salivaire, il n'avait pas entendu Ally revenir. Elle arrivait les bras chargés de décorations de Noël et portait un bel appareil photo, avec le grand saint-bernard apathique à ses côtés.

— Je lui en ai déjà donné un.

— Pour lui, un n'est jamais assez. Chez lui, la nourriture passe avant tout.

Elle s'arrêta, mais l'énorme saint-bernard continua d'avancer vers lui.

— Waouh…

Ben recula en trébuchant, et Partridge, privé de son support, bascula comme au ralenti et s'affala sur le plancher abîmé.

— Ne faites pas attention à Colby. Il veut juste dire bonjour à Partridge. Allez, couché, Colby !

Elle n'eut pas à le répéter. Il avait reniflé le bouledogue, puis il tourna sur lui-même avant de se laisser tomber avec un soupir, comme s'il était exténué par la vie. Ben l'observa pour s'assurer qu'il était K-O et, quand il leva les yeux, Ally le dévisageait.

— Vous n'êtes vraiment pas à l'aise avec les chiens, n'est-ce pas ?

— Pas mal à l'aise… juste prudent.

Son sourire creusait une fossette dans sa joue gauche.

— Ne vous inquiétez pas. Partridge est facile. Il a du cœur et un bel estomac.

— Et de la bave.

— Oui, aussi, reconnut-elle en riant à moitié. Qu'en pensez-vous ? demanda-t-elle en montrant les guirlandes. Pouvons-nous lui donner un air festif ? J'ai pensé le prendre sur son coussin pour qu'il ait l'air confortable. L'éclairage sera meilleur. Ou nous pouvons l'emmener dans la maison. Le mettre devant le sapin de Noël.

— Non, ici, c'est bien.

En la débarrassant de quelques rubans, Ben remarqua de nouveau l'appareil photo. Le même que celui qu'elle avait l'autre jour, mais cette fois avec des accessoires qui semblaient très professionnels.

— C'est un bel appareil !

— Si nous faisons ça, autant le faire bien, vous ne croyez pas ?

Elle prit un biscuit dans sa poche et attira Partridge dans son enclos et sur son coussin. Il s'affala avec un soupir et elle s'accroupit pour placer un nœud géant sur la tête du chien.

— Cela me fait du bien de m'entraîner avec des modèles vivants. Jusqu'à présent, je n'ai pris que des paysages, et la photo des gens installant le sapin dans le square. Encore désolée pour ça. Je vais vous rembourser le pressing.

— Ne vous inquiétez pas pour ça. Je suis désolé, moi, d'avoir réagi de façon excessive. La faute au manque de caféine.

Il regarda autour de lui, impatient de changer de sujet.

— Vous êtes photographe ?

Elle recula pour avoir la place de lever son appareil mais resta accroupie, l'obturateur cliquetant.

— Oh ! Oui. Je travaille en free-lance pour des magazines à New York.

— J'ai entendu dire que vous étiez connue dans le domaine de la mode.

Ce commentaire lui fit quitter le viseur des yeux. Elle haussa les sourcils.

— Vous avez « entendu dire » ?

— Petite ville. Les ragots sont notre pain quotidien.

Le nœud commença à glisser sur le côté de la tête de Partridge et Ally retourna à son sujet.

— Et qu'avez-vous entendu dire sur moi ?

— Pas grand-chose. Juste que vous êtes la petite-fille de Rita et Hal, qui vient de la grande ville, avec une carrière dans la haute couture.

— Pas vraiment la haute couture. Je n'ai pas travaillé pour *Vogue*, si c'est ce à quoi vous pensez.

— Mais vous en vivez.

— Oui, je m'en sortais.

Partridge éternua et le nœud tomba sur ses pattes. Il tenta aussitôt de le manger, mais Ally le rattrapa après avoir pris une dernière photo. Elle choisit alors un long ruban de velours rouge.

— Je n'ai pas trouvé de bonnet de père Noël. Pensez-vous qu'on pourrait nouer ça autour de son collier sans que ce soit ridicule ?

— Oui, donnez-le-moi.

Il prit le ruban et s'agenouilla à côté de Partridge, qui s'anima aussitôt et renifla la poche contenant les bonbons.

— Tu en auras un si tu es gentil.

Il entoura le ruban autour du cou du chien et fit un joli nœud.

— Vous êtes doué.

— Emballer les cadeaux, c'est sans doute mon seul talent lors des fêtes de Noël.

Pendant quelques minutes, on n'entendit plus que le cliquètement de l'appareil photo.

— Ça vous manque ? New York ?

Elle resta silencieuse un instant, s'arrêtant de photographier.

— Ce qui me manque, c'est le sentiment de savoir ce que je fais, dit-elle enfin avant de se remettre au travail.

— Je comprends.

Depuis qu'il était le tuteur d'Astrid, il n'avait pas la moindre idée de ce qu'il faisait. Toutes ses certitudes étaient parties en fumée en un clin d'œil.

— Cette confiance fait toute la différence.

— Exactement. J'étais arrivée au point où je savais que j'étais bonne, vous voyez ? J'aimais bien ça. Même si c'était seulement pour le boulot.

Ben observait Partridge, qui essayait de trouver comment mâchonner le ruban sur son collier, et il acquiesçait silencieusement à ce qu'elle disait. C'était important, ce sentiment de savoir ce qu'il faisait au bureau. Quand il y avait un problème sur un ordinateur ou une base de données à débugger, il pouvait réparer. Certains jours, il semblait n'avoir de contrôle sur sa vie qu'au travail.

— Alors, que faites-vous ici ?

Une nouvelle pause de l'obturateur, mais Ally ne quitta pas le viseur des yeux.

— Mes grands-parents avaient besoin de moi. C'était un signe. L'Univers me disant de venir ici et de les aider.

— Ce n'est pas trop mon truc, écouter ce que dit l'Univers.

Elle le regarda par-dessus l'appareil photo.

— Ça ne me surprend pas, que vous ne croyiez pas aux signes. Mais vous n'avez jamais ressenti que, parfois, la vie semble vous pousser dans une direction ?

— Je suppose que si.

Il n'aurait jamais choisi la vie de père célibataire sur catalogue, mais la vie l'y avait forcé. Il ne souhaiterait pas voir Astrid vivre avec qui que ce soit d'autre et il n'échangerait sa relation avec elle pour rien au monde, mais quand Paul et Katie étaient décédés, il lui avait semblé perdre de nombreuses alternatives. Aujourd'hui, il sautait de jour en jour, tentant de gérer les choix que la vie avait faits pour lui.

Partridge avait décidé d'arrêter de jouer au mannequin. Il se leva et se dandina vers Ally, essayant de grimper sur elle. Elle lui frotta les oreilles avant de se mettre debout pour l'empêcher de baver sur son appareil photo. Elle étudia les photos sur l'écran de l'appareil, les faisant rapidement défiler avant de s'arrêter sur l'une d'elles.

Elle sourit en tournant l'appareil vers Ben.

— Qu'en pensez-vous ? On a le gros lot ?

Le nœud penchait légèrement sur le côté, faisant paraître la tête légèrement asymétrique de Partridge tout à fait adorable.

— Elle est vraiment bonne, dites donc !

Il s'aperçut que sa surprise pouvait être insultante, étant donné qu'elle était professionnelle.

— Je veux dire qu'elle le fera sûrement adopter. Il a l'air tout à fait adoptable. C'est parfait pour l'article. Dans le bulletin.

Ally sourit, heureusement amusée par sa bourde.

— D'accord. Je vous l'enverrai cet après-midi. Et je vérifierai s'il y en a d'autres aussi valables.

— Parfait. Je devrais retourner travailler.

Un coup d'œil à sa montre connectée, vieille de deux ans… et il jura dans sa barbe.

— Je dois vraiment y aller.

— Ben… j'apprécie vraiment beaucoup ce que vous faites.

Il regarda ailleurs, mal à l'aise devant sa reconnaissance.

— Ce n'est rien.

— Non, ce n'est pas rien.

Elle rassembla ses affaires et sortit de l'enclos. Ben lança à Partridge la friandise promise et emboîta le pas à Ally.

Colby ronflait doucement dans le couloir, mais il leva la tête quand Ally ferma le loquet. Cependant, il ne les suivit pas lorsqu'ils se dirigèrent vers l'entrée.

— Y a-t-il quelque chose que je puisse faire pour payer ma dette ? Avez-vous besoin de photos ?

— Vous y connaissez-vous en pain d'épices ?

Il ne savait pas pourquoi il avait dit ça. C'était sa responsabilité, de préparer du pain d'épices, et il ne se déchargeait pas de ses responsabilités sur les autres. Il gérait. Quoi qu'il en coûte.

— En fait…

Pendant une seconde, il espéra, mais elle grimaça.

— … pas du tout.

Il grimaça à son tour.

— Moi non plus.

— Mais je pense que Gram s'y connaît. Elle adore faire des gâteaux et je suis sûre qu'elle aimerait vous aider.

— Non. Non, c'est bon, je vais me débrouiller.

Google lui montrerait comment faire.

Ally ouvrit la porte de la grange, protégeant son appareil dans le creux de son bras.

— Si vous changez d'avis, la proposition tient toujours.

— Vous n'avez rien à faire. Juste à vous concentrer pour faire adopter les chiens.

Car si les chiens trouvaient preneur, il se sentirait moins coupable d'avoir mis un terme au financement.

— D'accord. Merci, Ben.

— Ally.

Il la salua d'un signe de tête. Il avait parcouru cinq cents mètres quand il s'aperçut qu'il avait toujours un sachet de bonbons au foie dans sa poche.

10

Vendredi matin, Ally entra dans le bâtiment historique de la mairie munie d'un gobelet de café comme offrande de paix, et l'estomac noué. Avec Ben, ils avaient observé une trêve inattendue, mais elle s'en voulait d'avoir hâtivement tiré des conclusions à son sujet… et de l'avoir arrosé de café. Si sa machine à café était en panne, ce cadeau permettrait de repartir de zéro et de le remercier pour son aide.

Mais au bureau derrière lequel il était assis la fois précédente se tenait une femme d'âge mûr.

— Bonjour.

Ally arbora un sourire déterminé en s'approchant du bureau.

— Je cherche Ben West…

Le visage de la femme s'éclaira, des interrogations dans le regard.

— Deuxième étage. Deuxième porte à gauche.

— Merci.

Ally gravit les marches, sentant le regard de la femme sur elle jusqu'au tournant, hors de sa vue. Le craquement des marches amplifiait son malaise et elle remettait en question la sagesse de sa démarche en arrivant au deuxième étage. La deuxième porte à gauche était entrouverte. Ally s'approcha silencieusement.

Le petit bureau était encombré – beaucoup de matériel électronique, mais aussi des papiers empilés un peu partout sur les surfaces disponibles, même sur la seule chaise libre. Ben était assis face à la porte, si focalisé sur son ordinateur qu'elle eut le temps de l'observer. Des sourcils bruns, froncés par l'effort de concentration. Il se frotta un sourcil, comme elle l'avait vu faire l'autre jour, puis il se mit à taper furieusement, ses longs doigts frappant le clavier.

Ally se racla la gorge et les mains de Ben stoppèrent à mi-course, son regard croisant le sien.

— Bonjour.

— Salut !

Trop joyeux. Beaucoup trop joyeux.

Ally mit un bémol à son ton guilleret.

— Je vous ai apporté du café. Je pense qu'on est partis du mauvais pied, et vous avez dit que votre machine à café était en panne… mais j'imagine que vous avez sans doute du café ici.

— En fait, non. Il y a eu un incident avec la plaque chauffante l'an dernier, dans la salle de pause, une installation défaillante, et depuis, chacun apporte sa boisson.

Ally leva un gobelet.

— Est-ce un « chouette du café » ? Ou l'avez-vous déjà…

— Oh, chouette du café ! répondit Ben en se redressant derrière son bureau. Désolé, je n'ai pas l'habitude qu'on m'apporte ma caféine.

Elle lui tendit le gobelet.

— Il est noir, mais j'ai des sachets de sucre et de crème. Je ne savais pas comment vous le preniez.

— Noir, c'est parfait.

— Bien.

Il prit le gobelet et elle se sentit rougir. Elle avait espéré qu'elle se sentirait moins gênée avec lui, pas le contraire.

— Je suppose que je devrais… dit-elle en indiquant la porte de la main.

— En fait, puisque vous êtes là, j'aurais besoin de votre aide. J'ai travaillé sur le bulletin d'information, sur l'article des « Douze chiens pour Noël » en particulier, et j'ai besoin d'une description de Partridge. Tout ce qui me vient jusqu'à présent, c'est « remarquablement humide » !

Ally s'esclaffa.

— Certainement pas son côté le plus séduisant.

Ben agita la main en direction de son écran.

— Vous avez deux minutes ?

— Oui, bien sûr.

Il posa son café et s'empressa de libérer la chaise en redistribuant les piles de papiers. Il passa la chaise par-dessus le bureau pour la placer à côté de la sienne en lui faisant signe de le rejoindre. Ally contourna le bureau et se percha au bord de la chaise, jetant des coups d'œil furtifs autour d'elle. Il y avait quelques photos : celle d'un vieux couple, ses parents sans doute ; une d'Astrid avec un couple souriant, les parents de la fillette probablement.

Sur l'écran d'ordinateur apparaissait le projet du bulletin avec la photo qu'elle lui avait envoyée la veille, mais le bloc de texte était vierge à part les mots « Un truc intelligent ici ».

Ally sourit en proposant :

— Quelque chose comme « Bouledogue loyal, gentil, cherche famille pour le câliner » ou faut-il qu'il y ait une référence à Noël ? Comme : « Le premier jour de Noël, les Amis à quatre pattes m'ont offert un bouledogue appelé Partridge qui ne tenait pas sur un poirier. »

Les dents de Ben étincelaient sous sa barbe.

— C'est mignon, mais votre première idée serait peut-être meilleure. Parler du plaisir de l'avoir, aider les gens à l'imaginer. Qu'est-ce qu'il aime d'autre ?

— Les bonbons. Faire la sieste. Se faire grattouiller le ventre. Partridge aime beaucoup ça.

Les doigts de Ben tapotèrent le clavier.

— C'est bien.

— Il faudrait sans doute préciser son âge. Et dire qu'il est castré, propre et à jour dans ses vaccins.

Ben secoua la tête.

— Laissons ça pour le jour où ils viendront chez vous.

— Je crois que les gens veulent savoir qu'il ne fera pas pipi partout sur les tapis.

Ben fit la grimace.

— Les joies d'avoir un animal de compagnie.

— Est-ce pour ça que vous ne voulez pas de chien ?

— Qui vous a dit que je n'en voulais pas ?

— Vous. L'autre jour. Quand je vous ai demandé si vous veniez pour adopter.

— C'est vrai. Désolé. Sujet sensible. Je n'ai pas la place pour un chien.

— Tous les chiens n'ont pas besoin d'un grand espace.

— Et tout le monde n'a pas besoin d'un chien.

Il haussa les épaules et ajouta :
— Je n'en ai jamais vu l'utilité.
— Un être qui vous aime inconditionnellement et devient euphorique chaque fois que vous passez la porte ? Ouais, c'est horrible.
— Pff ! Ils vous aiment seulement parce que vous les nourrissez. Ce n'est pas inconditionnel.
— Cela compte, c'est vrai, mais ce n'est pas la seule raison de leur amour.
Ben se laissa aller contre le dossier de sa chaise et prit son café.
— Éclairez-moi.
— Vous êtes sa personne. Les chiens sont des paquets d'amour qui cherchent à qui le donner. Pourquoi ne voudriez-vous pas de ça dans votre vie ?
— Parce qu'ils mettent du bazar, demandent qu'on s'occupe d'eux et meurent trop tôt.
— Waouh ! C'est très noir !
— Ne pensez-vous jamais que vous vous préparez à avoir du chagrin ? S'attacher à un animal qui ne va vivre qu'une ou deux décennies ?
— Savoir que cela va avoir une fin ne le rend pas moins merveilleux à vivre. Cela le rend encore plus spécial tant que ça dure.
Il la regardait d'un air sceptique.
— Laissez-moi deviner : vous êtes du genre « C'est mieux d'avoir aimé et perdu » ?
— Absolument.
Bien obligée. Elle avait perdu ceux qu'elle aimait le plus.
— Pas vous ?
— Je suis encore en train d'y réfléchir.

— Vous pourriez toujours avoir un chien. Partridge est très affectueux et il n'a que cinq ans, il a encore de belles années devant lui.

— Je suis bien comme ça. Merci.

Il se tourna vers l'écran.

— Nous devrions peut-être ajouter ça: « À encore au moins une ou deux bonnes années à vivre. »

— Avez-vous toujours été pessimiste ? Ou bien est-ce un côté qui ressort au moment de Noël ?

Ben la regarda, offensé.

— Je ne suis pas pessimiste.

— Vraiment ?

Son ton ne pouvait pas être plus sceptique.

— Je suis réaliste. Les gens ne réfléchissent pas aux conséquences de leurs choix. Rien n'est anodin.

— Mais le fait qu'il y ait des conséquences ne vous empêche pas d'agir. La vie ne se limite pas à éviter les causes et les effets. Parfois, la récompense vaut de prendre le risque. Comme avec les chiens.

— Vous les aimez vraiment, n'est-ce pas ?

— Cela vous surprend ?

— Je pensais que vous le faisiez parce que c'est le truc de vos grands-parents, mais, en fait, vous êtes vraiment dedans.

— Oui, je suppose, admit Ally en souriant timidement. Les chiens rendent les gens heureux. C'est difficile de ne pas vouloir en faire partie. Je voulais moderniser le refuge, le mettre au goût du jour, ce qui n'enthousiasmait pas trop mes grands-parents, mais c'était avant d'apprendre la date limite. Le financement.

Ben fit la grimace.

— Oui. Désolé.

— Ce n'est pas votre faute. Et cet article va peut-être nous sauver.

Il indiqua l'article d'un mouvement du menton.

— Qu'en pensez-vous ? Ça va marcher ?

Ally relut les mots sur l'écran, en souriant.

— C'est parfait.

Partridge paraissait absolument adorable. Quelqu'un allait forcément en tomber amoureux.

— Merci, Ben.

— Merci pour le café, répondit-il en levant son gobelet.

— Il y en aura encore, si cela peut nous aider à faire adopter les chiens. Quand voulez-vous recevoir les prochaines photos ? demanda-t-elle en rassemblant son sac et son café à demi bu.

— Dès que possible. Je vais envoyer un e-mail tous les deux ou trois jours jusqu'à Noël pour essayer de maintenir l'intérêt. Voulez-vous de l'aide pour les photos ?

— Euh… oui, si vous voulez. Peut-être pour les plus gros chiens.

Pourquoi avait-elle dit « oui » ? Elle n'avait pas besoin d'aide. Elle était professionnelle. Elle pouvait se débrouiller toute seule – ou demander de l'aide à son grand-père. Mais quand Ben acquiesça d'un signe de tête, elle ne revint pas en arrière.

— Je vous enverrai un SMS pour convenir de l'heure.

— D'accord.

Elle nota son numéro de portable sur un Post-it et le lui tendit.

— À bientôt.

Ally sortit de la mairie, le sourire aux lèvres. Opération « Nouveau Départ » : réussite totale.

11

Le bulletin d'information avec l'article « Douze chiens pour Noël » parut le vendredi après-midi. Pendant tout le week-end, Ally garda l'oreille aux aguets, dans l'attente du crissement de pneus sur le gravier de l'allée.

Ça allait marcher. Elle en était sûre.

Avec Ben, elle avait échangé des messages et des idées variées pour les chiens. *Je n'arrête pas de regarder ces photos*, avait écrit Ben par SMS. *Vous devriez les envoyer à la TV locale, à Burlington. Voir s'ils relaieraient l'information sur les douze chiens*.

Ally l'avait aussitôt remercié, mais pourquoi s'arrêter à Burlington ? De nombreuses émissions matinales, sur les chaînes nationales, présentaient une rubrique adoption d'animaux de compagnie. Elle avait commencé à les répertorier tout en réfléchissant à la façon de présenter les chiens.

Le lendemain matin, ses grands-parents parlaient de la parade de Noël organisée par la ville quand une idée germa dans sa tête. Elle savait qu'ils lui diraient de ne pas s'inquiéter et de profiter de ses vacances, mais Ben l'écouterait, lui.

Pensez-vous que nous pourrions présenter quelques chiens sur l'un des chars de la parade de Noël? demanda-t-elle par SMS. Elle le savait occupé et ne s'attendait pas une réponse immédiate.

Bonne idée. J'en parle aux organisateurs, disait le message reçu dans la minute suivante.

Elle sourit à son portable comme une idiote, ravie tout à fait irrationnellement de l'avoir dans son équipe. Sa grand-mère, en voyant son sourire, lui demanda si elle communiquait avec un galant. Ally rougit en répondant non. Il n'y avait rien de romantique. D'accord, il était séduisant, mais elle se rappelait sa grand-mère mentionnant une fiancée. Ils étaient seulement amis, c'était agréable. Mieux que ça. Elle avait l'impression d'avoir un partenaire, quelqu'un qui planchait sur le problème avec elle, et cela faisait une grande différence.

Elle lui avait envoyé un SMS pour partager son excitation quand elle avait découvert dans la réserve une boîte de bandanas avec « ADOPTE-MOI » imprimé dessus. Et Ben était tombé sur un bonnet de père Noël dans les fournitures de la ville, et lui avait envoyé la photo. Il l'utiliserait pour Jelly, qu'ils avaient prévu de photographier dans l'après-midi.

Ses grands-parents n'avaient pas l'air de s'inquiéter du tout de l'arrêt du financement – ils semblaient penser que tout s'arrangerait tout seul. Et peut-être bien, finalement… avec Ben et Ally sur le pont.

Chaque jour de la semaine, Astrid et Kimber étaient venues après l'école, passant deux heures à jouer avec les chiens, à les nourrir ou à leur enseigner des ordres simples. Leurs parents n'étaient toujours pas venus au refuge, Ally pensait donc qu'elles n'avaient toujours pas réussi à les convaincre de prendre un chien, mais elles se débrouillaient bien. Les chiens les adoraient – sans doute parce qu'elles étaient généreuses avec les friandises, mais Ally ne pouvait pas le leur reprocher. Tous les chiens méritaient d'avoir quelqu'un prêt à les gâter avec des friandises au foie ou des biscuits.

Dolce n'avait pas encore eu ses petits mais elle s'était approprié le coussin dans le coin sombre du bureau. Elle grognait doucement quand Colby s'approchait, mais elle fondait avec Gram qui était aux petits soins pour elle.

Mardi matin, Ally examinait les comptes pour la énième fois, essayant de calculer de combien ils pouvaient réduire les frais d'adoption pour une opération spéciale « Tout doit disparaître » tout en rentrant dans leurs frais, quand elle entendit une portière claquer.

Colby dressa la tête, des aboiements retentirent dans le chenil, et Ally s'anima elle aussi.

— Voici peut-être notre première *success story*, dit-elle en caressant les oreilles de Colby.

Depuis quelques jours, le temps s'était radouci, faisant fondre la neige, et l'eau gouttait de l'avant-toit de la grange. Ally sourit à la femme qui sortait d'une Coccinelle bleu pâle.

— Bonjour !

— Bonjour !

La femme lui rendit un large sourire, débordant d'énergie. D'une vingtaine d'années, elle était vêtue avec un style éclectique funky que personne n'aurait remarqué à Brooklyn. Ses cheveux blonds aux mèches roses étaient juste assez longs pour être attachés en queue-de-cheval sur le sommet de son crâne. Des leggings vert clair habillaient ses jambes minces, sous un manteau extra-large, et disparaissaient dans des bottes noires à fourrure.

— Vous devez être Ally. Je suis Deenie.

— Ravie de vous rencontrer.

Ally serra la main tendue et essaya aussitôt de trouver quel serait le compagnon idéal pour cette femme. En regardant de plus près, une couche de paillettes recouvrait ses pommettes et son nez. JoJo, peut-être ? Le papillon avec ses jolies oreilles de peluche serait l'accessoire parfait pour cette femme au style funky.

— Cherchez-vous un chien ?

Deenie fronça son nez pailleté.

— Je sous-loue, alors je ne peux pas avoir de chien dans mon appartement, et j'aime trop partir à l'improviste pour être une bonne maîtresse. Mais j'espérais que vous auriez besoin de moi pour du volontariat. J'adore les animaux et j'ai déjà aidé Hal et Rita plusieurs fois. Experte en promenade de chiens, à votre service.

Son sourire s'élargit.

— Même Maximus m'écoute.

— Vraiment ?

Ally ouvrit la porte et elles se réfugièrent dans la chaleur de la grange.

Deenie tendit la main pour saluer le berger irlandais géant, dans l'enclos le plus proche.

— C'est juste un gros nounours, n'est-ce pas, bébé ? Oui, mon bébé, s'extasia-t-elle sur un ton haut perché, avant de reprendre de sa voix normale : Je ne savais pas que vous aviez des problèmes avant de lire dans le bulletin que vous aviez perdu votre financement. Allez-vous vraiment devoir fermer ?

Ally grimaça.

— J'essaie de trouver d'autres sources de financement, mais pour le moment nous devons partir du principe que nous n'en aurons pas et placer les chiens.

— Ça craint ! Foutu conseil municipal ! On devrait lancer une pétition en ligne pour sauver le refuge.

— Je suis prête à tout essayer. Mais je ne suis pas sûre que cela servira. J'ai cru comprendre que la ville n'a pas l'argent nécessaire… Un problème avec le toit du foyer municipal.

Deenie avança vers les autres enclos pour saluer leurs résidents.

— Cela ne fait pas de mal de sensibiliser les gens. Les faire réagir. Peut-être leur faire ouvrir leur carnet de chèques. Je donnerais bien mais je suis toujours fauchée.

Elle le dit sans y penser, tellement sûre d'elle que l'idée d'avoir honte d'avoir du mal à joindre les deux bouts ne l'avait même pas effleurée.

Ally aurait aimé être aussi à l'aise pour pouvoir dire de telles choses. Elle avait l'impression d'avoir passé les dix dernières années à prétendre être heureuse de sa vie.

— J'accepte toute l'aide qu'on me propose.

Deenie, qui était accroupie pour câliner Fred et Ginger, se releva. Elle se frotta les mains en grimaçant.

— Désolée, je mets des paillettes partout. J'arrive directement de mon show.

— Vous êtes musicienne ?

Cela correspondrait à son style… et à son assurance.

— Non, une princesse.

Une princesse ?

Devant le manque de réaction d'Ally, Deenie éclata de rire.

— J'organise des anniversaires de princesses pour les enfants. Je crée aussi des robes de princesse sur mesure pour enfants. Sincèrement, je gagne de l'argent surtout avec les robes, mais les anniversaires sont beaucoup plus amusants. Je me déguise en Cendrillon ou en Petite Sirène et je joue avec les enfants tout l'après-midi. Que des princesses dans le domaine public bien sûr, afin que la Grosse Méchante Souris ne me cause pas d'ennuis.

En écoutant Deenie, Ally l'imaginait bien. L'énergie, l'enthousiasme… même avec ses cheveux punk rock, elle avait l'air d'une princesse Disney. Son sourire rayonnant diffusait de la douceur, comme ces êtres à qui obéissaient les animaux des bois.

— Comment en arrive-t-on à faire ce genre de choses ?

— J'ai étudié le théâtre pour les tout-petits à la fac, c'était génial, mais il n'y a pas beaucoup de demande pour l'art destiné aux maternelles. Même si c'est dommage. On développe leur imagination, on construit leur confiance en soi et leur empathie. Des études ont prouvé tous les bénéfices pour les enfants qui expérimentent le théâtre, mais nous sommes dans le même bateau que vous. Toujours le premier financement à être supprimé. Alors j'ai pris tous les jobs que je trouvais et je suis tombée dans ce truc de princesse. Heureusement, j'adore ça ! Salut, toi !

Colby sortit du bureau pour voir ce qui se passait et Deenie se pencha pour le saluer tout en continuant de bavarder.

— L'avantage, c'est que je décide de mes horaires. La vie est trop courte pour dépendre des règles imposées par quelqu'un d'autre. N'est-ce pas, bébé ?

Elle semblait s'adresser à Colby, Ally ne prit donc pas la peine de répondre.

— Si vous avez été volontaire par le passé, vous connaissez la plupart des chiens, n'est-ce pas ?

— Les plus vieux résidents. Je rentre d'un voyage sac au dos de trois mois à travers la Nouvelle-Zélande, alors je ne connais pas les derniers arrivés. Tu es nouveau, toi, non ?

Colby s'affala par terre, lui montrant son ventre.

— C'est Colby, celui-là m'appartient.

— Il est gentil.

Complaisante, Deenie lui gratta le ventre.

— Alors, par quoi voulez-vous que je commence ?

Ally l'étudia. Deenie mesurait sans doute vingt centimètres de plus qu'elle, mais elle était mince, ses poignets délicats semblaient très fragiles.

— Pouvez-vous vraiment gérer Maximus ?

Le danois donnait l'impression de pouvoir la renverser en moins de deux secondes.

Deenie sourit.

— Vous allez voir…

*

Deenie devait murmurer à l'oreille des chiens !

Quand elle quitta le refuge deux heures plus tard, tous les chiens se comportaient mieux et Ally essayait de voir comment faire monter Deenie sur le char avec les chiens pour la parade. Apparemment, la princesse était sincère quand elle disait ne pas vouloir de planning, Ally ignorait donc quand elle reviendrait, mais elle la prendrait chaque fois qu'elle le pourrait.

Elle était dans le bureau et vérifiait qu'elle n'avait pas raté de demande quand Astrid et Kimber arrivèrent, à 15 h 45, essoufflées parce qu'elles avaient couru depuis l'école. Kimber lui cria « Bonjour ! » avant de foncer saluer Captain America, le golden retriever, qui bondit à sa rencontre, derrière le grillage de son enclos.

— Je crois que Kimber a trouvé son préféré, remarqua Ally en rejoignant Astrid, qui accrochait son manteau à une patère libre, parmi une collection de laisses.

— As-tu un préféré, toi ? lui demanda Astrid.

— Parmi les chiens offerts à l'adoption ? Je ne suis pas supposée en avoir. Chacun est adorable à sa façon.

— Mais ?

Ally sourit.

— Je dois admettre que j'ai un faible pour Partridge.

Astrid sourit à son tour.

— Il est tellement mollasson.

— C'est bien vrai.

— Est-ce que je peux promener Cap, aujourd'hui ? lança Kimber en courant vers elles.

— Oui, bien sûr. Tu peux travailler avec lui pour répondre aux ordres. Tu te souviens des ordres dont nous avons parlé.

— Assis, couché, regarde-moi… Ce sera le chien le mieux dressé du refuge.

— On verra. Et toi, dit-elle en s'adressant à Astrid, tu veux promener Cap avec Kimber ou préfères-tu avoir ton propre chien ?

— Puis-je en avoir un pour moi toute seule ?

— Bien sûr. Lequel veux-tu ?

— Partridge ? suggéra-t-elle timidement.

— Excellent choix.

Après que les fillettes eurent salué chaque chien du refuge, même Dolce, toujours enfermée dans le bureau, Ally les installa avec le chien de leur choix dans la réserve vide pour pratiquer leurs bonnes manières. Elle les observa pendant quelques minutes, le temps de s'assurer que tout se passait bien. Cap et Partridge étaient de bons chiens, mais Cap se révélait beaucoup plus rapide à comprendre les ordres ! Elle espérait que Partridge finirait par en acquérir, par la force de la répétition, puisqu'il pouvait être adopté à tout moment, maintenant.

Le bulletin d'information allait fonctionner. Après son travail, Ben allait venir l'aider à photographier Jelly. Elle avait choisi le porche, alors elle sortit pour préparer le décor. Heureusement, il faisait moins froid maintenant, mais ses doigts étaient tout de même raides à l'intérieur de ses gants, tandis qu'elle arrangeait des guirlandes sur les balustrades, imaginant Jelly allongée sur la balancelle et coiffée d'un bonnet de père Noël.

Et soudain, le SUV de Ben se gara dans l'allée. Il en sortit, arborant le bonnet de père Noël, et Ally éclata de rire.

— Je croyais que le bonnet était destiné aux chiens.

— J'essaie de racheter mon image de Scrooge.

— Ça marche. Très festif.

— Ici aussi, commenta-t-il en grimpant les marches du porche. Ça ressemble à une carte de Noël.

Ally fit une révérence en souriant.

— Merci, monsieur. Mais nous devons nous dépêcher, dit-elle en voyant le ciel qui s'obscurcissait déjà. J'avais oublié que le soleil descend tôt derrière les montagnes, en décembre.

Elle se dirigea vers la grange et il la suivit.

— À qui le tour, aujourd'hui ?

— Je pensais à Jelly. C'est juste une grosse boule d'amour. Quand les gens entendent « croisé de pitbull », ils pensent qu'il est agressif, mais Jelly n'a pas une once de méchanceté.

— Est-ce que la station de Burlington a rappelé pour faire venir quelques chiens dans leur studio ?

— Oui. J'ai pensé à Fred et à Ginger, et à des chiens parmi les plus âgés, qui seront plus calmes. Moins énervés par les lumières, les caméras et la présence de plein d'inconnus.

— En songeant à cette histoire de parade, j'ai pensé qu'on pourrait en amener quelques-uns pour l'illumination du sapin, vendredi, dans le square. Toute la ville sera là, ce sera l'occasion de les présenter à un maximum de gens, et les adoptants potentiels pourront les approcher, mieux que sur un char lors de la parade.

— J'adore cette idée !

Une bouffée d'optimisme l'envahit. Comment les gens pourraient-ils ne pas en tomber amoureux en les rencontrant ?

Ben lui tint la porte ouverte et Ally entra dans la chaleur de la grange, accueillie par les aboiements excités.

— Salut, mes amis !

Elle se dirigea vers l'enclos de Jelly, Ben sur ses talons.

— Ally ! cria Astrid, du fond du refuge. Viens voir ce que Partridge a appris !

Les fillettes se précipitèrent jusqu'au tournant du couloir en L, Partridge se dandinant entre elles deux au bout de sa laisse et Cap marchant calmement à côté. Astrid leva les yeux et s'arrêta brutalement, les yeux écarquillés… et fixés sur un point derrière Ally. Kimber stoppa net, affichant une expression horrifiée.

Ally se retourna. Ben aussi s'était figé.

La tension soudaine lui rappela deux choses : sa grand-mère lui avait appris qu'Astrid était la nièce de Ben et elle n'était pas sûre que les parents d'Astrid étaient au courant de sa présence ici.

Ally avait complètement oublié la connexion familiale – Ben et Astrid ne se ressemblaient pas du tout, physiquement ou sur un autre plan. Astrid n'arrêtait pas de dire combien elle désirait avoir un chien et combien elle était impatiente d'être à Noël, ce qui ne correspondait pas à la réputation de grincheux de Ben.

Sa grand-mère lui avait certifié qu'il n'y avait pas de problèmes avec le fait que les gamines fassent du volontariat au refuge, et elle connaissait la ville mieux qu'Ally. Mais Ally savait qu'elle aurait dû joindre les parents pour s'en assurer. Elle avait pensé le faire, mais elle avait eu d'autres urgences sur sa liste, et quand elle y avait pensé, ce n'était pas une heure correcte pour appeler. Elle avait imaginé que maintenant les parents devaient être au courant… mais cette hypothèse ne semblait pas se vérifier, au vu de la mine horrifiée d'Astrid.

— Oncle Ben, dit celle-ci d'une voix étranglée, que fais-tu ici ?

L'expression de Ben s'assombrit sous son bonnet rouge, qui semblait d'autant plus déplacé sur sa tête.

— Qu'est-ce que *moi*, je fais ici ?

12

Ben n'avait encore jamais puni Astrid. Elle était gentille, Dieu merci. Toujours prête à faire plaisir. Il ne l'avait jamais vue enfreindre les règles.

Enfin, il le pensait. Maintenant, il commençait à croire qu'il n'avait aucune idée de ce que signifiait être parent, parce qu'il avait été sûr et certain qu'elle restait à l'école après la classe pour préparer le char de l'école élémentaire de Pine Hollow pour la parade. Il se l'était imaginée dûment surveillée, armée de colle et de papier mâché.

Elle avait menti.

Elle lui avait ouvertement menti. Cela méritait une punition, non ? Évidemment, les punitions infligées par ses parents ne lui avaient servi à rien mais il ne savait pas quoi faire d'autre si elle agissait dans son dos. Il avait raté l'examen de parent. Une fois de plus.

— Pourrais-tu m'expliquer ce que tu fais ici ?

Astrid s'était bloquée à cinq mètres de lui et ne bougeait plus. Kimber Kwan – dont les parents ignoraient sans doute également où elle se trouvait – s'était immobilisée comme le golden retriever à côté d'elle, mais

Partridge tirait sur sa laisse pour essayer de se rapprocher de Ben.

— Je voulais te faire la surprise, marmonna Astrid sur un ton à peine audible. Nous avons appris à nous occuper d'un chien. Le dresser, et d'autres trucs. J'ai pensé que si tu voyais que j'étais vraiment sérieuse pour m'occuper d'un chien…

— Nous en avons déjà parlé.

Sa voix avait dû paraître encore plus sombre qu'il ne le pensait, car Ally s'interposa entre lui et les filles.

— Ben…

— Cela ne vous concerne pas.

Il s'aperçut qu'il portait toujours le bonnet de Noël. Il l'enleva prestement et le lui donna en s'avançant vers Astrid.

— Je ne vois pas en quoi cela vous concerne non plus… rétorqua Ally.

Partridge faillit le faire tomber, mais Ben ne quittait pas Astrid des yeux.

— Alors quand tu m'as dit que tu préparais le char de la parade, c'était un mensonge ?

— Si, j'ai travaillé sur le char, protesta-t-elle sans croiser son regard, avant d'ajouter à regret : au début. Je ne t'ai pas dit que nous avions fini…

Les enfants devaient avoir l'autorisation d'un adulte pour sortir. Pine Hollow était strict là-dessus.

— Est-ce que tante Elinor t'a aidée ? Lui as-tu demandé de mentir ?

— On lui a dit qu'on rentrait à pied à la maison.

— Alors à elle aussi tu as menti.

Elle releva la tête mais ne croisa toujours pas son regard.

— On n'a pas menti, mais on n'est pas restées à la maison.

— Astrid.

Sa voix trahissait sa déception.

Astrid baissa de nouveau la tête.

— Je voulais juste te montrer…

— Va chercher tes affaires. Je te ramène à la maison.

— Allons, Ben…

Ally était derrière lui, mais il ne se retourna pas.

— Maintenant, Astrid.

Ben regarda Kimber, qui avait tenté de rester invisible.

— Tes parents savent-ils où tu es ?

Elle ouvrit la bouche, les yeux écarquillés derrière ses lunettes, mais aucun son n'en sortit. Ben fit la grimace. Avant, il était l'oncle sympa. Maintenant, il était le méchant.

— Toi aussi, va chercher tes affaires !

Accablées, les fillettes se dirigèrent vers l'arrière du chenil. Astrid tira gentiment sur la laisse du bouledogue.

— Allez, viens, Partridge.

Ben continua de tourner le dos à la femme qui avait omis de lui dire que sa nièce venait au chenil en cachette. Il devait garder son calme encore quelques minutes.

— Je ne vais pas pouvoir vous aider pour les photos aujourd'hui, dit-il sur un ton abrupt qu'il ne tenta pas d'adoucir. Vous pouvez m'envoyer les prochaines photos et je les mettrai dans le bulletin.

— Je ne comprends pas pourquoi vous êtes si énervé.

Elle était juste derrière lui, mais il ne se retourna pas.

— Elle était volontaire. Elle est très serviable, très responsable…

— Elle m'a menti.

Elle avança pour qu'il ne puisse pas éviter son regard.

— D'accord, ce n'est pas bien, mais cela regarde ses parents, non ?

— Je *suis* son parent, répliqua-t-il d'un ton sec, puis il se força à baisser la voix pour qu'Astrid ne l'entende pas. Son tuteur, si vous préférez. Ses parents ont eu un accident de voiture il y a deux ans. Elle n'a plus que moi. Et je lui ai dit qu'elle ne pouvait pas avoir de chien.

L'expression indignée d'Ally s'effaça.

— Ben, je suis désolée, j'ignorais…

— Ça va.

Ce qui était certainement le plus gros mensonge de sa vie. Ça n'allait pas. Ça n'était jamais allé. C'était terriblement injuste et mal, et il ne pouvait jamais crier contre cette injustice parce qu'il ne voulait pas qu'Astrid soupçonne une seconde qu'il n'était pas complètement heureux qu'elle fasse partie de sa vie. Il devait être fort pour elle. Il devait lui montrer qu'ils étaient bien, tous les deux. Alors il devait s'assurer que tout *allait* bien. Même s'il n'y connaissait rien au boulot de père. À commencer par la situation actuelle.

Elle ne lui avait encore jamais menti. Pas à sa connaissance, en tout cas. Comment pouvait-il corriger ça ? Comment la punir tout en s'assurant qu'elle sache qu'il l'aimait de façon inconditionnelle ? Il pouvait écouter des podcasts sur les méthodes d'éducation, mais cela ne lui facilitait pas la tâche.

— C'est vraiment une gamine facile, remarqua Ally.

— Je sais, répondit Ben sur un ton plus bourru qu'il ne le souhaitait. Mais elle ne peut pas me mentir et n'en faire qu'à sa tête quand je lui refuse quelque chose.

— Non, bien sûr.

Ally posa la main sur son bras et il dut lutter contre l'envie de se dégager.

— Si je peux vous aider…

— Envoyez-moi les photos, la coupa-t-il.

Il ne voulait pas de son aide. C'était sa responsabilité.

Ally retira sa main. Astrid et Kimber arrivaient, vêtues de leur manteau et portant leur cartable – et sa poitrine se serra sous la pression familière de la recherche de la bonne réponse dans un océan de possibilités.

*

— Pourquoi ne m'as-tu pas dit que Ben West était le tuteur d'Astrid ?

— Je ne l'ai pas dit ?

Gram s'arrêta sur le seuil de la maison, où Ally avait rejoint ses grands-parents dès leur retour. Ils se débarrassaient de leur manteau tandis que Copper entrait en vitesse vérifier que tout était tel qu'il l'avait laissé et qu'Ally restait patiente, évitant de déverser sur eux sa contrariété.

— C'était nécessaire dans le contexte. Ben ignorait qu'Astrid était volontaire au refuge, et quand il est arrivé aujourd'hui, Astrid et Kimber étaient là. Ni l'une ni l'autre n'en avaient la permission.

Ce qu'elle aurait dû vérifier. Elle n'arrivait pas à croire qu'elle avait cru sa grand-mère sur parole quand celle-ci lui avait dit que c'était OK. Elle aurait dû se méfier. Même quand elle avait l'air très sûre d'elle, Gram modifiait les règles au fur et à mesure.

— Il était en colère ? demanda-t-elle, comme si elle était étonnée.

— Bien sûr qu'il était en colère. On a eu l'air de laisser des enfants travailler au refuge sans l'accord des parents… Ce qui était la vérité.

— Ne t'inquiète pas pour Ben, répondit Gram sur un ton rassurant. Il a toujours l'air énervé. C'est sa façon d'être.

— Non, ce n'est pas vrai. Il a été super toute la semaine.

Aucun de ses e-mails ou textos n'était cassant ni agressif. Ils étaient amusants. Amicaux. Elle avait été impatiente d'entendre vibrer son portable.

— Il m'aidait à concocter une rubrique pour les infos locales de Burlington et envisageait de montrer des chiens à l'illumination du sapin de Noël.

Gram se ragaillardit.

— Tu sais, c'est une bonne idée. Les organisateurs de la parade nous ont proposé d'avoir l'un des chars, pour y mettre tous les chiens que nous voulons, et avec ton grand-père, on pensait proposer un salon canin aux Domaines, seulement des chiens de moins de treize kilos puisqu'ils ont fixé cette règle idiote, mais on en a quatre ou cinq qui ont le profil. Comment va Dolce ? demanda-t-elle en enlevant son écharpe. Penses-tu qu'on devrait la transférer dans la maison ?

— Non, intervint fermement Gramps. On ne la garde pas.

— Elle va bien, confirma Ally.

Elle avait envie de replacer la conversation sur Ben et Astrid, mais elle voyait bien que c'était inutile.

Tout son optimisme l'avait quittée quand elle avait vu partir Ben et Astrid. Elle n'avait même pas profité de la lumière sur le porche pour photographier Jelly et, sans quelqu'un pour tenir sa laisse, elle avait dû se contenter de prises dans son enclos, qui manquait beaucoup de pittoresque.

Elle tenta de plaquer un sourire sur son visage, déterminée à éviter toute inquiétude à ses grands-parents, mais elle ne pouvait s'empêcher de penser à Ben et Astrid. Elle revivait la scène de l'après-midi, revoyait l'expression dure de Ben, et essayait de trouver ce qu'elle pourrait faire pour y remédier.

13

— Toi aussi, tu faisais du volontariat. Je ne vois pas pourquoi tu en fais tout un plat.

Ben s'arma de patience en se servant des pâtes. Astrid et lui étaient attablés dans la cuisine et mangeaient les restes – et s'il avait imaginé un dîner tranquille après avoir laissé Kimber affronter son propre sort, et puni Astrid, il s'était bien trompé.

— Le problème n'est pas le volontariat, c'est le mensonge.

— Je n'ai pas menti. Je ne t'ai rien dit.

Patience.

— C'est exactement la définition du mensonge par omission.

— Si je t'avais demandé, tu aurais dit « non ».

— Ce qui aurait dû te faire comprendre que tu ne devais pas le faire.

— Pourquoi ? Tu n'as pas de bonnes raisons.

Il était tentant de répondre « parce que je le dis », mais elle avait raison – c'était un argument épouvantable.

— Nous n'avons pas la place dans la maison ou dans nos vies pour un chien, et je ne veux pas que tu t'attaches à un animal qui va appartenir à quelqu'un d'autre.

— Toi aussi, tu faisais du volontariat.

— Mais je ne m'attachais pas.

Elle plissa les yeux, piqua une *penne* avec sa fourchette et changea de tactique.

— Si tu as du temps pour les chiens au refuge, pourquoi ne pouvons-nous pas avoir du temps à la maison pour un chien ?

— Adopter un chien, c'est pour toujours. Travailler au refuge, c'est pendant quatre semaines, c'est tout.

Il s'aperçut trop tard de sa bourde.

— Pourquoi seulement quatre semaines ?

Oh, zut !

De toute façon, elle allait le découvrir un jour ou l'autre. C'était d'ailleurs étonnant qu'Ally ne le lui ait pas appris. Mais il n'aurait pas choisi ce moment, s'il avait réfléchi. D'accord, il lui avait menti par omission, mais maintenant, lui mentir directement semblait pire… et il n'allait pas s'appesantir sur ces subtilités.

— Le refuge va fermer à la fin du mois.

— Quoi ? cria Astrid en lâchant sa fourchette. Pourquoi ?

— C'est compliqué… et c'est pourquoi j'aide Ally. Parce que je m'engage à court terme, pas à vie.

Et il se sentait coupable parce qu'il était en partie responsable, mais il n'allait pas fournir cet argument à Astrid.

— Nous ne sommes pas des gens à chiens, Astrid.

— Moi si, j'aime les chiens. Et si tu me laissais une chance…

— Astrid…

Il se força à inspirer.

— Tu as déjà enfreint nos règles. Tu m'as menti. Et maintenant, tu veux quoi ? Être récompensée avec un chien ?

— Je n'essayais pas d'enfreindre les règles. J'essayais de te montrer ce que je pouvais faire. Je suis responsable !

Elle avait hurlé les derniers mots, mais il garda son calme.

— Les enfants responsables ne mentent pas.

— C'est trop injuste ! Tu ne m'écoutes pas. Jamais !

Et elle s'enfuit en courant dans sa chambre.

— Astrid !

La seule réponse fut le martèlement de ses pas dans l'escalier.

Il jura en contemplant les restes éparpillés sur la table.

— Tu as encore du chemin à faire, West. Tu es en train de tout rater comme parent, murmura-t-il.

Et Ally n'était pas encore une ado.

Si Katie le voyait aujourd'hui, regretterait-elle sa décision ? Il était différent à l'époque où Katie et Paul avaient rédigé leur testament. Il était fiancé. Apparemment sur le même chemin qu'eux, qui le devançaient de quelques années. Quand ils lui avaient posé la question, il avait été facile de dire « oui ». Évident. Mais il n'avait pas imaginé que cela arriverait. Ni qu'Isabelle s'enfuirait à la minute où il avait eu la garde d'Astrid. Ni qu'il perdrait l'esprit à essayer d'être ce dont Astrid avait besoin, quand tout ce qu'elle voulait, c'étaient son père et sa mère.

Il fixait la porte par laquelle elle avait disparu en se demandant s'il devait la rejoindre ou la laisser seule. Sur pilotage automatique, il commença à mettre dans un Tupperware ce qu'il restait de *penne*.

Il jeta un coup d'œil au nom du correspondant et grogna, avec le sentiment inévitable qu'il allait encore décevoir quelqu'un. Il répondit avant que l'appel n'aille dans la messagerie.

— Bonsoir, Levi.

— Bonsoir, mec. Désolé d'appeler si tard.

Il n'était que 19h30, mais depuis deux ans, il avait conditionné sans le vouloir ses plus vieux amis à s'excuser dès qu'ils lui demandaient quelque chose. Encore un signe de son succès dans la vie.

— Pas de problème. On a juste fini de dîner. Quoi de neuf ?

— C'est à propos du poker, demain. Connor ne peut pas venir… un déplacement d'affaires à la dernière minute.

Un soulagement l'envahit… aussitôt chassé par le sentiment de culpabilité à l'idée d'être soulagé de ne pas voir ses amis.

Avant de devenir le tuteur d'Astrid, il jouait au poker avec ses trois vieux amis tous les mercredis soir, mais depuis deux ans, il repoussait leur rendez-vous de plus en plus souvent.

Les rares fois où ils arrivaient à jouer, il les accueillait dans le sous-sol en cours de finition – il manquait des aménagements de base, comme les cloisons. Ainsi, Astrid pouvait l'appeler en cas de besoin. Et il ne buvait jamais plus d'une bière, au cas où elle se serait coupé un doigt et devrait être conduite à l'hôpital. Cela ne lui était jamais arrivé, mais il devait être prêt, au cas où.

Alors, passer la soirée avec ses amis, ce n'était plus pareil. Il n'était jamais complètement relax. Plus rien n'était pareil depuis le décès de Katie et Paul.

La soirée de poker était un événement de plus à caser dans son planning et il était toujours soulagé quand ce n'était pas lui qui l'annulait.

— Mac et moi pouvons toujours venir, poursuivit Levi…

Et Ben s'assombrit à l'idée qu'il devrait encore subir une soirée de poker, mais son ami poursuivit :

— … mais après le week-end de Thanksgiving et tout ça, on a pensé qu'il valait mieux repousser à la semaine prochaine.

Et ce serait probablement repoussé à la suivante… puis à la suivante, et on arriverait vite au mois de janvier.

— Oui, ça vaut sans doute mieux.

Une petite pause suivit ses paroles, puis Levi s'éclaircit la voix.

— On te verra à la cérémonie d'illumination de l'arbre de Noël ?

— Sans doute. Astrid est privée de sorties, mais je devrai faire une exception vendredi, car je dois être présent, avec le conseil municipal.

— Tu as puni Astrid ? Je croyais que c'était l'enfant la plus sage de la Terre ! Qu'est-ce qu'elle a fait ?

— Longue histoire. Je te raconterai le week-end prochain.

— D'accord.

Ben tenta d'ignorer le scepticisme dans la voix de Levi.

— Bien, tu me diras si tu as besoin que je la place en cellule quelques jours.

— Sans doute pas nécessaire.

— Euh. Mon offre reste valable. *My* prison est *your* prison. À plus.

— À plus.

Quand Ben termina l'appel, il vit qu'il avait reçu trois messages de ses parents en Arizona.

Parfait.

Juste ce dont il avait besoin.

Comme punition, Astrid avait interdiction d'utiliser les appareils électroniques, sauf pour faire ses devoirs ou communiquer avec la famille. Alors elle avait contacté ses grands-parents par Skype. Évidemment.

Ses parents, comme ceux de Paul, avaient proposé leur aide, mais ils travaillaient encore et avaient leur vie en Arizona et à Washington.

Et il leur avait dit et répété qu'il se débrouillait. Qu'Astrid était entre de bonnes mains. Que Katie et Paul *lui* avaient confié leur fille, lui faisant confiance pour lui donner une vie aussi normale que possible.

Il savait que ses parents souhaitaient juste l'aider, mais chaque fois qu'ils faisaient une suggestion, il prenait ça pour une critique. Qu'il foirait tout. Et, pire que tout, qu'il foirait l'éducation d'Astrid.

Les messages lui demandaient s'il voulait parler. Ils demandaient s'il voulait qu'ils prennent un avion plus tôt que prévu pour Noël. Ils proposaient de payer éventuellement pour le chien ou d'aider Astrid à le dresser…

Ben coupa le son et mit le portable dans sa poche. Il se répéta qu'ils essayaient juste de l'aider. Ils ne *voulaient* pas sous-entendre qu'il était un monstre déraisonnable en interdisant à Astrid d'avoir un chien.

Mais il le ressentait ainsi.

Il monta pesamment l'escalier, épuisé alors qu'il était à peine 20 heures. La porte de la chambre d'Astrid était entrouverte et elle s'ouvrit un peu plus lorsqu'il frappa doucement.

— Astrid ?

Un reniflement provenait du lit. Elle était recroquevillée et lui tournait le dos. Le dragon pourpre que sa mère avait peint sur le mur s'enroulait de façon protectrice au-dessus d'elle, comme si Katie l'observait quand il ouvrit la porte. Le jugeant parce qu'il faisait pleurer sa fille.

— Coucou, murmura-t-il en s'asseyant au bout du lit. Il posa la main sur la cheville de la fillette, qui retira aussitôt son pied. Il soupira, se sentant nullissime.

— Tu vas m'en vouloir jusqu'à Noël ?

— Peut-être, marmonna-t-elle dans son oreiller, sans se retourner.

Il acquiesça, croisant les mains sur son genou et jetant un regard autour de lui. Le thérapeute chez qui il l'avait emmenée après l'accident lui avait dit que c'était le signe qu'elle était assez à l'aise pour être en colère contre lui et être sûre qu'il serait toujours là pour elle – mais cela ne rendait pas les choses plus faciles.

— Tu ne peux pas me mentir comme ça, Astrid. Il aurait pu t'arriver quelque chose et je n'avais aucune idée d'où tu étais. J'ai besoin de savoir où tu es, pour que tu sois en sécurité.

— Le refuge n'est pas dangereux. Ally fait super attention aux chiens avec lesquels elle nous laisse l'aider. Nous sommes toujours en sécurité.

— Même si c'est vrai, une météorite peut tomber ou bien l'apocalypse zombie peut se déclarer, et j'ai besoin de savoir où tu es pour t'emmener à toute vitesse dans un bunker avant que tu ne sois infectée ou que tu ne te mettes à vouloir manger des cerveaux.

Par-dessus son épaule, Astrid lui lança un regard tellement dédaigneux qu'il eut l'impression qu'elle avait pris trois ans en dix minutes.

— Ces trucs-là n'arrivent pas.

— Peut-être pas, mais je m'inquiète quand même pour toi. Ça fait partie de mon job. Même si, quelque part, je suis fier de toi, fier que tu aies pris cette initiative de travailler là-bas.

Elle s'assit et le regarda, les yeux rougis.

— Alors, pourquoi je suis punie ?

— Parce que tu me l'as caché. Parce que tu l'as fait dans mon dos. On a besoin d'avoir confiance l'un dans l'autre.

Elle baissa les yeux.

— Je suis désolée.

— Merci. Et je suis désolé que tu aies pensé que tu ne pouvais pas te confier à moi. Que je ne t'écouterais pas. Je suis toujours prêt à t'écouter. Tu es ce qui compte le plus pour moi. Tu le sais, hein ?

Elle hocha la tête, tirant sur un fil qui dépassait de la couette. Un long silence les enveloppa, puis elle le regarda derrière ses longs cils.

— Est-ce que je suis toujours punie ?

Ben serra les lèvres. S'il riait maintenant, c'en serait fini de l'air d'autorité qu'il cherchait à imposer.

— Oui, dit-il d'un ton ferme. Mais cela ne nous empêche pas de faire des choses ensemble. Ce week-end, nous devons préparer du pain d'épices…

— Oh.

Son regard glissa vers le côté.

— Quoi ?

— Je me suis inscrite pour des brownies.

Ben cligna… et tenta d'oublier les heures qu'il avait déjà passées à comparer les recettes sur Internet.

— Ah bon ?

— J'ai pensé que c'était plus facile à faire, confirma-t-elle avec un haussement d'épaules.

Il inspira. Elle avait raison.

— D'accord pour les brownies.

Au moins, il n'avait pas encore acheté un stock de mélasse.

Astrid dessinait avec son doigt sur la couette.

— Oncle Ben...

— Quoi ?

— Je voudrais vraiment aider Ally au refuge…

Son cœur se serra.

— Je sais. Moi aussi.

— Crois-tu qu'on pourrait l'aider, juste un peu ? Avant qu'il ferme ?

Elle était une gentille gamine. Il ne voulait pas récompenser le mensonge, mais elle ne réclamait pas un chien. Elle proposait d'aider Ally. Comment pourrait-il refuser ça ?

— Je vais y réfléchir.

Elle comprit qu'il ne fallait pas insister et se glissa jusqu'à lui pour le serrer dans ses bras, comme si c'était tout ce qu'elle souhaitait.

— Merci, oncle Ben.

— Je n'ai rien promis, rappela-t-il avec fermeté alors que son cœur fondait.

Que Dieu lui vienne en aide si jamais elle se rendait compte qu'elle le menait par le bout du nez.

14

Pour la deuxième fois en deux semaines, Ally se rendit à la mairie chargée de gobelets de café. Heureusement, la femme qui travaillait à la réception n'était pas là et Ally monta à l'étage sans être vue. La porte du bureau de Ben était ouverte et elle frappa avec son coude.

— Café ? proposa-t-elle en montrant les gobelets quand Ben leva les yeux.

— Avec plaisir.

Il se leva derrière son bureau – et, au moins, il n'avait pas l'air agacé par sa présence. Elle s'était inquiétée de sa réaction devant sa tentative de se faire pardonner.

— C'est une surprise.

— Un café noir, dit-elle en lui tendant le gobelet. Je voulais m'excuser pour hier.

Il fit la grimace en secouant la tête.

— Je n'aurais pas dû vous agresser comme ça.

— Non… c'était compréhensible. Je n'avais pas compris que vous étiez… Je n'aurais pas dû laisser Astrid venir sans m'assurer qu'elle avait l'accord de ses parents. Ou de son tuteur.

Ben ne sembla pas remarquer qu'elle bafouillait.

— Maintenant, elle l'a. Elle a la permission de venir vous aider après l'école.

— C'est vrai ?

Sa voix prit un ton un peu trop aigu.

— Oui, dès que j'aurai levé la punition.

Il but une gorgée et regarda sa boisson comme si elle était empoisonnée.

— C'est quoi ? J'ai l'impression de boire du sirop.

— Oups…

Ally s'empressa d'échanger les gobelets.

— C'est pour moi. Moka à la menthe. J'avais peur que vous me détestiez et j'ai eu envie de chocolat pour me consoler.

— Je ne vous déteste pas. Il ne s'agissait pas de vous ni du refuge.

Il grimaça et s'assit sur le coin de son bureau, des piles de papier glissant dangereusement derrière lui.

— C'est à cause du mensonge. Elle ne peut pas… mais je ne sais pas si la punir va arranger les choses. Je crois que c'est plus dur pour moi que pour elle.

Cela dépassait ses compétences, mais Ally s'efforça de garder une attitude ouverte et compréhensive, en le priant silencieusement de poursuivre.

— Je me sens comme un gardien de prison. Je vais aller la chercher à l'école et travailler à la maison cet après-midi pour la surveiller. Éviter qu'elle sorte en douce pour vous aider. Et comment puis-je me fâcher contre elle à cause de cela ? Se porter volontaire dans un refuge pour chiens. D'accord, elle avait d'autres motivations, et elle ne va certainement pas avoir un chien maintenant, mais je déteste ça. Je me sens tellement hypocrite. J'écoute ces podcasts et je lis ces articles qui conseillent d'encourager l'indépendance et d'élever des enfants responsables. Des enfants élevés en liberté, contrairement aux parents hélicoptères qui organisent et surveillent chaque seconde de la vie de leur gosse. Je veux qu'elle puisse faire des choses par elle-même, mais à l'instant où j'ai compris que j'ignorais où elle était allée, j'ai perdu la tête. Et le fait qu'elle ait menti a joué.

— C'est normal, vous vous inquiétez pour elle.

— Ouais…

Le regard fixé sur son café, la voix assourdie, il ajouta :

— J'essaie de ne pas tout foirer. Ce rôle de parent… c'est plus dur qu'il n'y paraît. Il faut la laisser prendre des risques pour qu'elle n'ait pas peur dans la vie, mais comment la surveiller, alors ? Et quel est le bon moment pour ça ?

— Je ne l'aurais jamais laissée avec un chien qu'elle ne pouvait pas maîtriser…

— Je sais. Ce n'est pas ça.

Un instant, elle pensa qu'il allait s'arrêter là, mais, à sa grande surprise, il poursuivit.

— C'est Katie et Paul. Ses parents. La barre est haute, parce que je dois réussir pour eux. Parce que, eux, auraient parfaitement tout maîtrisé.

Sa voix s'étrangla et il toussa.

— Mais peut-être que la barre est toujours placée haut quand il s'agit d'un enfant. Je serai peut-être toujours effrayé et persuadé que je fais tout de travers. C'est peut-être ça, être parent.

— Moi, je pense que vous avez fait un bon job. C'est une chouette gamine.

— Oui, mais le mérite ne m'en revient pas. C'est grâce à Katie.

— Je crois qu'il n'y a pas qu'elle.

Il était évident qu'il aimait Astrid, son affection était visible sur son visage quand il parlait d'elle et de son désir de bien faire.

— J'ai choisi les chiens que nous emmènerons à la cérémonie d'illumination vendredi, déclara Ally pour alléger l'atmosphère. Deenie Mitchell va m'aider, mais si vous et Astrid vouliez nous accompagner…

Ben grimaça de nouveau.

— Laissez-moi voir comment se passe la semaine. Astrid adorerait venir, mais je n'ai pas encore décidé combien de temps elle va être privée de sorties. Ni si cela sert à quelque chose.

Il jeta un coup d'œil vers son ordinateur et Ally comprit qu'elle devait partir.

— Je vais vous laisser, d'autant plus que vous devez travailler à la maison plus tard.

— Je voulais vous aider avec les photos pour l'article sur les « Douze chiens pour Noël », dit-il en fronçant les sourcils.

— Oh, ne vous inquiétez pas, mon grand-père peut me donner un coup de main. Je vous les envoie dans l'après-midi ?

— Parfait.

Il croisa son regard.

— Merci pour le café. Vous n'êtes pas obligée de continuer à faire ça.

— J'aime peut-être vous voir sourire.

Ben s'esclaffa comme si elle avait plaisanté et Ally sourit pour masquer le fait que ce n'était pas tout à fait une plaisanterie. Elle aimait bien le voir. Peut-être plus qu'elle ne le devrait avec quelqu'un qui était fiancé.

Mais il s'agissait d'un café. Et d'amitié. Il y avait pire crime dans la vie.

*

Vendredi après-midi, Ally déchargeait le butin de sa virée au supermarché dans la réserve quand Deenie débarqua.

Elle arborait des clochettes qui tintaient au moindre mouvement et le plus affreux pull de Noël du monde – qui, sur elle, paraissait pourtant très tendance. Elle prit la pose dans l'encadrement de la porte, les bras au-dessus de la tête.

— Oyez, oyez ! Nous avons reçu, roulement de tambour, une demande !

Ally faillit lâcher le sac de croquettes qu'elle tenait et le posa précipitamment.

— C'est vrai ?

Deenie était venue régulièrement ces derniers jours et Ally lui avait donné accès à la boîte mail du refuge, afin de permettre aux chiens de participer à différents événements dans la ville. Car Deenie connaissant mieux les habitants, elles avaient convenu qu'elle était mieux placée pour obtenir leur accord.

Elle bondit vers Ally, la prenant par le bras pour la faire tournoyer.

— Une vraie demande d'adoption toute fraîche !

— Pour lequel ?

— Captain America.

— Elle vient de qui ? Des Kwan ? Ou de quelqu'un qui l'a vu dans « Douze chiens pour Noël » ?

Le croisé golden retriever avait été présenté la veille.

— Non, ils sont de Burlington. Apparemment, ils l'ont vu aux infos et ils sont de grands fans d'*Avengers*. Ils n'ont pas pu résister. On devrait en renommer quelques-uns : voir s'ils aimeraient un Hulk ou un Iron Man pour lui tenir compagnie.

Ally sourit devant l'enthousiasme de Deenie.

— Voyons d'abord si ce sont des candidats sérieux.

— C'est un début !

— Tu as raison, c'est un début, confirma Ally.

La rubrique à la télé fonctionnait, mais ce n'était qu'une demande, et il y avait encore du chemin à faire. Elle voulait en faire part à Ben, mais elle ne l'avait pas vu depuis qu'elle lui avait apporté un café le mercredi précédent. S'il avait répondu quand elle lui avait envoyé le dernier lot de photos, il n'y avait plus eu d'échanges de SMS. Il devait être occupé avec Astrid – et elle se dit qu'elle était sotte de regretter des SMS.

Elle ignorait s'il allait les rejoindre pour la cérémonie d'illumination du sapin le soir même.

Après avoir fini de ranger les provisions, Ally rejoignit Deenie dans la réserve vide, qui était devenue la salle d'entraînement. Celle-ci préparait les chiens choisis pour leur apparition sous les projecteurs. Fred et Ginger gambadaient autour de la pièce, arborant le ruban « ADOPTEZ-MOI » autour du cou, tandis que Deenie brossait JoJo.

Gramps et Gram l'avaient aidée, puis étaient retournés à la maison nourrir Copper et Colby et les installer pour la nuit, avant qu'il soit l'heure d'amener les chiens adoptables au square.

Ally se sentait nerveuse sans en comprendre la raison. C'était juste l'illumination du sapin, mais c'était le premier événement auquel elle participait depuis son arrivée et, maintenant, avec les chiens à faire adopter, il était plus important que jamais qu'elle fasse bonne impression.

Dans sa folie de Noël, Gram avait accroché des clochettes à la porte de la grange, qui tintaient dès qu'on l'ouvrait, déclenchant un concert d'aboiements.

— Nous sommes là ! cria Ally à ses grands-parents.

Mais ce n'étaient pas Rita et Hal qui apparurent à la porte.

— Ben. Astrid.

Ally se releva si soudainement qu'elle fit sursauter Partridge, appuyé contre son genou. Il s'affaissa sur le côté au ralenti.

Astrid sourit, radieuse, contenant difficilement son excitation. Ben, la main posée sur l'épaule de sa nièce, adressa un demi-sourire à Ally.

— Arrivons-nous trop tard pour vous aider ?

Ally croisa son regard, le cœur battant beaucoup trop vite devant cet homme qu'elle connaissait à peine.

— Oncle Ben a dit que vous pourriez avoir besoin de nous, déclara précipitamment Astrid.

— Bien sûr, lâcha Ally, quittant Ben des yeux en s'apercevant qu'elle était restée silencieuse un peu trop longtemps. On a toujours besoin d'aide.

Ben sourit, et elle aurait juré que ses yeux *pétillaient* avant qu'il ne regarde derrière elle et ne salue Deenie d'un signe de tête.

— Salut, Ben, Astrid.

Partridge se leva pesamment et trottina vers les nouveaux arrivants, balançant sa lourde masse et grognant joyeusement.

— Ne me bave pas dessus, prévint Ben en lui tapotant la tête avec précaution.

Astrid était déjà agenouillée par terre pour le cajoler, tandis qu'il lui reniflait les doigts.

— Voulez-vous vous occuper de Partridge, tous les deux ? Il est si heureux de vous voir.

— Il a surtout envie de voir les bonbons qu'il imagine dans ma poche, répliqua Ben, mais il attrapa la laisse qui traînait derrière le chien.

— Hé, c'est ça, l'amour, commenta Deenie, assise par terre avec JoJo sur ses genoux. Le chemin vers le cœur de l'homme passe par son estomac.

Ally n'avait pas prévu d'emmener le petit épagneul nain, qu'elle considérait comme le candidat parfait pour les Domaines. Mais Deenie, Celle qui Murmurait à l'Oreille des Chiens, semblait adorer le papillon, avec ses oreilles poilues, l'appelant « princesse » et lui mettant des nœuds sur la tête, et si jamais elle arrivait à persuader son propriétaire de la laisser avoir un chien, il lui faudrait un modèle de poche, comme JoJo.

Ally se demandait s'ils emmenaient trop de chiens : JoJo, Fred et Ginger, Partridge, Biscuit, Captain America, qui était le meilleur ambassadeur du groupe – amical, placide et gentil. Même s'il faisait l'objet d'une demande, il pouvait attirer des visiteurs au refuge pour voir d'autres chiens.

— Je suis contente que vous soyez venus ! déclara Ally avec un peu trop d'enthousiasme.

Elle était si heureuse de les voir.

— Moi aussi, renchérit Astrid.

Ben ouvrit la bouche pour répondre, mais les clochettes tintèrent, lui coupant la parole.

— Joyeux Noël ! Ho-ho-ho ! clama son grand-père, et Ally sourit.

— Vous me le direz plus tard, murmura-t-elle en passant à côté de Ben, pour aller accueillir son grand-père.

— Tout va bien à la maison ?

— Ouais. Ta grand-mère surveille encore cette chienne en cloque.

Il passa son bras autour des épaules d'Ally, qui se serra contre son épais manteau.

— Elle en est gaga. Si je ne fais pas gaffe, on aura ce cabot et toute sa marmaille courant partout. Échec imminent d'adoption.

— On pourrait la présenter dans « Douze chiens pour Noël », suggéra Ally. Pour avoir une famille prête à l'adopter quand ce sera le moment, pour que Gram ne s'y attache pas trop.

— À qui suis-je trop attachée ? demanda celle-ci en les rejoignant. J'aime tous mes chiens de la même façon et souhaite que chacun trouve une maison accueillante.

Elle ne portait pas son attelle, et Ally résista à l'envie de lui répéter que, même si elle n'en ressentait pas le besoin, l'attelle lui rappelait de ne pas en faire trop.

— À ce sujet, j'ai eu une bonne idée en allant à la soirée bingo, aux Domaines, où j'ai gagné cinq cents dollars, s'il vous plaît.

Ally en resta bouche bée.

— Tu as gagné cinq cents dollars au bingo ?

— Le bingo est une affaire sérieuse, aux Domaines. Il attire du monde. C'est pourquoi on devrait présenter notre expo canine un jour de bingo. Les résidents viennent tous… (Elle fronça les sourcils avant de poursuivre.) Mais ceux qui perdent sont dégoûtés. Il vaudrait mieux le faire avant le concert de Noël. Moins déprimant. Bonjour, mes chéris !

Elle se pencha pour saluer les chiens – et Ben et Astrid, et Deenie. Ally resta en arrière avec son grand-père, lui demandant à voix basse :

— Ne devrait-elle pas porter son attelle ?

Sa grand-mère n'était pas une femme prudente, mais son grand-père pourrait peut-être la persuader.

— Elle dit que c'est trop serré par-dessus son manteau. Ne t'inquiète pas. On ne la laissera pas en faire trop.

Ally s'efforça de ne pas s'inquiéter, mais elle n'y arrivait pas complètement. Gram était assise par terre et jouait avec Astrid, Fred et Ginger. Gramps marcha calmement vers elle et lui tendit la main pour l'aider à se mettre debout. Ils étaient parfois tellement différents qu'il était difficile de comprendre comment ils étaient tombés amoureux, mais Gram le regarda, mettant sa main dans la sienne en souriant, et c'était inscrit sur leurs visages. Ils étaient toujours là l'un pour l'autre.

Le cœur d'Ally se serra. Ses parents avaient été comme ça, mais elle n'avait connu ce genre de relation avec aucun de ses partenaires. Était-ce sa faute ? Lui manquait-il quelque chose ? Ou, simplement, était-ce parce qu'elle n'avait pas encore rencontré la bonne personne ?

— Hé !

Ben apparut à côté d'elle, comme en réponse à ses interrogations… et elle rougit, réprimant son envie de le toucher.

Fiancé, tu te rappelles ? Ils étaient amis. Amis très platoniques.

— Hé ! fit-elle… très inspirée, et soulagée quand son grand-père intervint.

— Alors, on embarque tout ce cirque ?

15

La neige gelée crissait sous leurs bottes et les chiens bondissaient au bout de leur laisse, reniflant tout le long du chemin. Pine Hollow était agréable toute l'année, mais une atmosphère d'anticipation était palpable ce soir dans l'air vif, tandis qu'ils marchaient vers le square.

Des guirlandes lumineuses étaient accrochées aux barrières et aux façades des maisons. Des couronnes étaient apparues sur chaque porte, semblait-il. La ville dégageait une ambiance de Noël tout à fait magique et Ally se mit à sourire tandis que Deenie et Gram faisaient des commentaires animés sur tout ce qu'elles voyaient.

C'était pour *ça* qu'elle voulait passait les fêtes à Pine Hollow. Pour des moments pareils. Des sensations pareilles.

— Est-ce que tu m'en veux ?

Astrid apparut à ses côtés, parlant d'une voix douce et hésitante, les yeux baissés sur sa main qui tenait la laisse de Biscuit.

Ally sentit son cœur se serrer.

— Oh, chérie, non, bien sûr que non.

— Oncle Ben a dit que je devais m'excuser. Parce que je t'ai laissée croire que mes parents étaient d'accord.

En matière d'excuses, il manquait quelque chose, mais Ally s'inquiétait davantage de la raison que d'un formel « Je suis désolée ».

— As-tu cru que tu ne pouvais pas me le dire ?

Astrid haussa les épaules, les yeux toujours baissés.

— Ici, tout le monde est au courant. Je crois… Je ne sais pas. C'était sympa de faire comme si les choses étaient comme avant, pendant un moment.

— Je peux comprendre.

Ally tira gentiment sur la laisse de Captain, distrait par des odeurs sur le chemin.

— Mes parents sont morts dans un accident de voiture quand j'avais dix-huit ans. Je n'en parle pas toujours. Si les gens ne le savent pas, c'est comme si ça n'existait pas.

Astrid leva alors la tête, croisant son regard pour la première fois depuis qu'elles avaient commencé à parler.

— À cause de quelqu'un qui envoyait un texto ?

— Non. Juste de mauvaises conditions météo et un manque de chance.

Astrid baissa les yeux et dit d'une voix si douce qu'Ally l'entendit à peine.

— Est-ce qu'ils te manquent encore ?

— Tous les jours.

Astrid hocha la tête. Elles avancèrent en silence un moment, puis Astrid la regarda, l'air inquiet.

— J'aime bien oncle Ben.

— Je sais. J'adore mes grands-parents…

Captain ralentit de nouveau et elle donna un petit coup sur la laisse.

— … mais ce n'est pas la même chose.

— Non, murmura Astrid.

Biscuit sautilla et s'enroula dans sa laisse, ce qui fit naître un pâle sourire sur le visage d'Astrid, qui s'effaça aussitôt.

— Ils avaient dit que je pourrais avoir un chien quand j'aurais dix ans, confia-t-elle à voix basse. Papa et Maman.

Oh, ma puce… Ally ressentait l'injustice de la situation. Toutes les promesses que ses parents ne pourraient pas tenir. Encore une chose qui avait été stupidement arrachée.

— Allez, toutes les deux ! Plus vite ! leur cria Gram.

Ben, en grande conversation avec Gramps, regarda par-dessus son épaule. Partridge se dandinait à leurs côtés. Ben fronça les sourcils et Astrid plaqua un sourire sur son visage.

Ils arrivaient dans le centre-ville, très animé avec tous les gens qui se rassemblaient pour la cérémonie. Ally raccourcit la laisse de Captain et Astrid l'imita. Biscuit était l'un des chiens les plus dociles du refuge, égalant Colby pour la paresse, mais même lui s'était ragaillardi, avec tout ce monde autour.

Une estrade avait été dressée sur un côté du square, en face du kiosque, décorée d'ampoules blanches qui clignotaient, telle une constellation. Sur la scène, un groupe jouait des standards de Noël. De nombreux chalets proposaient du chocolat chaud ou des objets artisanaux. Et l'énorme sapin dominait le tout.

Le square était déjà plein alors que l'illumination n'était pas prévue avant une heure au moins. Ally fut un peu nerveuse en regardant cette foule d'inconnus. Elle ne s'était jamais sentie intimidée par la foule à New York, mais ici, c'était différent. Tous ces gens se connaissaient.

Elle était l'étrangère. Soudain, elle souhaita avoir son appareil photo pour faire écran entre elle et le monde.

— Attendez ici, ordonna Deenie en prenant JoJo dans ses bras pour se déplacer plus facilement. Les Amis de la Bibliothèque m'ont dit qu'on pourrait s'installer avec eux. Je vais voir s'il y a la place.

Deenie plongea dans la foule. Quelques secondes plus tard, Gram se redressa et tira sur la manche de son mari.

— Regarde ! Voilà Peg. Peg !

Elle faisait de grands signes et fonça dans la foule, Gramps et Fred et Ginger à sa suite.

— Est-ce que je peux aller dire bonjour à Neesha ? demanda Astrid. Elle pense pouvoir convaincre ses parents d'avoir un autre chien et Biscuit pourrait lui plaire.

Ben regarda dans la direction indiquée en fronçant les sourcils. Et ils discutèrent pour savoir si Astrid pouvait y aller toute seule avec Biscuit. Ally regardait autour d'elle et sentait son anxiété grimper.

Les gens tout autour souriaient, se saluaient, mais Ally ne connaissait personne. Si elle était là depuis un mois, elle était toujours autant l'étrangère que quand elle ne passait ici que quelques jours à Noël.

Pas étonnant qu'elle ne trouve pas de foyer pour les chiens, elle ne faisait pas partie de la communauté.

— Ça va ?

Ally sursauta quand Ben lui parla tout près d'elle. Astrid était un peu plus loin, montrant Biscuit à ses amis.

— Quoi ? Oui, bien sûr. Ça va.

Partridge et Captain America étaient sagement assis à leurs pieds. Cap, aux aguets, observaient les gens, tandis que Partridge fixait la poche de Ben, au cas où une friandise en tomberait.

— Vous n'avez pas l'air dans votre assiette. Je vous promets qu'il n'y a pas de sacrifice humain avant l'illumination. Vous êtes en sécurité.

Elle regarda nerveusement autour d'elle quand quelqu'un cria Joyeux Noël.

— Je ne connais personne. À qui parler. Ou à éviter.

— Demandez-moi. Je connais tout le monde.

Il remua les sourcils et elle ne put s'empêcher de sourire.

— L'omniscience est un des bénéfices lorsqu'on vit depuis toujours au même endroit. C'est ce que j'ai retenu d'*Un jour sans fin*, conclut-il.

Elle lui indiqua le stand de chocolat chaud, tout près.

— C'est qui, là ?

Il suivit son regard.

— Là ? C'est Mac, le propriétaire de La Tasse, le meilleur restaurant en ville. En conflit avec Magda, la boulangère. Une histoire de recette de gâteau et de secret de famille. Chacun a choisi son camp. Le café est meilleur chez Mac, mais les pâtisseries de Magda sont divines, alors les équipes sont à égalité.

Ally réprima un sourire.

— Et vous êtes dans quel camp ?

— Eh bien, je suis allé en classe avec Mac de la maternelle jusqu'à la fin du lycée et nous jouons au poker toutes les semaines, sauf si l'un ou l'autre doit annuler, je suis donc très pro-Mac.

— Attendez une minute !

Ally leva la main pour l'arrêter, le temps d'enregistrer ce qu'il venait de dire.

— Vous préférez le café à La Tasse ? Je suis allée le prendre chez Magda parce que c'était de là que vous sortiez quand je vous ai bousculé. Pourquoi ne m'avez-vous rien dit ?

— Je pense sincèrement qu'on ne doit pas critiquer le café gentiment offert. Et celui de Magda est bon. Celui de Mac est simplement magique. Mais je ne peux pas aller chez Mac sans me faire alpaguer. C'est un guêpier à cancans.

— Est-ce que Mac voudrait un chien ?

Ben sourit.

— Cela se pourrait. C'est un genre de gentil corniaud, ce type. Je ne l'ai jamais vu s'emporter contre quelqu'un, à part Magda. Je pourrais peut-être amener un chien pour la prochaine soirée de poker.

— Qui parle de soirée de poker ? demanda une grosse voix.

Un homme grand, vêtu d'une veste en lainage sombre, apparut à leurs côtés.

— Allons-nous jouer cette semaine ?

— Je l'espère.

Ben serra la main du nouvel arrivant, dont la veste devait coûter plus que ce qu'Ally gagnait en un mois.

— Ally Gilmore, voici Connor Wyeth. Connor est un autre de mes amis d'enfance et victimes de poker.

L'homme raffiné sourit d'un air supérieur, ses dents blanches ressortant sur sa peau sombre.

— Je ne parlerais pas de victimisation quand c'est moi qui remporte tout ton argent.

— C'est drôle. Je ne me souviens pas de ça. La dernière fois, je me rappelle que c'était toi qui pleurais dans ta bière.

Connor se tourna vers Ally en lui serrant la main avec un large sourire.

— Bienvenue à Pine Hollow, Ally. Ne le laissez pas vous abuser. Il est le pire du groupe. Il sait à peine tenir ses cartes. C'est pitoyable.

— Ne parlez pas de poker devant mon grand-père, prévint Ally. Il a plumé tous les résidents des Domaines depuis que je suis arrivée. Il serait ravi de se joindre à vous, et après, si vous laissez tout votre argent à un retraité de quatre-vingt-deux ans, votre ego risque d'en prendre un coup.

Connor haussa les sourcils.

— Qui, croyez-vous, nous a appris à jouer ?

Ally chercha la confirmation du côté de Ben, qui souriait.

— Vraiment ? Vous ne m'avez jamais dit que Gramps vous avait appris à jouer au poker.

— Il nous a tous appris à jouer. Levi avait toujours des ennuis quand il était jeune et sa mère ne savait plus quoi faire de lui. Je ne sais plus comment ça s'est fait, mais on s'est tous retrouvés au club des Elks à apprendre le poker, le black jack et même le bridge. Cela a sans doute préservé Levi d'une vie de criminel.

— C'est dommage. La seule raison pour laquelle j'ai fait du droit, c'était pour le défendre un jour. Toutes ces années pour rien, ironisa Connor.

Ben ricana.

— Oui, il est malheureux que ces licences de droit ne servent à rien.

— Et où est-il, ce Levi ? demanda Ally, interrompant leurs plaisanteries. Un tournoi de poker à Las Vegas ?

— Non. Il est à la tête de la police. À côté du chalet des chaussettes faites maison, indiqua-t-il d'un mouvement du menton. Il « sert et protège », selon la devise.

— Vous plaisantez.

Ally se retourna et, effectivement, un homme avec un insigne à son revers se tenait à cinq mètres d'eux, bavardant avec une jolie brune.

— Bienvenue à Pine Hollow. On y revient tous. Si vous restez assez longtemps, ce sera pareil pour vous. C'est comme des sables mouvants.

À ces mots, Ally ne put s'empêcher de sourire. Ben n'avait rien dit de particulièrement drôle, mais elle avait envie de rire. La sensation doucement enivrante d'être avec quelqu'un qui vous rendait plus légère, comme si vous alliez décoller du sol.

Non, elle ne flirtait pas. Ils étaient amis. Elle aimait la sensation d'appartenir un petit peu à cette ville. Comme s'il lui avait ouvert une fenêtre sur ce monde.

Elle commençait à se dire qu'elle devait vraiment rencontrer sa fiancée. Cette femme semblait trop abstraite. Ally devait se rappeler son existence.

D'ailleurs, Ben n'avait jamais eu de geste inapproprié, il ne l'avait jamais touchée. Cela restait très amical. Mais elle se sentait coupable d'être très à l'aise en sa compagnie. Si elle rencontrait sa fiancée, elle se sentirait peut-être moins gênée d'apprécier autant sa compagnie.

— Coucou !

Deenie jeta un coup d'œil à Connor avant de s'adresser à Ally :

— On peut s'installer dans le chalet à côté de celui de la bibliothèque. On y va ?

— À mercredi, Ben. Ravi de vous avoir rencontrée, Ally.

Connor fit un signe de tête et s'enfonça dans la foule.

Ben tendit la main vers le kiosque, la direction dans laquelle Deenie s'en allait.

— On y va ?

— Après vous.

Ally raccourcit la laisse de Captain et, en même temps, resserra sa prise sur son béguin ridicule pour Ben. Elle avait une mission – trouver un foyer pour les chiens – et elle n'allait pas se laisser distraire. Elle était bien trop sérieuse pour ça.

Raison pour laquelle elle reluqua ses fesses en marchant derrière lui. Sérieuse.

16

Suggérer la venue des chiens à l'illumination avait été une idée en l'air. Un truc qui lui avait traversé l'esprit. Ben n'avait pas prévu que cela demanderait un tel travail. Ni que ce serait un tel succès.

Deenie avait récupéré une bâche qui, étalée sur le sol, permettait aux gens de jouer avec les chiens sans se mouiller dans la neige. Ce petit espace devint rapidement le point d'attraction du square.

Les chiens étaient les vedettes. Tout le monde voulait caresser les célébrités citées dans l'article « Douze chiens pour Noël ». Captain America concentrait l'attention et Partridge ne s'éloignait pas de Ben, la bave coulant régulièrement sur son ruban bleu vif « ADOPTEZ-MOI », tandis qu'il fixait les poches de Ben avec optimisme.

La moitié de la ville avait dû s'y arrêter, attirée par les rires d'Astrid et de ses amies qui jouaient avec JoJo et Biscuit, surveillés par Deenie, aussi à l'aise que les gamines pour se rouler par terre. Ben présenta Ally au boucher, au boulanger et à Joanie Pounds qui fabriquait elle-même ses bougies parfumées. Puis, Mrs Gilmore prit le relais et présenta Ally à ses amis des Domaines.

Ben l'observait. Un sourire détendu et naturel avait remplacé celui, crispé, qu'elle avait en arrivant au square. Il n'avait pas pensé que tout cela pouvait sembler écrasant pour quelqu'un de l'extérieur, jusqu'à ce qu'il voie son visage figé. Mais maintenant, elle semblait chez elle. Elle serait probablement aussi au courant de tous les ragots que Linda Hilson le jour où elle rentrerait à New York.

Il ressentit un petit pincement à cette idée, mais il n'y fit pas attention. Elle était venue aider ses grands-parents au refuge. Dès que son travail ici serait terminé, elle retournerait dans la Grosse Pomme à son métier de photographe.

— On dirait que c'est l'endroit où il faut être ce soir.

Ben quitta Ally des yeux quand Delia Winter arriva près de lui. La mairesse avait l'âge de sa mère, des cheveux blancs bien coiffés, un visage brun lisse, dépourvu de rides, et des opinions bien tranchées. L'une des rares choses qui avaient rendu supportable son travail au conseil municipal depuis deux ans était son sens de l'humour.

— Oui, nous sommes très populaires, reconnut-il.

Delia s'accroupit pour caresser Partridge.

— J'adore ce que tu as fait pour ces gens dans le bulletin.

— C'est un peu notre faute, s'ils ferment. J'ai trouvé qu'on leur devait bien ça.

— C'est une solution rêvée. Ça ne coûte pas un sou à la ville et ça les aide à faire savoir que le refuge ferme et que les chiens ont besoin d'eux.

Elle se redressa en se frottant les mains.

— Et c'est pourquoi j'ai besoin de te parler.

Ben se prépara instinctivement à entendre une mauvaise nouvelle. Les gens ne venaient lui parler que pour lui demander quelque chose et là, il était épuisé.

— Tu sais que mon mandat se termine l'an prochain. Nous aurons besoin d'un nouveau maire…

Il ne comprit pas tout de suite où elle voulait en venir, mais quand le déclic se fit, il secoua la tête, horrifié.

— Non. Certainement pas.

— Cela ne représente pas beaucoup plus de travail que de siéger au conseil. Et tu reçois une allocation, tu n'es donc pas obligé de garder un job à plein temps. Tu sais déjà comment fonctionne la gestion de la ville, et tu es à peu près la seule personne à qui je fais confiance pour considérer les problèmes sous tous les angles et trouver des solutions gagnant-gagnant.

Ben secoua la tête.

— Je ne peux pas, Delia. Je compte les jours d'ici la fin de mon mandat, quand j'aurai une tâche en moins à m'occuper.

— D'accord. Mais penses-y, les élections n'auront lieu que dans plusieurs mois.

Il n'avait pas besoin d'y penser. Il savait que rien ni personne ne le forcerait à occuper le poste de maire, mais il aimait trop Delia pour le lui dire en face. Il se contenta de hocher la tête et lui souhaita un Joyeux Noël tandis qu'elle prenait le bras de sa femme et se dirigeait vers l'estrade pour lancer la cérémonie.

— Ça va ? On dirait que tu essaies de fusiller le sapin en le regardant.

Son regard noir s'adoucit quand il regarda Ally. Elle avait une telle présence qu'il oubliait sa petite taille jusqu'à ce qu'elle se tienne à côté de lui.

— Ça va. Juste une réaction à l'une des idées ridicules qui circulent à Pine Hollow.

— Vous voulez une bonne nouvelle ? Astrid m'a dit que la famille de son amie va faire une demande pour adopter Biscuit. Avec celle, imminente, pour Captain America, cela fait deux succès en une semaine. Il n'en reste plus que onze à caser. Et les chiots… Heum ! Ça avait l'air plus positif dans ma tête !

Elle s'esclaffa.

— On y arrivera, promit-il. Avez-vous décidé lequel on va mettre en vedette ensuite ?

— Je pensais à Maximus. Il est si gros qu'il sera difficile à placer. Et Gramps et moi, on se disait qu'on devrait montrer Dolce rapidement… voir si on peut éveiller un intérêt pour la chienne et ses petits. Quoiqu'il vaille peut-être mieux attendre de savoir combien il y aura de chiots.

— D'accord pour Maximus. Demain, je suis de corvée de gâteaux avec Astrid, mais je peux venir après, pour vous aider à le maîtriser pour les photos, si vous voulez.

— En fait, je vais demander à Deenie de m'aider. Elle semble avoir le doigté en ce qui le concerne. Si seulement elle avait le droit d'avoir un chien dans son appartement.

— Il est beaucoup trop grand pour être en appartement.

Ally haussa les épaules.

— J'avais Colby à New York et mon appartement n'était guère plus grand qu'un placard.

— Vous aviez un saint-bernard à New York ?

— En fait, il est super en appartement, parce qu'il fait office de carpette.

Ben sourit à la justesse de la description.

— C'est le chien le plus paresseux du monde. Quoique Partridge lui fasse de la concurrence, ce soir.

Ben baissa les yeux : le bouledogue était sur le dos, les quatre pattes en l'air, et il ronflait.

— Il est très digne.

— C'est sa grande qualité. Alors demain, corvée de gâteaux ? Une tradition familiale ?

— Non, plutôt travail forcé infligé par la ville. C'est pour la kermesse de Noël de l'école élémentaire. Les enfants doivent apporter assez de gâteaux pour nourrir un bataillon. Ils les vendent aux parents et la recette permet de financer des activités extrascolaires. Nous sommes chargés des brownies, cette année.

Ally pencha la tête en l'observant.

— J'ai l'impression que faire des brownies n'est pas trop votre truc, si ?

Il grimaça.

— Ma sœur était une Super Maman. Elle en aurait fait qui se seraient tous vendus. J'ai proposé à Astrid de préparer du pain d'épices, mais elle ne m'a pas fait confiance et elle a choisi d'apporter des brownies.

— On peut faire plein de choses avec des brownies. Je suis sûre que ça se vendra bien.

Il fit la moue.

— Ouais… Les inquiétudes d'Astrid concernant mes aptitudes culinaires ne sont pas sans fondement. Je suis bon quand je peux suivre les instructions sur la boîte.

— Je peux vous aider. Après ce que vous avez fait pour le refuge, je vous dois bien quelques heures de pâtisserie.

Ben allait refuser quand Astrid surgit de nulle part, excitée par un excès de sucre.

— Tu vas nous aider à faire des brownies ? C'est génial !

— Vous n'avez pas à faire ça. Vous ne me devez rien, lui assura Ben.

— *S'il te plaît*, plaida Astrid. Nous avons besoin de ton aide. Tu ne sais même pas à quel point. Oncle Ben est comme… le *pire* cuisinier du monde.

— Hé, je suis là.

— Je ne voudrais pas déranger…

Ally le regarda, hésitante.

— … Vous devez avoir quelqu'un qui serait plus approprié.

— Comme Martha Stewart[1] ? D'habitude, elle serait passée mais, à cette époque de l'année, elle est débordée.

— Non, je voulais dire…

Un grésillement dans les haut-parleurs l'interrompit et la mairesse s'empara du micro.

— Joyeux Noël, Pine Hollow !

La voix de Delia résonna à travers le square et tout le monde répondit en chœur :

— Joyeux Noël !

Ally se tourna vers la scène, les yeux levés vers le sapin. Ben avait vu le rituel de l'illumination une vingtaine de fois, et il le trouvait ridicule – ce rassemblement pour voir la mairesse appuyer sur un bouton. Comme

1. Animatrice populaire de télévision.

s'il y avait là quelque chose de magique. Ally ne devait pas être impressionnée, elle qui venait de la ville du Rockefeller Center. En comparaison, les traditions de Pine Hollow devaient lui paraître pathétiques.

Mais quand elle le regarda par-dessus son épaule, haussée sur la pointe des pieds et souriant en écoutant le discours de la mairesse, il comprit qu'elle aimait ça.

— J'aurais dû apporter mon appareil photo, murmura-t-elle avant de se retourner vers le sapin.

Il ne comprenait pas ce qu'elle avait envie de photographier. C'était juste le square d'une petite ville, plein de gens ordinaires, célébrant quelque chose d'ordinaire.

Puis tout l'éclairage autour du square baissa d'intensité, le chœur qui avait pris place sur la scène entonna « Home For The Holidays » et la foule devint silencieuse, tous les regards tournés vers la mairesse, qui appuya sur le bouton.

La foule retint son souffle, puis acclama à pleine voix. Des milliers de petites lumières clignotantes de toutes les couleurs illuminaient le sapin et se reflétaient sur les visages admirant le spectacle. Il vit Ally soupirer et se mordre la lèvre inférieure… et quand il regarda le sapin de nouveau, il semblait un peu magique. Il n'avait jamais été ému auparavant par l'illumination du sapin, mais là, il passa le bras sur les épaules d'Astrid, l'attirant contre lui. Elle se laissa aller et il ressentit son poids, en même temps que l'éclat chaleureux du sapin.

Il avait envisagé de ne pas venir ce soir pour faire une lessive à la main, puisque la machine était toujours hors service, mais il était content d'être là.

À la fin du chant, le chœur, chaleureusement applaudi, entama « Rudolf, le renne au nez rouge ». Astrid s'écarta et le charme fut rompu. Mais quand il baissa les yeux, Ally lui souriait, et un lien semblait les réunir, de plus en plus solide…

— Tante Elinor !

Ally sursauta, comme si elle venait d'être touchée par un Taser, et quitta Ben des yeux en entendant le cri d'Astrid. Ben embrassa la meilleure amie de sa sœur.

— Salut, Eli.

— Bonjour. Qui est-ce ?

Elle se tourna vers Ally en souriant.

— Ally Gilmore !

Ally se présenta d'une voix trop forte, avec un sourire exagéré.

— Je m'occupe du refuge pour animaux. Ben et Astrid m'ont aidée. Ravie de vous rencontrer !

— Moi aussi, répondit Eli, mais avec un sourire prudent. Je suis Elinor, comme l'héroïne de *Raison et sentiments*. Je n'avais donc pas d'autre choix que de devenir bibliothécaire.

Ally s'esclaffa comme devant une bonne blague.

— Vous vous connaissez depuis longtemps ?

Elinor pencha la tête en interrogeant Ben du regard.

— Depuis la maternelle, c'est ça ?

— Oui. Elinor et moi étions dans la même classe, à l'époque. Avant qu'elle ne saute des classes et ne nous laisse loin derrière.

— Ouah ! C'est incroyable !

Ben fronça les sourcils devant cet enthousiasme incongru.

— Merci.

Elinor entoura les épaules d'Astrid.

— Alors, prêts pour la kermesse de Noël ?

— On n'a même pas encore commencé à faire les gâteaux ! bougonna Astrid, puis elle se ressaisit et sourit. Mais Ally va venir nous aider demain, n'est-ce pas, Ally ?

— Je…

Ally se figea, tel le chevreuil pris dans la lumière des phares, son regard allant de l'un à l'autre.

— Je veux dire… pas si… je pourrai… à moins que vous ne vouliez les aider, plutôt ?

— Moi ? demanda Elinor en riant. Je ne suis d'aucune aide en cuisine. Mais je suis contente que ces deux-là reçoivent des conseils. Nous avons tous souffert des tentatives de Ben pour préparer des scones l'an dernier.

— Hé ! Ils n'étaient pas si mauvais.

Elinor haussa un sourcil et il concéda :

— D'accord, ils étaient mauvais, mais, pour ma défense, la farine de quinoa était juste à côté de celle de blé.

— Sauvez-les, Ally, vous êtes leur seul espoir.

— Vous n'y êtes pas obligée, insista Ben. Ne vous laissez pas influencer par le chantage émotionnel.

Le visage d'Ally était devenu étrangement figé.

— Je veux dire… Je…

— Veux-tu voir JoJo, tante Eli ? l'interrompit Astrid. Il est si mignon.

Elinor lui sourit.

— D'accord.

Elles s'éloignèrent vers l'autre côté de l'espace réservé aux Amis à quatre pattes, laissant Ben seul avec Ally – autant qu'on puisse être seul au milieu d'un square bondé.

— Si vous ne voulez pas venir, cela ne pose pas de problème, la rassura Ben. Astrid et moi serions ravis que vous nous aidiez, bien sûr, mais vous ne nous devez rien.

Ally fronça les sourcils.

— Vous voulez toujours que je vienne ?

— Bien sûr. Si vous êtes d'accord. Mais vous n'êtes pas…

— Non. Ça me fait plaisir. Si c'est OK…

— Oui, absolument. Vous venez vers 15 heures ? Je vous enverrai l'adresse.

— Super.

Elle avait l'air plus confuse qu'heureuse, mais il ne comprenait pas pourquoi.

— Tout va bien ?

Il était certain d'avoir raté quelque chose pendant les dix dernières minutes, mais Ally se contenta de secouer la tête.

— Non, oui. On se voit demain. 15 heures.

17

La fiancée de Ben était magnifique. Et un génie, apparemment, pour avoir sauté tant de classes. Et merveilleuse avec Astrid, à en juger par la cérémonie de l'illumination et le fait qu'Astrid l'appelait « tante ». Elle était *trop* parfaite et elle était *réelle*.

Voilà pourquoi Ally allait faire de la pâtisserie chez Ben en amie. Parce qu'ils étaient amis. Parce que les hommes et les femmes étaient tout à fait capables d'être amis. Et parce que la fiancée magnifique et parfaite de Ben avait donné sa bénédiction. Parce que, d'évidence, elle ne se sentait absolument pas menacée par Ally et faisait totale confiance à Ben, qui n'avait pas dit un mot déplacé depuis qu'ils s'étaient rencontrés.

Cet instant, près de l'arbre, quand ils s'étaient regardés et que tout avait semblé ralentir, les lumières illuminant son visage, et qu'à l'intérieur, quelque chose s'était arrêté dans l'attente de… Ce n'était rien. Ce n'était pas réel. Le réel, c'était la fiancée parfaite. Et l'amitié… dont elle était ravie. Elle *aimait bien* Ben et Astrid.

Et elle lui devait vraiment beaucoup, pour son aide avec les chiens.

Captain America allait officiellement être adopté par une famille de Burlington, dès que le coût de l'adoption serait réglé. Et dans les dernières vingt-quatre heures, ils avaient reçu deux nouvelles demandes d'adoption. Kimber Kwan avait convaincu ses parents de faire une demande pour l'un des chiots de Dolce, et une demande avait été envoyée par e-mail pour Daisy.

Aujourd'hui, les visites avaient été si nombreuses au refuge que ses grands-parents avaient décidé de poursuivre l'ouverture dans la soirée, au cas où d'autres visiteurs se présenteraient. Mais ils l'avaient poussée à aller chez Ben quand elle avait proposé de rester les aider. Et Deenie l'avait pratiquement mise à la porte lorsqu'elle avait appris qu'Ally avait le projet d'aller chez lui.

Les efforts culinaires de Ben devaient être légendaires en ville, pour que tant de gens l'encouragent à lui sauver la mise.

Les anses des deux sacs à provisions en tissu lui sciaient les doigts quand elle arriva devant la jolie petite maison de Maple Street. Avant de connaître l'existence d'Astrid, elle n'imaginait pas Ben dans ce genre d'endroit : accueillant et familial, avec une balançoire sous le porche et un sage SUV garé dans l'allée. Elle ne pouvait s'empêcher de se demander où il vivait avant, parce qu'elle était sûre que cette maison appartenait à sa sœur.

Ally pressa la sonnette, et ses lèvres frémirent lorsqu'elle entendit le cri de joie et le tambourinement des pas qui semblaient beaucoup trop forts pour une petite fille de dix ans.

Astrid ouvrit la porte en grand, radieuse.

— Tu es venue !

— Bien sûr que je suis venue.

Ben arriva dans l'entrée, derrière Astrid, et il haussa les sourcils en voyant les sacs rebondis.

— Je vous ai pourtant dit que j'avais déjà acheté la préparation, n'est-ce pas ?

— Tout à fait, confirma Ally en franchissant le seuil. Mais ce n'est pas une préparation toute faite, ce sont mes ingrédients secrets.

Ben lui prit les sacs des mains afin qu'elle enlève son manteau.

— Vanille ? Ma mère disait que le secret, c'est toujours la vanille. Mais ça ferait *beaucoup* de vanille.

Il souleva les sacs en faisant jouer ses biceps, les muscles de ses bras se gonflant sous le fin lainage gris.

Ally se détourna du spectacle – il est *fiancé*, crétine ! – et accrocha son manteau.

— Patience. Tout vous sera révélé.

— Heum… La cuisine est par ici.

— Oh ! Je suis tellement contente que tu nous aides, s'exclama Astrid en se précipitant devant eux, vers une entrée voûtée.

Ally suivit Ben… et faillit tomber sur lui quand son pied buta à l'endroit où le plancher laissait la place au carrelage. Il se retourna pour la rattraper, mais elle s'était déjà rétablie, le visage rouge.

— Attention, dit Ben, trop tard. J'aurais dû vous prévenir que le sol est inégal, ici.

— Notre cuisine a du caractère, déclara fièrement Astrid.

— Du caractère pour Pine Hollow.

Il n'avait pas tort. La cuisine était petite et décorée dans le meilleur style des années 1970. Les appareils avaient tous connu des jours meilleurs et l'îlot central ne semblait pas à sa place, ce qui donnait à la cuisine un aspect déséquilibré. Mais elle était joyeusement encombrée. Vivante. Et Ally sourit. Cela lui rappelait la maison de ses grands-parents – ayant grand besoin de rénovation, mais tout à fait charmante.

— J'adore.

— C'est une maison à retaper. Et, un jour, on aura enfin le temps de la retaper.

— Je l'aime bien comme ça, insista Ally.

Ben ne répondit pas mais, à la façon dont il regarda l'arrière de la tête d'Astrid, Ally pensa que c'était parce qu'Astrid ne voulait pas la changer, que la cuisine n'avait pas encore été rénovée.

— Alors, qu'y a-t-il là-dedans ? demanda Ben en déposant les sacs sur la table.

Des boîtes de préparation pour brownies et tout le matériel nécessaire avaient été disposés sur l'îlot. Ben et Astrid avaient pris la peine de tout préparer pour elle, et Ally ressentit une légère appréhension à l'idée qu'elle s'était peut-être emballée. Elle s'était rappelé les paroles de Ben, disant que la maman d'Astrid aurait fait quelque chose d'exceptionnel qui se serait vite vendu, et elle avait voulu préparer quelque chose de spécial ; mais, maintenant, elle craignait d'avoir l'air d'en faire trop.

— Je savais que vous aviez de quoi faire les brownies, mais j'ai pensé que des décors spéciaux les feraient remarquer, dit-elle, soudain un peu gênée.

Elle sortit les trésors des sacs : bretzels, guimauves, caramels, chocolat au lait, chocolat blanc, bâtons de sucre d'orge, vermicelles en sucre, oursons gélifiés.

— À New York, j'habitais près d'une confiserie et leurs brownies n'étaient jamais de simples brownies. J'ai pensé qu'on pouvait s'en inspirer.

— Waouh ! s'exclama Ben en voyant cette abondance exposée sur la table.

— C'est trop ? Je n'aurais pas dû…

— Non, c'est parfait, l'interrompit-il.

— C'est *génial* ! s'écria Astrid. On va faire les meilleurs brownies du monde !

Astrid tourbillonnait dans la cuisine et Ben croisa le regard d'Ally. Il articula un « merci » silencieux, et elle sourit, le plaisir de l'instant scintillant dans sa poitrine et lui réchauffant le cœur.

— On s'y met ?

*

Trois heures plus tard, Ally était penchée au-dessus du comptoir, pressant du sucre d'orge émietté dans la couche de chocolat blanc qui recouvrait la dernière fournée de brownies, avant qu'ils ne soient complètement refroidis. À côté d'elle, Ben en faisait autant avec des bretzels et du caramel, tandis qu'Astrid travaillait sur l'îlot, perfectionnant ses propres créations à base de biscuits et de guimauve collante. Ben avait un peu de farine sur le cou, qu'Ally n'arrêtait pas de regarder sans oser la lui retirer.

— Il faut les goûter, déclara Astrid.

— Le contrôle qualité est important, confirma Ally en souriant.

— Après le dîner, prévint Ben sans lever la tête.

— On pourrait avoir des brownies pour le dîner, suggéra Astrid, pleine d'espoir.

Ben ricana.

— Bien tenté !

Il jeta un coup d'œil à la pendule, puis à Ally.

— Nous devons te nourrir puisque tu nous as aidés tout l'après-midi. Que dirais-tu d'une pizza ?

Travailler côte à côte les avait fait passer naturellement au tutoiement. Son estomac grondait.

— Bonne idée.

— Je vais commander ! cria Astrid, descendant de son tabouret pour saisir le téléphone de Ben. Est-ce que tu aimes les pepperonis et l'ananas, Ally ?

— Euh… tout à fait.

Ben se pencha et dit à voix basse :

— Tu as le droit de dire « non », tu sais. On peut commander une autre sorte de pizza.

Son visage était tout près de celui d'Ally, qui sentit ses genoux trembler, ce qu'elle attribua à une trop longue station debout.

— J'adore les pepperonis. Je n'ai jamais goûté avec l'ananas, mais je suis d'accord pour essayer.

Ben leva un sourcil.

— Commande aussi du pain au fromage, conseilla-t-il en haussant la voix, sans quitter Ally du regard.

— Crois-tu que nous en avons assez ? demanda Astrid après avoir passé la commande.

Elle comptait les différentes variétés de brownies qu'ils avaient préparées. Lorsque la dernière fournée aurait refroidi, chaque gâteau serait enveloppé de cellophane, noué avec un ruban et placé dans le panier à demi plein qui trônait sur la table.

— Nous en avons assez, confirma Ben. L'important c'est la qualité, pas la quantité. Et, grâce à Ally, le niveau de qualité est élevé. Je pense quand même que ceux au chocolat blanc et aux oursons gélifiés sont bizarres.

— Attends de voir, conseilla Ally. C'est ceux-là qui auront le plus de succès. Ils sont délicieux.

— Je te crois sur parole.

— Ils sont parfaits, complimenta Astrid, en sautillant d'un bout à l'autre de la pièce. À mettre sur Instagram.

Ally jeta un regard interrogateur à Ben, qui fit la grimace.

— Une maman met les repas de son fils sur Instagram et envoie les photos sur le groupe Facebook des parents. Au cas où tu aurais l'impression que tu te débrouilles bien avec tes tartines au beurre de cacahuètes et à la confiture, il y a toujours quelqu'un pour te demander si le beurre de cacahuètes est bio et qui sous-entend que tu vas donner le diabète si la confiture a deux milligrammes de sucre ajouté.

— Aïe !

— Être parent est un métier très dur.

Ally regarda leur manne.

— Je suis sûre qu'il n'y a rien de bio là-dedans et il y a un taux de sucre suffisant pour que tous les gamins sautent au plafond.

— C'est Noël. Il y aura des options bio, vegan et sans gluten sur les autres tables. Nous sommes les pécheurs, les décadents.

Sa voix de basse rendait les mots encore plus décadents. Ally se concentra sur ses mains, tentant de ne pas rougir. *Fiancé. Pris.* Elle ferma les yeux, revoyant l'image d'Elinor la Grande.

— On a mangé toutes ces cochonneries quand on était gamins, et on est toujours là.

Gamins. Concentre-toi là-dessus. C'était platonique. Elle ouvrit les yeux, enfonçant d'autres miettes de sucre d'orge dans le chocolat blanc.

— On dirait que tu étais le trublion quand tu étais plus jeune.

— Moi ? Non. Mais je me retrouvais toujours mêlé aux combines de Levi. C'était lui le meneur. Mais il se débrouillait pour ne pas se faire coincer. Contrairement à nous. Je crois que j'aurais été puni une semaine sur deux, si Katie ne m'avait pas couvert.

Ben arrêta de décorer les gâteaux et l'atmosphère de la pièce se modifia. Il jeta un coup d'œil à Astrid, qui faisait mine d'être concentrée sur sa création mais se penchait pour ne pas rater un mot.

— Comment était-elle, quand vous étiez jeune ? demanda Ally d'une voix douce.

— Drôle. Dans le sens sarcastique. Intelligente et bonne à l'école. Bonne en tout. Ce que je trouvais affreux, évidemment, parce que comment tu fais, toi, derrière elle ? Mais aussi méchante, ajouta-t-il en riant. Elle pouvait être odieuse, en général quand elle avait faim ou quand j'avais fait un truc stupide pour la faire enrager. Elle adorait lire mais pas quand il y avait des gens autour. Elle disait qu'elle m'entendait respirer et cela la dérangeait. Alors, bien sûr, je disais que je ne pouvais pas arrêter de respirer et elle me menaçait de…

Ben regarda ses mains, enfonçant doucement les bretzels.

— Tout le monde l'aimait. Plus que l'on m'aimait moi, mais je m'en fichais. Peut-être parce que je l'aimais, moi aussi. C'était bizarre, quand elle est partie à l'université. Elle n'était pas du genre à rentrer souvent ni à écrire tous les jours. Elle envoyait quelques e-mails, téléphonait quelquefois, et puis il y avait Noël. Elle était de retour et faisait tout. Elle s'y mettait de tout son cœur. Noël était…

Les mots moururent dans sa gorge et il secoua vivement la tête.

— Bah… Je ne sais pas pourquoi je raconte ça.

— Parce qu'elle te manque ? murmura Ally.

— Ouais.

Ben déglutit en pinçant les lèvres. La sonnette retentit, et Ben toussa, se reprenant.

— Voilà la pizza !

Il sortit de la cuisine en un clin d'œil. Ally se frotta les mains pour se débarrasser des miettes de sucre d'orge et se tourna vers Astrid.

— Ça va ?

— Je me souviens de ça, moi aussi.

Elle regarda Ally, luttant contre l'émotion qui l'envahissait.

— Comme elle détestait que tu fasses le moindre bruit quand elle lisait. J'avais oublié, mais c'est vrai. Une fois, je mâchais du chewing-gum et elle m'a dit : « Je t'ai mise au monde, mais je t'en ferai partir. » Mais tu savais qu'elle n'était pas sérieuse. Elle disait des trucs comme ça, des blagues. Elle me poursuivait en dehors de la pièce et me chatouillait jusqu'à ce que je ne puisse plus respirer.

— Je parie qu'elle adorait que tu sois là, chewing-gum et le reste.

Le sourire d'Astrid était pâle et de guingois.

— Ouais.

— Pizza ! annonça Ben en entrant dans la cuisine, les bras chargés de boîtes. Faites de la place !

Ally et Astrid firent rapidement de la place, mais l'instant chargé d'émotion et de souvenirs flottait encore dans l'air.

18

— Je suis content que tu sois venue, constata Ben, les mains enfoncées dans ses poches à cause du froid. Et pas seulement pour les brownies, même s'ils sont infiniment meilleurs que si nous nous étions débrouillés tout seuls.

L'air sentait la neige. Ben raccompagnait Ally jusqu'au refuge. Après avoir fini la pizza, quand il avait compris qu'Ally était venue à pied avec ses gros sacs de provisions, il avait proposé de la ramener, mais Astrid lui avait demandé de rester. Ni l'un ni l'autre, d'ailleurs, n'avaient envie qu'elle s'en aille.

Ils avaient regardé *Elfe* en attendant que les derniers brownies refroidissent pour pouvoir les emballer. Ally était restée jusqu'à ce qu'il envoie Astrid se coucher. La voisine, Mrs Fischer, était là au cas où Astrid aurait besoin de quelque chose le temps que Ben raccompagne Ally.

Ils avaient passé une bonne soirée. La meilleure soirée depuis longtemps, pour être honnête. C'était bizarre. Il se sentait de nouveau lui-même. Comme si le stress qui l'enserrait comme un étau s'était un peu relâché, pour un moment au moins.

— Je me suis bien amusée, constata Ally. Et je t'étais redevable pour ton aide avec les chiens.

La neige glacée craquait sous ses bottes.

Il se sentit coupable.

— Tu ne me dois rien. Au contraire. C'était *vraiment* agréable. Je crois que j'avais oublié cette sensation. Quand Noël n'est pas synonyme de travail. Et Astrid a adoré. Tu sembles toujours savoir lui parler. Contrairement à moi, conclut-il en grimaçant.

— Hé ! répondit-elle en heurtant son bras avec le sien. Ne sois pas si dur avec toi. Tu te débrouilles bien mieux que ce que tu laisses croire.

— Oui, mais ce truc, ce soir, avec Kate… Je ne sais pas pourquoi j'ai parlé de ça.

Ils longèrent le square, avec son sapin illuminé.

— En un sens, c'est facile de ne rien dire, parce que tout le monde est au courant, tu comprends ? C'est l'avantage et l'inconvénient d'une petite ville. Tout le monde connaissait Katie et Paul. C'est étrange de parler à quelqu'un qui ne les connaissait pas. Ils manquent à tout le monde, mais personne n'en parle. Je ne sais pas si cela rend les choses plus faciles ou pas.

— Si cela peut te rassurer, je crois qu'Astrid a aimé t'entendre parler de sa maman.

— J'aimerais qu'il y ait quelqu'un qui me dise quand je fais les choses bien ou quand je me trompe. Les gens ont tous leur opinion, mais il n'y a pas moyen de savoir si tu es un bon parent. Je ne sais jamais si je la déçois, et j'ai l'impression que c'est toujours le cas.

— Ben, tu es un bon tuteur, le rassura Ally en lui prenant le bras.

— Tu crois ? Obtenir l'agrément a été une épreuve. Élever un enfant est une épreuve. Je me sens tout le temps dépassé… Je ne peux même pas avoir une machine à laver qui fonctionne.

— Je ne pense pas qu'une machine en panne soit un critère de mauvaise éducation parentale.

— Je sais. Avant, j'étais l'oncle amusant et j'adorais Astrid, mais j'ignorais tout des routines. De la vie au jour le jour. Ni le nom de son pédiatre, ni qu'elle dormait toujours avec Hop-Hop, ni que Katie avait commencé à lire *Harry Potter* avec elle, à haute voix, un chapitre à la fois.

Après l'accident, Astrid avait refusé de lire avec lui. Les livres prenaient la poussière sur une étagère dans sa chambre.

— Comment savoir si on agit comme il faut ? L'autre jour, Elinor m'a dit que le stress change la façon dont le cerveau fonctionne s'il dure trop longtemps. J'ai l'impression que mon cerveau est stressé depuis deux ans.

Ally lui lâcha le bras et il la regarda en maugréant :

— Et maintenant, je décharge tout ça sur toi. Désolé. Problème de riches. Tant de gens ont des problèmes plus graves.

— Ce n'est pas parce qu'il ne s'agit pas du pire scénario que ce n'est pas difficile. La difficulté n'est pas relative. Cela ne devient pas plus facile parce que quelqu'un d'autre connaît pire. C'est juste difficile. Tu n'as pas besoin de minimiser tes difficultés. Essaie juste de ne pas les grossir, dit-elle avec un large sourire pour alléger l'atmosphère.

— C'est quoi, ta difficulté à toi ?

La question avait jailli impulsivement et il souhaita l'effacer aussitôt.

— Désolé. Je ne veux pas être indiscret.

— Non, pas de problème. Le refuge, je suppose. Mais surtout, je m'inquiète pour mes grands-parents. Ils sont la seule famille qui me reste, tu sais ?

Ils avaient atteint l'entrée de l'allée qui conduisait aux Amis à quatre pattes, mais Ben ralentit, souhaitant poursuivre leur conversation. Il avait su, très vaguement, que Rita et Hal avaient une petite-fille mais pas d'enfant vivant, cependant il n'avait jamais vraiment compris qu'il ne leur restait qu'Ally – et vice versa.

— Tes parents…

— Accident de voiture. Quand j'avais dix-huit ans. Première année d'université. Je vivais dans une résidence universitaire, j'ai eu l'impression que mes racines étaient arrachées, je n'appartenais plus à nulle part. Mais j'ai toujours su que j'avais mes grands-parents. C'était énorme, savoir que je n'étais pas seule. Cela signifie beaucoup aussi pour Astrid. De t'avoir.

— Je ne sais pas.

— Oh, si. Tes parents vivent près d'ici ?

— En Arizona. Ils vont venir à Noël. Les autres grands-parents d'Astrid habitent à Washington. Ils aident quand ils le peuvent, mais la vie de tous les jours, les décisions, c'est moi.

— C'est beaucoup de responsabilités d'un seul coup.

Il secoua la tête, rejetant l'idée que cela puisse être trop.

— Je l'ai voulu. J'ai voulu m'occuper d'elle. Je le veux toujours. En un sens, c'est plus facile quand nous sommes tous les deux. Mes parents veulent m'aider quand ils viennent, mais alors il faut accepter qu'ils fassent les choses à leur manière, ce qui donne parfois plus de travail que de le faire soi-même. Et si c'est vraiment utile, on se repose sur eux et quand ils partent, c'est plus dur de se réadapter. Il vaut mieux…

— Ne pas compter sur les autres ?

— Le faire moi-même. Mais je m'inquiète tout le temps. J'essaie toujours de prendre les bonnes décisions pour elle. Et je sais que je réfléchis trop. Je n'avais pas l'habitude de tout analyser, mais avec Astrid, je ne peux pas m'en empêcher. Par exemple, le portable. À quel âge est-on assez grand pour en avoir un ? Certaines de ses amies en ont un. Et les réseaux sociaux ? Est-ce que je peux l'empêcher d'aller sur Instagram, Twitter, TikTok et Dieu sait quoi d'autre avant qu'elle soit prête ? Nos parents ne se sont jamais posé de questions sur le bio, les écrans, les trucs sans hormones de croissance. Si tu utilises une boîte en plastique, es-tu en train de tuer l'environnement ? Tout a des répercussions aujourd'hui, il n'y a plus de sagesse traditionnelle. Il n'y a pas de bonne réponse. Je vais juste continuer à mal faire de nouvelles façons.

— Non. Et même si tu fais des erreurs – et tout le monde en fait –, ça s'appelle être humain, tu fais aussi de bonnes choses. Tu es là pour elle. Elle le sait.

Ils étaient arrivés devant le porche, et Ally monta sur la première marche, se tournant pour lui faire face alors que tombaient les premiers flocons de neige. Les guirlandes lumineuses répandaient une douce lumière dans la nuit, mais la maison était sombre.

— Tes grands-parents sont couchés ?

— Oui, ce ne sont pas des oiseaux de nuit.

Il examinait son visage alors qu'elle regardait la maison.

— Tu t'inquiètes pour eux ?

— Tout le temps. Je sais qu'ils sont adultes et qu'ils ont pris soin d'eux-mêmes pendant des décennies, mais cela ne fait rien. Gram est tellement insouciante – elle ne pense pas aux risques de promener un chien trop gros pour elle jusqu'à ce que son épaule doive être opérée. Maximus a voulu poursuivre un lapin alors qu'elle avait la laisse enroulée à son poignet : résultat, épaule déplacée, ligaments déchirés. Et maintenant, elle pense que c'était un coup de malchance mais que cela ne se reproduira pas. Qu'elle n'a pas besoin de porter son attelle ni de s'inquiéter d'une nouvelle blessure. Gramps me dit de ne pas me tourmenter, mais comment faire ? Ils ont plus de quatre-vingts ans. Lui, au moins, a l'air d'aller bien. Il est en bonne santé et garde l'esprit vif, mais quelque chose peut leur arriver n'importe quand… et ils sont tout ce qui me reste.

Il neigeait, maintenant, de gros flocons qui étouffaient tous les bruits.

— Et tu es venue pour cette raison.

— En partie. Ils ne m'avaient pas parlé de l'accident de Gram pour que je ne m'inquiète pas. Je devais aller faire des photos aux Bahamas et j'avais prévu d'amener Colby ici, pour qu'ils le gardent, mais les Bahamas ont été annulées et j'ai appris pour l'accident de Gram, alors j'ai juste… J'avais besoin de rester ici. Aider au refuge m'a donné une bonne excuse pour m'occuper d'eux.

— Que vas-tu faire quand le refuge sera fermé ?

Ally émit un petit rire dépourvu de joie.

— Je ne veux même pas y penser. Je vis l'instant présent. Caser les chiens, m'occuper des grands-parents, s'inquiéter du futur quand il faudra.

Elle grimpa une nouvelle marche et son visage se trouva alors à la même hauteur que le sien, alors qu'il était appuyé sur la rambarde.

— Quel est le problème avec la machine à laver ?

Il fit une grimace.

— Elle est en panne depuis des semaines. Le réparateur devait venir la semaine dernière mais il n'arrête pas de repousser sa visite et on arrive au bout du linge propre.

— Pourquoi n'apportes-tu pas ton linge ici ? Il y a une machine à laver et un sèche-linge. Tu peux venir quand tu veux.

Il fronça les sourcils.

— Je ne vais pas apporter mon linge sale ici !

— Pourquoi pas ? Si tu viens au refuge, tu en profites pour mettre une machine en route. Laver ces taches de café. Cela ne nous coûte rien…

— L'eau, l'électricité…

— Je pense qu'on a les moyens de payer quelques litres ce mois-ci. Et je te dois une lessive après t'avoir aspergé de café.

Ally croisa les bras.

— Ma machine n'est pas assez bonne pour toi ou es-tu trop obstiné ?

— Ni l'un ni l'autre. Je dois juste…

— … tout faire tout seul sans l'aide de personne.

C'était une remarque extrêmement juste de la part de quelqu'un qui le connaissait depuis peu, et il se demanda s'il était si transparent.

— Tu te compliques inutilement la vie.

— Ce n'est pas moi qui complique.

— Écoute. Ma grand-mère adorerait mettre des guirlandes sous l'avant-toit de la grange. J'ai décoré le porche mais pas encore la grange, et j'ai peur d'arriver un jour et de voir ma grand-mère de quatre-vingt-un ans, grimpée sur une échelle de six mètres, en train d'accrocher des loupiotes avec un seul bras. Tu m'aides à les mettre un soir de cette semaine et tu fais ta lessive en même temps. Gagnant-gagnant.

Il l'observa.

— J'ai l'impression que tu viens d'inventer ça.

— Je suis incapable d'inventer un plan aussi fou. Tu es d'accord ?

— Oui. Je suppose. Les amis ne laissent pas les amis décorer tout seuls.

Un nuage passa sur son sourire et la distance entre eux sembla s'élargir avant même qu'elle fasse un pas.

— On se voit dans la semaine, alors.

— Ça marche.

Il se détacha de la rambarde et, dès qu'il ne fut plus abrité, la neige recouvrit instantanément ses épaules.

— Bonne nuit, Ally. Merci pour ton aide.

— De rien.

Et elle disparut à l'intérieur sans un mot de plus.

Il retourna chez lui à travers la ville silencieuse. Les lumières de Noël commençaient à s'éteindre, mais le décor ressemblait toujours à une carte postale. Il ralentit en traversant le square. Quand avait-il fait ça, la dernière fois ? Marcher sans s'inquiéter de savoir quand il allait arriver, sans penser à une douzaine de choses qu'il devrait être en train de faire.

Était-ce dû à Ally ? Ou était-ce cet après-midi passé à décorer des brownies, avec Astrid et Ally, qui avait modifié son point de vue, lui rappelant que la vie n'avait pas besoin d'être sérieuse tout le temps. De temps en temps, on avait le droit de s'amuser.

Il devait organiser la soirée de poker. Plus d'excuses.

Il grimpa les marches de la maison de Katie et Paul en se demandant ce qu'Ally avait vu en y arrivant. Il avait laissé leurs projets de rénovation à moitié finis en l'état, en se disant qu'il n'avait pas le temps. Ce qui était vrai. Mais, s'il était tout à fait honnête, il avait peur d'effacer les dernières traces de leur présence.

Même s'il ne les voyait plus en regardant le plancher inégal. Au cours des deux ans passés, il avait cessé de voir Katie et Paul dans la maison. C'était difficile de ne pas s'en attrister, même si Katie n'aurait pas voulu qu'ils vivent dans le passé. Elle avait voulu la grande maison avec jardin. Le projet à deux ans.

Un rai de lumière filtrait sous la porte d'Astrid, et Ben frappa doucement. Quand elle lui dit d'entrer, il ouvrit la porte et s'appuya sur le chambranle.

— Je suis de retour.

— OK.

Elle était assise en pyjama sur son lit, un livre de la bibliothèque sur les genoux. Le regard de Ben se posa sur l'étagère et la rangée des *Harry Potter*.

— Les as-tu lus ? Les *Harry Potter* ?

Elle suivit son regard.

— Pas encore. Je ne voulais pas les lire sans Maman. Tu trouves ça bizarre ?

— Non, chérie. Ce n'est pas bizarre.

— J'ai pensé que j'allais peut-être m'y mettre. Toutes mes copines les lisent. Ils sont sur la liste du concours de lecture.

— C'est bien si tu les lis. C'est bien si tu ne les lis pas. Mais j'ai entendu dire qu'ils sont bons.

Elle pencha la tête.

— Tu ne les as pas lus ?

— Non. Mais j'ai regardé les films.

— Ça ne compte pas ! dit-elle en levant les yeux au ciel.

Il sourit.

— D'accord. Je vais les emprunter.

— On pourrait peut-être les lire en même temps.

Il ne se rappelait pas la dernière fois où il avait lu pour le plaisir.

— Ça me plairait.

Elle se replongea dans son livre, attirée par l'histoire, comme sa mère l'était, impatiente de retourner dans le monde contenu dans ces pages.

— Ne lis pas trop tard, conseilla-t-il en refermant la porte avant que ses yeux ne se mouillent.

— Oncle Ben ?

— Oui, ma puce.

Il s'éclaircit la voix.

— Merci pour cet après-midi. C'était chouette.

— Tout à fait. Je t'aime, tu le sais ?

— Oui, moi aussi.

Ben referma la porte, la gorge serrée. Depuis la mort de Katie et Paul, il lui avait semblé difficile d'être reconnaissant pour un bon moment, mais il était reconnaissant pour cette journée. Et pour toutes les journées passées avec cette enfant. La moitié du temps, il ne savait pas ce qu'il faisait, et cent pour cent du temps il était terrorisé, mais, parfois, son cœur se serrait avec un sentiment qu'il n'avait jamais ressenti avant d'être le tuteur d'Astrid. Un amour si grand que c'en était douloureux – et tant que cela durait, c'était qu'il ne faisait pas un si mauvais job. Peut-être.

19

La neige fraîche voletait autour des chevilles d'Ally tandis qu'elle se rendait à la grange, saluant les chiens qui venaient la voir, dans la partie extérieure de leur enclos. La soirée précédente, avec Ben et Astrid, lui avait redonné un peu d'optimisme – et les deux demandes d'adoption reçues par e-mail ce matin fortifiaient ce sentiment.

— Tu intéresses des gens, Jelly ! annonça-t-elle au labrador croisé pitbull couleur caramel, qui bondissait dans son enclos. Derrière, Biscuit traînait le panier de Jelly dans sa gueule.

— Comment as-tu pu faire passer ça par l'ouverture ?

Le panier, aussi gros que lui, raclait la neige et il trottinait fièrement vers elle avec son offrande. Ally se pencha pour les caresser à travers la clôture.

— Au moins, tu aurais pu sortir ton propre panier, si tu avais l'intention de faire du ménage !

Biscuit s'appuya contre sa main, la regardant avec adoration tandis que Jelly partait dans tous les sens, complètement excité.

— Qu'en dites-vous ? Vous voulez aller vivre dans le Massachusetts ? Cette famille a un grand jardin clos où vous pourrez courir. Ça vous paraît bien ?

Elle choisit de prendre leurs frétillements pour un « oui ».

La neige avait tout recouvert. Il en était tombé quelques centimètres, juste la hauteur de ses chevilles, et on pouvait encore conduire – Dieu merci, parce qu'après la dernière grosse chute de neige, elle avait eu mal aux bras à manier l'antique déneigeuse le long de l'allée pendant des heures, et elle n'avait pas envie de recommencer.

La Subaru de ses grands-parents avait laissé des traces de pneu : ils étaient allés aux Domaines pour un brunch avec des amis – et pour parler avec les directeurs du Salon du Chien. Ally était contente de se retrouver au calme pour réfléchir à sa conversation avec Ben, la veille.

Dans la grange, elle suivit sa routine matinale : s'occuper des chiens, les nourrir et les caresser, avant de s'enfermer dans le bureau pour traiter les demandes, la tête de Colby reposant sur ses pieds. Captain America irait dans sa nouvelle famille le lendemain, et il y avait des demandes pour quatre autres chiens.

Elle souhaitait que tous les chiens soient placés, mais ils devaient aller dans de bonnes familles. Elle lut les paragraphes expliquant où les chiens dormiraient, où ils iraient si la famille s'absentait, organisa des visites chez les familles, et s'inquiéta de n'être pas assez consciencieuse. Elle finit par avoir mal au cou, penchée sur l'ordinateur, et elle commençait à voir flou à force de regarder l'écran, quand les clochettes au-dessus de la porte tintèrent. Son cœur sursauta par réflexe.

Elle aurait dû espérer voir d'éventuels adoptants, mais, si elle était honnête, elle espérait que c'était Ben.

En amis. C'était la seule raison pour laquelle elle était si contente de le voir.

Ally s'écarta du bureau et Colby leva paresseusement la tête.

— Qui vient nous voir, crois-tu ? lui demanda-t-elle, et le saint-bernard se mit debout avec un soupir.

Elle ouvrit la porte mais ne vit personne.

— Ben ?

Elle avança dans le chenil, au milieu d'un concert d'aboiements, et découvrit Deenie, assise par terre dans l'enclos de JoJo, qui jouait avec le papillon. Elle sourit en voyant Ally et Colby.

— Hé ! Je te cherchais !

— Dans l'enclos de JoJo ?

— C'est qui, la gentille fille ? roucoula-t-elle quand la chienne lui rapporta le jouet. Elle attendait désespérément que quelqu'un joue avec elle. Je n'ai pas pu résister. Hein, bébé ?

Deenie se leva en brossant son legging.

— Veux-tu qu'on y aille ensemble ?

— Qu'on aille… ?

— À la kermesse de Noël. Tes grands-parents sont déjà partis ?

— Ils sont aux Domaines.

— Oh. Ne veux-tu pas aller à la kermesse ? demanda-t-elle en fronçant les sourcils. Après avoir préparé un million de brownies, tu dois au moins voir à quoi ça ressemble.

— Je croyais que c'était juste pour les familles des enfants. Ce ne sera pas bizarre, que j'y aille ?

— Non, tout le monde y va. Allez ! Je vais laisser ma voiture ici et on va s'y rendre à pied. Tu n'imagines pas le problème pour se garer. On ne penserait pas, parce que Pine Hollow ne compte pas tellement d'habitants, mais quand tout le monde essaie d'entrer dans l'école, c'est un cauchemar. Où est ton manteau ?

Ally prit son manteau et Colby alla s'affaler dans son panier avec un soupir. Dolce était maintenant habituée à lui et elle dormait, les pattes agitées de rêves de chiots.

— Est-ce qu'on emmène l'un des chiens ?

— Non, seuls les chiens d'assistance sont autorisés.

Ally eut le réflexe d'attraper son appareil photo, posé sur le bureau. Elle avait surtout pris des photos des chiens durant la semaine. Avec l'appareil dans son sac en bandoulière, elle suivit Deenie dans la neige.

— Tu connais l'émission « Un toit pour toujours » ? Et cette rubrique dans l'émission ? Celle avec le type ?

Ally se retint de sourire en entendant cette description relativement elliptique. Elles marchaient dans les traces laissées par la voiture de Deenie le long de l'allée jusqu'à la rue, où les trottoirs avaient été balayés. Le paysage était féerique. À New York, la neige ne durait que quelques heures avant de virer au gris sale.

Ally sortit son appareil de son sac pour immortaliser le paysage de carte postale, la ville recouverte de neige scintillant sous le soleil de l'après-midi, pendant que Deenie lui narrait ses tentatives – ratées pour le moment – pour apparaître dans la rubrique adoption de chiens d'une autre émission matinale sur une télé nationale.

Le temps d'arriver à l'école, elle se sentait bien, concentrée, mais à la seconde où la porte du gymnase s'ouvrit, elles furent heurtées par un mur de bruit qui pulvérisa ce calme comme un marteau-pilon.

— Viens ! cria Deenie. On commence par le stand de cidre chaud.

Ally serra son appareil photo aussi fort que JoJo sa souris couineuse. Le gymnase était décoré de guirlandes rouge et vert en papier, qui dégringolaient du plafond. Des dizaines de stands, tenus par des enfants d'âges divers, occupaient tout l'espace. Ally les parcourut du regard et réalisa, en voyant Elinor, qu'elle cherchait Ben. Elle tressaillit. Pourtant, elle n'avait rien fait de mal hier en passant du temps avec Ben et Astrid. Elinor l'y avait même encouragée. Néanmoins, elle se sentait gênée. Car si elle était honnête envers elle-même, elle avait *souhaité* que quelque chose se passe. Ce qui ne lui ressemblait pas. Elle ne courait pas après les hommes qui n'étaient pas libres.

Mais apparemment si.

— Ally ! J'espérais bien tomber sur toi !

Ally sursauta et salua Elinor avec le plus faux des sourires.

— Elinor ! Bonjour. Je suis contente de te voir.

— Moi aussi. Je vais peut-être aller au refuge plus tard dans la semaine. Depuis un moment, je pense à prendre un chien.

— Vraiment ? s'étonna Ally.

Ben était tellement anti-chien. Elinor le savait-elle ? Ally devait-elle le lui dire ? À cause de Ben, elle n'avait même pas envisagé de lui parler des chiens du refuge.

— J'ai pensé qu'avec les vacances qui commencent vendredi, j'aurai le temps d'en éduquer un et de l'habituer à la maison. Alors, je peux passer ?

— Je… oui. Oui, c'est parfait.

— Excellent. Et bravo pour les brownies ! Cet après-midi, le stand d'Astrid était l'endroit le plus couru, et nous savons toutes que ce n'est pas grâce à Ben.

— Il y a bien participé, protesta Ally, trouvant bizarre de le défendre face à sa fiancée.

Elinor semblait vraiment exceptionnelle, mais Ally avait de plus en plus de mal à se les imaginer ensemble.

— Oh, j'en suis sûre, mais tous nos estomacs te remercient. Jeremiah, pose ce glaçage *immédiatement* !

Elinor s'empressa de sauver l'un des élèves, sur le point de recevoir un shampooing sucré par l'un de ses copains trop serviable.

Deenie la rejoignit, portant deux gobelets de cidre chaud.

— Je t'avais perdue. Que s'est-il passé ? dit-elle en lui tendant une boisson.

— J'ai rencontré Elinor. Apparemment, elle envisage d'adopter un chien.

— C'est vrai ? C'est bien. À ce rythme, ils seront tous adoptés à Noël.

Ally but une gorgée de cidre, les arômes de cannelle et de girofle se mêlant agréablement sur sa langue. Elle frémit en repensant à la question de Ben. Que ferait-elle alors ?

Quand le refuge sera fermé, elle aura besoin d'une autre excuse pour rester en ville et s'occuper de ses grands-parents. Parce qu'elle n'envisageait plus son futur à New York.

— Viens ! J'ai envie de voir ces infâmes brownies dont tout le monde parle !

Deenie glissa son bras sous celui d'Ally et l'entraîna dans la foule, la forçant à surveiller son gobelet pour n'asperger personne – éclabousser quelqu'un d'un liquide chaud était réservé à Ben.

Quand elle leva les yeux, elle était devant le stand d'Astrid, et elle vit Ben qui supervisait, à quelques pas de là.

Il sourit dès qu'il l'aperçut et contourna la table, venant à sa rencontre.

— Tu avais raison.

Deenie avait lâché le bras d'Ally pour aller voir ce qui restait sur la table en se faufilant entre les gamins agglutinés… laissant Ally seule avec Ben au milieu du gymnase bondé.

Il était séduisant, vêtu d'un joli pull gris avec une écharpe rayée rouge et blanc autour du cou, assortie à cette période de Noël. Avec sa barbe bien taillée, il était très chic – et cela lui allait bien. Elle avait envie de le prendre en photo, mais cela semblait trop intime.

— Sur quoi ?

Il indiqua la table d'un geste.

— Ceux aux vermicelles sont partis les premiers. Rappelle-moi de ne jamais parier avec toi quand on parle de pâtisserie.

— Je connais mes desserts.

— Astrid a insisté pour qu'on en garde un de chaque, pour le contrôle qualité. Tu devrais venir et nous aider à les comparer.

Elle était tentée d'accepter, mais, envahie par la culpabilité, elle mentionna sa fiancée.

— Je viens de parler avec Elinor. Elle envisage d'adopter un chien.

— Ah bon ? C'est une bonne idée.

Ally sourcilla, essayant de comprendre comment Ben pouvait être anti-chien chez lui mais accepter que sa fiancée prenne un chien. N'envisageaient-ils pas de vivre ensemble quand ils seraient mariés ? Allaient-ils rester fiancés longtemps ?

— Elle a un grand jardin clos. Elle prendra peut-être l'un des plus gros chiens. Ou Harry ? Un chien intelligent pour une femme intelligente. Ça commence à me plaire d'assortir les gens et les chiens.

— C'est… chouette, bafouilla Ally, ne sachant que répondre.

Elle appréciait son aide. Et celle de Deenie. C'était purement platonique. Et si la fiancée voulait un chien, et lui pas, ce n'étaient pas ses affaires.

— J'ai chopé le dernier brownie caramel bretzel !

Deenie apparut si brusquement à côté d'Ally que celle-ci sursauta, se renversant un peu de cidre sur la main.

— Oooh ! Désolée. Je ne voulais pas te faire peur. Salut, Ben !

— Salut, Deenie !

— Très festive, cette écharpe, commenta-t-elle.

— Tentative pour masquer le fait que je porte le même pull pour la troisième fois depuis que la machine à laver est en panne.

— Quand viens-tu utiliser la machine et le sèche-linge à la maison ? demanda Ally.

— Le réparateur doit passer mercredi. Mais je promets de venir s'il repousse encore. Et, de toute façon, je serai heureux d'accrocher ces guirlandes.

— Oncle Ben ! On n'a plus de monnaie ! cria Astrid.

— Le devoir m'appelle.

Il les salua d'un signe de tête et contourna le stand pour aller aider Astrid.

Ally se rendit compte qu'elle les regardait, tous les deux, quand Deenie se gratta ostensiblement la gorge.

— Eh bien… Ben a l'air plus cool.

Ally ravala son sourire.

— Quoi ? s'enquit-elle, comme si elle n'était pas en train de lorgner le fiancé d'une autre.

— Rien. Viens, j'ai entendu dire qu'il y a des chamallows grillés quelque part.

— Mais tu viens d'acheter un brownie.

— C'est pour plus tard. Les chamallows, c'est pour maintenant.

Deenie la prit par le bras, et Ally se laissa entraîner, refusant de regarder par-dessus son épaule.

20

— Enfin, nous y revoilà ! se réjouit Mac en regardant Connor distribuer d'une main experte les cartes sur le tapis vert. J'ai cru que nos soirées de poker avaient été officiellement abandonnées.

— Ça ne fait pas si longtemps que ça, protesta Ben.

— Quatre mois, bougonna Levi, en cachant ses cartes d'une main tout en soulevant un coin pour les examiner.

— Pas possible ? dit Ben en le regardant.

— Si, c'était en août, la dernière, confirma Connor. Astrid allait reprendre l'école. Tu t'es tellement plaint des courses à faire que je peux te réciter la liste des fournitures pour la rentrée.

Comme Connor avait la faculté de mémoriser tout ce qu'il entendait, Ben tenta de ne pas prendre la remarque personnellement, jusqu'à ce que Levi ajoute :

— Moi aussi.

— On a joué depuis. Je me souviens qu'en octobre, je suis allé racheter de la bière…

Et Astrid avait attrapé la grippe, il avait annulé, et la bière attendait toujours dans le frigo du sous-sol, avec la mayonnaise à l'oignon qui n'était probablement plus bonne. Est-ce que la mayonnaise à l'oignon pouvait se garder ?

Levi sourit d'un air malin.

— La bière est toujours là, n'est-ce pas ?

Il se pencha en arrière sur sa chaise jusqu'à attraper la poignée du frigo et ouvrit la porte.

— Qui en veut ?

Connor et Mac hochèrent la tête, et Levi réussit à attraper les bières sans basculer ni tomber par terre. Quand il repoussa la porte et se remit d'aplomb, il posa une bouteille devant chacun, y compris Ben.

— Je ne devrais pas boire ce soir, Astrid…

— Si tu ne la bois pas, Connor la boira, mais je doute que boire une bière et te relaxer le temps d'une soirée puisse nuire à Astrid. Ce pourrait même être positif si tu te décontractais un peu.

— Insinuerais-tu que je suis trop contracté ?

— Oui, répondirent-ils en chœur, ce qui lui cloua le bec.

— Je suis surchargé, et prenant une gorgée de bière par défi, il ajouta : quelqu'un mise, ou quoi ?

À la gauche de Connor, Mac misa, et tous se concentrèrent sur le jeu. Le poker était une affaire sérieuse pour eux, mais se chambrer l'était tout autant, et il ne fut pas surpris quand Levi regarda Ben quelques minutes plus tard en remarquant :

— Tu as passé beaucoup de temps au refuge, récemment. À quoi ressemble la petite-fille de Rita et Hal ?

Ben plissa les yeux.

— Ce n'est pas ce que tu crois. Nous sommes amis. Je me sens responsable de la fermeture du refuge, alors je l'aide à placer les chiens. À ce propos, vous ne cherchez pas un nouveau chien policier ? Ils ont un énorme bâtard lévrier irlandais, Maximus, qui ficherait la trouille à n'importe quel criminel.

— Je pense que Pine Hollow est un peu petit pour avoir une unité canine, et je serais incapable de le dresser.

— Tu embauches quelqu'un pour le faire… Et toi, Mac ?

Celui-ci avait posé deux cartes sur le tapis pour en recevoir deux autres.

— Violation du code sanitaire. Magda se servirait de n'importe quelle excuse pour me faire fermer boutique.

Connor leva un sourcil interrogateur.

— Mais les chiens sont autorisés dans le restaurant.

— Oui, mais pas derrière. Ma cuisine pourrait servir de salle de chirurgie, tellement elle est propre, mais si j'ai un chien, Magda va m'envoyer un inspecteur de l'hygiène, un fouille-merde qui va me les gonfler.

Ben ricana. Le langage de Mac devenait fleuri quand il était un peu gai, et c'était un poids coq : une bière de plus et il se mettrait à chanter.

— Tu sais, je ne la laisserai pas te faire fermer, le rassura Connor. Je peux l'enterrer sous des dizaines de poursuites spécieuses jusqu'à ce qu'elle ne puisse plus éternuer sans son avocat, et elle fera marche arrière.

— Relax, Dirty Perry, je m'en occupe.

Ils se tournèrent tous vers Mac. Finalement, Levi dit d'une voix traînante :

— Dirty *Perry* ?

— Comme Perry Mason ? Dirty Harry Perry Mason ?

Devant leur expression, il haussa les sourcils.

— La ferme ! Je vous hais !

Ben éclata de rire tandis que Levi se renversait en arrière sur chaise et que Connor secouait la tête. Tous les deux gloussaient. Ils avaient raison – cela faisait trop longtemps qu'ils ne s'étaient pas retrouvés.

Le sous-sol chez Paul et Katie n'était pas aussi joli que la belle maison de Connor dominant les pistes de ski, ni même que l'appartement de Mac au-dessus de La Tasse, mais, s'il manquait les murs et le parquet, il y avait le confort. Les affaires de Ben qui n'avaient pas été mises au garde-meuble étaient ici : une cible pour fléchettes, le gros frigo avec les bières, sa réserve pas très secrète de sucreries, la magnifique table de poker avec son feutre vert, et un vieux canapé en cuir, rebondi. Mac s'y était endormi de nombreuses fois après avoir chanté et déclaré « Je vous aime, les mecs ».

— Oncle Ben !

Les pas d'Astrid dégringolèrent l'escalier du sous-sol. Elle déboula dans la pièce, tout excitée.

— Dolce est en train d'avoir ses petits ! Est-ce que je peux aller chez Ally ? Mrs Gilmore a dit que je pouvais y aller.

Ben regarda l'heure – ils avaient commencé tôt car chacun devait se lever de bonne heure le lendemain –, mais il était déjà 20 heures.

— Je ne sais pas, Astrid. Tu as école demain. Et je ne veux pas que tu ailles à pied dans le noir. Je t'y emmènerai dem…

— Deenie y va. Elle a dit qu'elle pouvait passer me prendre. *S'il te plaît*, oncle Ben. Je n'aurai jamais plus la chance de voir des chiots nouveau-nés dans ma vie, et ce sera une expérience formatrice. Je pourrai en parler dans ma demande d'entrée à l'université...

Connor ricana et Ben lui adressa un œil noir façon « Tu ne m'aides pas, Ducon ».

— Tu as quand même école demain...

— Je rentre avant 21 heures. Promis. Si je ne le fais pas, tu peux confisquer tous mes cadeaux de Noël et me punir jusqu'à ce que je sois vieille. *S'il te plaît, s'il te plaît !*

Elle serra ses mains devant elle, avec un air pathétique.

Ben jeta un coup d'œil à ses vieux amis, se demandant ce qu'ils pensaient du spectacle et ce qu'ils diraient quand il céderait. Parce qu'il allait céder.

— D'accord, concéda-t-il. Mais je veux que tu sois rentrée avant 21 heures. Il y a école demain.

— Ouiii !

Astrid sauta de joie, battant des mains, avant de faire le tour de la table en courant pour le serrer dans ses bras.

— Merci, merci, merci. Tu es le meilleur tonton.

Puis elle remonta dans un vacarme de pas.

— J'adore cette gamine, commenta Connor dès qu'elle fut partie. Son chantage émotionnel est top. Ce truc pour sa demande d'entrée en fac. Magnifique, conclut-il.

— Qui est Deenie ? demanda Levi. Je pensais connaître tout le monde dans cette ville.

— Deenie Mitchell ? Cheveux roses ? Une vingtaine d'années ? Organise des goûters de princesse ?

— Pardon, organise des quoi ? intervint Connor.

— Des goûters de princesse, expliqua Ben. Des petites filles habillées en princesse, et une femme habillée en princesse de dessin animé leur sert un goûter. C'est tout un truc. Astrid et ses copines étaient à fond là-dedans, il y a deux ans, et Deenie était *la* personne qu'il fallait pour un goûter de princesse réussi.

Connor parut légèrement horrifié.

— Je n'aurai jamais d'enfants, désolé.

— Pas de problème. Tu peux avoir un chien à la place. Puis-je te recommander Partridge ?

Mac tendit sa bouteille vide à Connor et en accepta une pleine donnée par Levi – les chants étaient imminents.

— Comment se fait-il que tu connaisses tout le monde, et pas nous ? Levi les flique, et moi, je les nourris. On pense les connaître tous…

— Ouais, mais ils viennent se plaindre à moi. Viens au conseil municipal. Tu verras. Ils viennent tous te voir quand ils veulent être sûrs que tu as compris que tu t'étais trompé.

Il ne parla pas de la suggestion de la mairesse qu'il se présente aux élections. Il ne savait pas ce qui serait le pire : leur surprise ou leur soutien.

— Cet article, « Douze chiens », est sympa, commenta Connor en posant sa mise au centre de la table. Vous adoptez lequel, avec Astrid ?

— Aucun. Pas tant que je n'ai pas fini d'arranger cette maison, puis il faut que je la vende et que j'en achète une avec un jardin.

— Alors tu nous as invités pour nous refiler un chien, mais tu n'en veux pas pour toi-même ?

— J'ai pensé que ce serait bien pour vous, se défendit Ben.

Connor haussa un sourcil.

— Avec tous les déplacements que je fais, je ne peux pas en avoir un.

— Ils ont inventé un truc super : ça s'appelle le gardiennage de chiens.

— Ha.

Ben haussa les épaules.

— C'est toi qui as dit que ta maison était trop calme. Ce ne serait pas chouette d'avoir un être toujours content de te voir quand tu rentres ?

— Contrairement à Monica ?

Et Ben s'aperçut trop tard qu'il avait approché d'un peu trop près Le Sujet À Ne Pas Aborder. L'ex de Connor était son double au féminin – une battante, avec un plan à cinq ans et des tiroirs organisés par couleur. Ils devaient se marier sous deux semaines quand elle avait déclaré qu'elle n'était pas heureuse et s'était envolée vers l'Inde pour étudier le yoga.

Connor avait brûlé son exemplaire de *Mange, prie, aime*.

Maintenant, il vivait seul dans le chef-d'œuvre moderne de trois cent soixante-dix mètres carrés qu'il avait acheté pour eux deux, et le vaste espace sonore était un sujet sensible.

— J'ai pensé qu'un chien serait sympa, proposa Ben.

— Tu as pensé ça ou bien tu as pensé que tu marquerais des points auprès de la jolie dame du refuge si tu arrivais à caser tous les chiens ?

— Je n'essaie pas de marquer des points. Il ne s'agit pas de ça.

Il ne pensait pas à elle de la sorte. Pas vraiment. Oui, il aimait bien passer du temps avec Ally, et oui, elle était mignonne, mais c'était comme si son cerveau le reconnaissait, puis l'enfermait dans une boîte avec tout le reste, ce dont il n'avait pas la capacité mentale de s'occuper.

— Non ? le défia Connor. Alors tu ne vois pas d'inconvénient à ce que je l'invite ?

— Je ne pense pas qu'elle soit ton type.

— J'ai peut-être besoin de sortir avec quelqu'un qui n'est pas mon type.

Ben ignorait s'il le pensait ou s'il voulait juste parler pour le plaisir, mais c'était terriblement agaçant.

— Laisse-la tranquille.

— Pourquoi ? le titilla Connor. Parce que tu as dit « prems » ?

— Ce n'est pas une part de pizza ! Tu ne dis pas « prems » pour une personne.

— Tu sais ce que je veux dire. Façon de parler entre mecs. Si elle t'intéresse, je me retire, mais sinon il n'y a pas de raison pour que tu ne veuilles pas que moi et ta nouvelle amie soyons très heureux ensemble…

— Elle mérite peut-être mieux que toi.

— Peut-être, reconnut Connor. Quelqu'un comme toi ?

— Elle va retourner à New York.

— Je vais à New York pour affaires tout le temps…

— Connor ! lança Levi de sa voix grave, sur un ton dur.

Connor, toujours prêt à discuter, se tut en haussant les épaules.

— Vous savez… commença Mac en tripotant un des jetons du tas qui diminuait rapidement devant lui, quand vous étiez tous fiancés et moi pas, j'ai toujours pensé que vous alliez partir et qu'il n'y aurait plus de soirées poker, et maintenant, regardez-nous ! Quatre mecs célibataires.

Un lourd silence enveloppa la table tandis qu'ils regardaient Mac. Pour mettre les pieds dans le plat, Mac était le champion.

Mac ouvrit la bouche et… « Oh ! What a Beautiful Morning » de la comédie musicale *Oklahoma!* retentit. Levi lui lança un dessous de verre en carton.

— On ne chante pas à table !

*

Deux heures plus tard, Ben fit de nouveau taire Mac tandis qu'il passait le bras de son ami sur son épaule pour le hisser dans l'escalier. Astrid était rentrée cinq minutes avant 21 heures, parlant avec animation des chiots, et elle dormait deux étages plus haut – enfin, il l'espérait car elle allait en classe le lendemain. Mais cela n'allait pas durer si Mac continuait à chanter.

— J'suis sssi content qu'on ait fait ça, affirma Mac d'une voix pâteuse. Je vous aime, les mecs !

Il tenta de regarder derrière lui Connor et Levi, prêts à le rattraper s'il tombait.

— Je vous aime ! cria-t-il.

— Chut, firent-ils en chœur.

Il acquiesça sagement et, dans un chuchotement bruyant, il répéta :

— Je vous aime.

— Nous aussi, on t'aime, le rassura Ben.

— Comment peut-on être ivre avec trois bières ? s'étonna Connor.

— J'ai longtemps pensé qu'il simulait, admit Levi. Mais, dans ce cas, cela fait quinze ans qu'il nous berne, et je ne crois pas que Mac ait ce genre de constance.

— Tu devrais sortir avec la dame aux chiens, lâcha Mac, chancelant quand Ben ouvrit la porte en haut de l'escalier et tenta de l'y faire passer. On voit que tu l'aimes bien. C'est OK. Tu n'as qu'à lui dire : « Dame aux chiens, je t'aime bien. » Et peut-être qu'elle aussi, elle t'aime bien.

— J'y penserai, promit Ben.

Au rez-de-chaussée, ils avaient un peu plus d'espace pour manœuvrer, et Connor soutint Mac de l'autre côté.

— Ce n'est pas une mauvaise idée, approuva Connor. Sauf que tu pourrais peut-être l'appeler Ally plutôt que Dame aux chiens. Je dis ça comme ça.

— Je ne vais rien l'appeler du tout. On est seulement amis.

— Hem, hem, fit Connor, sceptique.

— J'aime les amis, déclara Mac avec une sincérité alcoolisée.

— Ça ne vous énerve pas qu'il n'ait jamais la gueule de bois quand il est comme ça ? demanda Connor. Ce n'est pas juste. Le plaisir d'être gentiment bourré et aucune conséquence le lendemain. Où est la justice cosmique ?

— Ouais, intervint Levi. C'est une des injustices universelles qui va me tenir éveillé toute la nuit.

— Hé ! La justice, c'est la justice.

— On devrait vraiment faire ça plus souvent, déclara Ben sèchement.

Il le pensait sincèrement. Levi ressentit la justesse du commentaire, il croisa son regard et, avec un sourire en coin, lâcha :

— Ouais, vous m'avez manqué, bande d'enfoirés.

— Ton langage ! s'exclama Connor avec une horreur feinte. Les jeunes oreilles sont peut-être réveillées.

— Je n'ai pas oublié la fois où tu as voulu lui apprendre des jurons, ronchonna Ben.

Connor haussa les épaules.

— C'étaient des jurons britanniques. Des mots qui n'ont aucun sens chez nous.

Ben lui jeta un regard noir et Connor sourit.

— Ne sois pas jaloux. Lâche-toi un peu. C'est une gentille gamine, Ben.

— C'est vrai, confirma Levi. Et tu sais que tu peux nous appeler, hein ? À n'importe quelle heure, si tu as besoin.

— Oui, bien sûr.

Mais il ne le faisait pas. Il ne demandait pas d'aide. Et le regard de Levi disait qu'il le savait.

— Idiot, dit-il à voix basse en lui donnant une tape sur l'épaule avant de sortir dans le froid.

Ben referma la porte derrière eux trois, la voix de Mac s'élevant dans une interprétation personnelle de « Memory ». Il alla dans la cuisine déposer les bouteilles vides pour le recyclage et s'aperçut qu'il souriait.

Ils avaient vraiment besoin de faire ça plus souvent. Quand il prenait du temps pour les gens qu'ils connaissaient le mieux, il se sentait davantage lui-même – et il avait l'impression de pouvoir accomplir les dix milliards de choses à faire. Cela n'avait pas de sens. Il avait perdu trois heures à jouer au poker et à parler de rien avec ses amis. Mais il avait le sentiment d'avoir retrouvé du temps. De s'être retrouvé.

Il avait envie d'en parler avec Ally.

Ses mains se figèrent sur les bouteilles. *Ressentait-il* pour elle autre chose que de l'amitié ? Il n'avait même pas envisagé cette éventualité, mais il avait détesté l'idée que Connor sorte avec elle. Que Connor sorte avec Elinor ne le gênait absolument pas. Elinor était son amie. Ally était son amie. Mais Ally était aussi…

Il ne savait pas quoi. Il ignorait ce qu'elle était d'autre. Il savait juste qu'elle ne pouvait pas être ce quelque chose d'autre. Parce qu'elle s'en irait. Elle avait sa vie à New York. Ici, c'était temporaire. Le refuge. Les fêtes. Et il ne pouvait pas se permettre du temporaire. Pas avec Astrid dans les parages. Il devait être plus intelligent que ça. Astrid devait primer. Toujours.

21

— Qui est prêt pour la parade de Noël ? JoJo est-elle prête ? Elle est prête, ma délicieuse petite fille, mon trésor, pour être la star de la parade ?

Ally regardait Deenie cajoler JoJo tout en lui attachant des nœuds rouges sur les oreilles.

— Tu devrais vraiment l'adopter.

Deenie leva les yeux vers elle en riant.

— Oui, je sais. Mais je ne peux pas avoir un animal dans mon appart et on ne sait jamais quand la bougeotte va me reprendre.

Ally reporta son attention sur Partridge, calmée par le rappel que Deenie ne serait pas toujours là. Ces douze derniers jours avaient été merveilleux. Ils n'avaient pas obtenu une rubrique pour l'adoption des chiens à la télé nationale, mais avec Astrid, Ben, Deenie et ses grands-parents se débrouillant pour faire passer le message, ils n'en avaient même pas besoin.

Dans deux heures, Deenie et elle chargeraient les chiens dans le pick-up des Amis à quatre pattes, décoré aux couleurs de Noël pour la parade. Pour le moment, elles nouaient des rubans au cou des chiens et décidaient lequel allait porter le bonnet de père Noël ou les bois de rennes.

Ces derniers étaient un ajout de Ben. Il n'était pas venu faire sa lessive mais il était passé en compagnie d'Astrid, deux ou trois fois dans la semaine, bavardant au bureau avec Ally pendant qu'Astrid jouait avec les chiens. Partridge le suivait comme un petit chien où qu'il aille, et Ally commençait à penser qu'il n'était pas aussi allergique au bouledogue bancal qu'il voulait le faire croire.

— Est-ce que Ben sera à la parade ?

Ally sursauta.

— Quoi ?

Deenie avait-elle lu sur son visage ? Avait-elle deviné qu'Ally pensait à lui ?

— Je ne sais pas. Je veux dire, toute la ville n'y assiste-t-elle pas ?

— Il ne te l'a pas dit ?

— Pourquoi me le dirait-il ?

Deenie sourit.

— Je ne sais pas. J'ai cru que, tous les deux, vous passiez pas mal de temps ensemble. À parler de « trucs du refuge »…

Ally ignorait ce que signifiaient les guillemets mimés avec les doigts, mais elle n'allait pas le demander.

— Le week-end dernier, lors du marché de Noël, j'ai cru ressentir des ondes.

— Des ondes ?

Ally éclata de rire, en espérant que cela ne sonnait pas aussi faux aux oreilles de Deenie qu'aux siennes.

— Quelle sorte d'ondes ?

— Tu sais, du genre « Toi, moi, sous le gui, allons-y ».

— Deenie ! Il n'y a rien entre nous. Nous sommes amis. Il est sympa.

— D'accord…

— Quoi ?

— Rien.

Sous le regard d'Ally, elle capitula.

— Il n'a pas vraiment la réputation d'être sympa. Il est sympa avec *toi*.

Ally ne pouvait pas se faire à cette idée. Comment pouvait-on manquer de voir la gentillesse de Ben ? Son manque total d'égoïsme ?

— Quel genre de réputation a-t-il ?

— Tu sais. Grognon. Impatient. Brusque.

Deenie s'interrompit dans son travail.

— J'adore ce mot « brusque ». Nous savons tous pourquoi. Il s'est pris une tonne de chagrin et ne s'en est jamais remis, mais il est le Grincheux de la ville.

— Grincheux ?

— Grincheux, bougon, ronchon. Je sais, je passe trop de temps avec des maternelles, ça influe sur mon vocabulaire, mais tu comprends ce que je veux dire. Ben n'a pas la réputation d'un gentil mais quand il est avec toi, il est différent. Heureux. Je me demandais s'il y avait quelque chose entre vous.

— Non, pas du tout. Notre amitié est platonique.

Et si elle le répétait assez souvent, elle finirait par le croire.

— C'est dommage.

— Deenie ! Il est fiancé.

Deenie ouvrit de grands yeux.

— Vraiment ?

— Elinor ? Ça te dit quelque chose ?

— Elinor ? Elinor Rodriguez ? *Elinor* ?

— Oui.

Deenie était bouche bée.

— Tu crois qu'elle est fiancée à Ben West ?

Le choc de Deenie ébranlait les certitudes d'Ally, et elle fronça les sourcils, incertaine d'avoir compris correctement la situation. Mais sa grand-mère avait dit que Ben était fiancé. Et Astrid appelait Elinor sa « tante ». Et elles avaient l'air de bien s'entendre, toutes les deux…

Deenie ricana.

— Celle-là, je ne l'avais encore jamais entendue…

Les clochettes de la porte tintèrent, et Elinor apparut, comme invoquée par la conversation – ou, plutôt, exactement comme elle l'avait annoncé.

Ally sauta sur ses pieds.

— Elinor !

Celle-ci sourit, toujours un peu sur ses gardes devant l'enthousiasme d'Ally.

— Bonjour !

Elle aperçut les chiens que les jeunes femmes bichonnaient.

— J'arrive au mauvais moment ?

— Non ! Bien sûr que non ! Voulez-vous faire un tour et voir s'il y en a un qui vous tape dans l'œil ?

— Tu sais, cela explique beaucoup de choses, poursuivit Deenie sur le ton de la conversation.

Ally lui retourna un regard l'intimant de garder cet échange pour elles seules, mais ses pouvoirs psychiques devaient être à zéro, car Deenie continua :

— Je me demandais pourquoi tu t'excitais en voyant Elinor… J'ai même cru que tu avais un faible pour elle, mais si tu croyais qu'elle était avec Ben, je comprends mieux.

— Ben ? interrogea Elinor, qui regardait dans l'un des enclos. Ben West ?

Sa surprise mit le point final au doute d'Ally.

— Vous n'êtes pas fiancée avec lui ?

— Avec Ben ? Non, mon Dieu, non ! Il est très gentil…

— Oh, elle le sait. Ally a un faible pour lui.

— Vraiment ?

Le regard d'Elinor la transperça avec une telle intensité qu'Ally aurait aimé disparaître dans un trou.

— Mais pas du tout.

Elinor ne sembla pas l'entendre et un sourire entendu éclaira lentement son visage.

— Cela explique beaucoup de choses. Vous avez un regard surexcité quand vous me parlez. Franchement, j'ai cru que vous cherchiez désespérément des amies. C'était mignon. Agaçant mais mignon.

— Oh, mon Dieu ! gémit Ally en se cachant le visage dans les mains. Je suis désolée. Je voulais juste paraître normale.

— C'est là le problème. Tenter de paraître normale, c'est pire, commenta Deenie.

— Vous avez vraiment cru que j'étais fiancée à Ben ? répéta Elinor.

Ally se sentit rougir. Elle devait être écarlate, maintenant.

— Ma grand-mère m'a dit qu'il était fiancé et Astrid vous appelle sa « tante », et tous les deux, vous semblez si à l'aise ensemble…

Elinor émit un petit rire.

— Astrid m'appelle sa « tante » parce que Kate était ma meilleure amie au monde. Ben et moi avons grandi ensemble. Et j'ai fait l'erreur de sortir avec l'un de ses meilleurs amis, donc on se voyait encore plus. Et Ben a été fiancé. Puis Isabelle l'a quitté dès que les papiers pour la garde ont été signés, et Ben n'a plus fréquenté personne. Mais il a passé beaucoup de temps au refuge.

— Il vient aider pour les chiens.

— Heum.

— Ce n'est pas du tout ça, insista Ally.

Mais une petite voix murmurait : « En es-tu sûre ? » Elle avait été certaine que Ben n'était pas libre. Elle n'avait pas envisagé qu'il puisse s'intéresser à elle, mais maintenant, en repensant à tout ce qu'ils avaient fait ensemble, elle se demandait si elle s'était trompée.

Avait-il flirté avec elle ? Ce soir-là, quand il l'avait raccompagnée sous la neige et qu'elle avait l'impression d'être dans une boule à neige grandeur nature, avait-il eu envie de l'embrasser ? Se fréquentaient-ils sans qu'elle s'en soit rendu compte ?

— Oh ! On dirait que des œillères viennent de tomber. À quoi ressemble cette relation toute platonique, maintenant ? demanda Deenie avec un joyeux sourire.

Ally secoua la tête, refusant de changer d'avis.

— Il n'a rien fait, ni me prendre la main ni m'embrasser, il n'a pas eu le moindre geste.

Même si elle l'aimait beaucoup, cela ne signifiait pas que c'était réciproque.

— Avec Astrid dans les parages, il ne fera rien, expliqua Elinor. Je ne pense pas qu'il ait eu un seul rendez-vous avec une femme depuis qu'il est son tuteur.

— Deux ans ? s'étonna Deenie, incrédule. Pauvre garçon et ses balloches toutes bleues.

Ally sourit, sortie de sa confusion par le commentaire badin de la pétillante princesse qui semait des paillettes sur son passage. Dans son enclos, Harry se redressa, courut à la porte, et s'assit sagement, sa longue queue touffue balayant le sol avec impatience tandis qu'elle regardait Deenie fixement.

— Non, pas cette sorte de balle, lui dit Deenie, son mot favori l'incitant à attendre sagement.

— Pas de balle, Harry. Désolée.

— Il connaît le mot « balle » ?

Elinor observa le magnifique berger australien, les oreilles dressées au cas où quelqu'un allait jouer avec lui.

— En fait, c'est *elle*. Harry pour Harriet. Elle connaît plein de mots et peut courir chercher la balle jusqu'à ce que le bras vous en tombe, si vous la laissez faire.

Elinor regarda le cadenas compliqué sur la porte.

— C'est quoi, ça ?

Ally fit la grimace.

— Harry, c'est aussi Houdini. Elle sait ouvrir les portes. C'est notre exploratrice.

Elinor gloussa.

— On devrait t'appeler Dora, ma jolie.

— Tu vois ? Il n'y a pas que moi qui passe trop de temps avec les enfants, remarqua Deenie tandis que Harry regardait Elinor en penchant la tête.

— Si vous l'adoptez, vous pourrez la renommer comme vous voulez. Le truc c'est de l'attirer pour qu'elle revienne, pas de lui courir après. Si on essaie de l'attraper, elle croit qu'on joue, et juste au moment où vous pensez l'attraper, elle s'échappe en sautant d'une façon incroyable et il faut recommencer. Mais si vous avez un morceau de fromage et lui demandez de venir, elle obéit sagement.

— Elle est jolie, commenta Elinor en regardant le chien au pelage bleu merle, toujours sagement assise, comme si elle savait qu'elle avait une spectatrice attentive.

Et c'était peut-être le cas. Cette chienne était particulièrement intelligente.

— Voulez-vous jouer avec elle ? Plusieurs fois par jour, on la met dans le paddock pour qu'elle se dépense, sinon elle grimpe aux murs de son enclos.

Littéralement. Ally n'avait jamais vu un chien tenter d'escalader une barrière avant, mais Harry faisait beaucoup de choses qu'un chien normal ne faisait pas.

— Vous nous rendriez service.

Le sourire d'Elinor lui fit savoir qu'elle insistait un peu lourdement, mais elle accepta. Ally les accompagna toutes les deux dans le paddock avec la balle couineuse préférée de Harry et retourna au toilettage.

— Je crois qu'on a casé Harry, murmura-t-elle en prenant Peanut dans ses bras. Ben pense que Harry conviendrait bien à Elinor.

— Vraiment ? insista Deenie. Donc Ben et toi avez passé du temps ensemble…

Ally grommela.

— Nous sommes *amis*. Il ne me voit pas autrement.

— Mais il le pourrait peut-être, avec un peu d'aide. Parfois, les hommes sont stupides, il faut leur mettre le nez dans ce qui est bon pour eux pour qu'ils comprennent ce que tout le monde a vu depuis longtemps. Regarde Maximus.

— Es-tu en train de comparer Ben à Maximus ? s'indigna Ally.

— C'est un chien adorable avec un grand cœur et qui veut plaire à tout le monde. Mais il ne comprend pas ce que tu attends de lui tant que tu ne lui as pas mis son gros nez dessus. Ça ressemble beaucoup à Ben. En fait, ajouta-t-elle en penchant la tête, ça ressemble à la plupart des mecs avec qui je suis sortie.

Elle fronça les sourcils, puis un large sourire éclaira son visage.

— Tu ne devrais pas écouter mes conseils sur le sujet. Je suis la pire.

Elle dit cela avec sa jovialité habituelle, sans une once de sentiment négatif, mais Ally commençait à comprendre que c'était pour elle le moyen d'empêcher qu'on cherche plus loin. Elle connaissait cela.

— Cela doit être difficile d'avoir une relation à long terme, quand on voyage tout le temps.

— En effet, mais je ne cherche pas de relation à long terme. Rouge ou vert, pour Trapper ? demanda Deenie en montrant deux rubans.

Ally envisagea d'insister, de ne pas la laisser changer de sujet, mais Deenie semblait résolue à garder ses secrets, et elles auraient le temps. Enfin, Ally l'espérait. Elle aimait bien sa vie à Pine Hollow. Avec Deenie, Astrid et Ben…

Ses pensées retournaient constamment vers lui. S'il était libre, avait-il cru qu'elle gardait ses distances avec lui ? Était-ce pour cela que les instants délicieux qu'ils avaient partagés n'avaient mené à rien ? Parce qu'elle envoyait un signal d'arrêt ? Y avait-il effectivement quelque chose ?

C'était un type bien. Il adorait Astrid. Il faisait de son mieux pour la ville, même si on le prenait pour un grincheux. Sa sœur lui manquait tant qu'il n'avait pas rénové sa cuisine. Et, surtout, il avait bon cœur. Dur d'y résister. Et s'il était libre…

— Ally ?

— Vert, décida-t-elle en rougissant. Absolument.

Elle allait le voir à la parade. Bientôt, elle saurait.

22

Ben savait qu'à Pine Hollow les potins circulaient plus vite que le traîneau du père Noël la nuit de Noël. Il savait qu'il en fallait peu pour qu'une histoire prenne de l'ampleur, dans une ville de cette taille. Mais il n'était pas habitué à être le *sujet* des spéculations.

Pendant la semaine, le bruit s'était répandu que non seulement Astrid et lui avaient aidé Ally au refuge et qu'ils avaient assisté ensemble à l'allumage du sapin, mais aussi qu'elle lui apportait le café au bureau et qu'elle l'avait aidé à préparer ces gâteaux qui avaient eu un tel succès lors de la kermesse. Apparemment, cela valait une annonce officielle de fiançailles. La ville était en ébullition.

Ben était habitué à ce que ses voisins l'arrêtent pour se plaindre d'un problème dépendant du conseil municipal mais pas qu'on lui parle de sa vie amoureuse. Les sourires, les clins d'œil, les tapes amicales sur l'épaule – cela le faisait flipper.

Après le troisième « J'ai entendu dire que tu passais du temps avec la petite-fille de Hal et Rita » et le quatrième « As-tu vu Ally aujourd'hui ? », Ben était prêt à rembarrer la personne qui lui adresserait un sourire interrogateur, alors qu'en compagnie d'Astrid, il se frayait un chemin vers l'école, d'où les chars démarreraient leur procession à travers la ville.

Heureusement, Astrid ne semblait pas avoir remarqué.

La dernière chose qu'il souhaitait, c'était d'être vu avec Ally, mais Astrid et Kimber avaient demandé à être sur le char des Amis à quatre pattes plutôt que sur celui de l'école, il serait donc vu avec Ally le temps de déposer sa nièce.

Astrid et Kimber avaient participé à la décoration festive du vieux pick-up du refuge et elle s'exclama quand elle le découvrit, aligné à l'arrière.

— Oh ! Il est trop joli !

Astrid courut vers Kimber et les chiens pour les saluer.

— Je viendrai te chercher ici, à la fin du cortège, lui cria Ben, désireux de s'échapper avant l'arrivée d'Ally.

— Tu ne viens pas avec nous ?

Trop tard.

Ben se retourna vers Ally, et vingt-cinq kilos de bouledogue tombèrent sur son pied et pressèrent contre sa jambe.

— Salut, Partridge !

Ally, à quelques mètres de là, lui souriait – et son cerveau passa en mode « fuir ou se battre ». Était-elle trop près ? Souriait-elle trop ? Était-ce pour cela que toute la ville pensait qu'ils étaient ensemble ? Souriait-elle délibérément ? Pensait-*elle* qu'ils étaient ensemble ? Elle était très jolie, avec son manteau bordeaux et son écharpe blanche – comme la première fois qu'il l'avait vue, et le soir où il l'avait raccompagnée sous la neige –, mais ce n'était pas parce qu'il se rappelait ce qu'elle portait qu'il avait des sentiments pour elle. Il n'y avait pas de place pour elle dans sa vie, quoi qu'en pensent ses potes de poker et la moitié de la ville.

— Ben ?

— Non, lâcha-t-il. Non, j'ai pensé que, euh, j'ai pensé que le pick-up serait plein, avec les chiens, toi et tes grands-parents, et les filles.

— Oh, Gramps conduit et seule Gram sera à l'arrière. Nous marcherons à côté avec les chiens, pour que la foule voie de près nos candidats à l'adoption. Et si les chiens, ou les filles, sont fatigués, ils pourront monter à l'arrière avec Gram pour reprendre leur souffle. Alors, il y a plein de place, si une lente promenade à travers la ville ne te dérange pas.

— Non, euh, j'ai déjà dit à Levi que je regarderai la parade avec lui.

Elle sourit.

— Eh bien, peut-être la prochaine fois. Mes grands-parents ont l'intention de renouveler l'expérience si nous arrivons à garder le refuge ouvert.

Ben était surpris. Il s'attendait à ce qu'elle soit déjà sur le départ. Il n'avait pas compris qu'ils essayaient de garder le refuge ouvert.

— Vous cherchez un nouveau financement ?

— Nous cherchons de tous les côtés. Nous avons ouvert une cagnotte sur Internet et Gramps et moi avons passé notre temps à remplir des demandes de financement. Je ne lâcherai pas sans me battre.

— J'aurais pensé que tu étais impatiente de retrouver ta vie new-yorkaise.

Elle fronça les sourcils, mais, avant de pouvoir répondre, un cri l'arrêta.

— Ally ! On a un problème !

C'était Deenie.

— Le devoir m'appelle. On te verra après la parade. Sauf si tu changes d'avis.

— Non… Levi, tu sais.

— C'est vrai. Amuse-toi bien. Applaudis-nous. Viens, Partridge.

Et, entraînant le bouledogue, elle partit régler la catastrophe de dernière minute sur le char des Amis à quatre pattes.

Maintenant, il devait trouver Levi et le convaincre de regarder la parade.

C'était bizarre de s'éloigner du char. Mais c'était parce qu'Astrid était présente. Ce n'était pas sa place. Il les aidait parce qu'il culpabilisait. Pas parce que voir Ally illuminait sa journée.

Renouveler l'expérience… Envisageait-elle de s'installer ici ? Il n'avait même pas pensé qu'elle pouvait rester – raison pour laquelle, d'ailleurs, il s'était senti libre de parler de ses faiblesses en tant que figure parentale. Elle était de passage et, en partant, elle emporterait toutes ses faiblesses secrètes. Mais si elle restait…

Mon Dieu, les rumeurs deviendraient folles. Tout le monde penserait qu'elle restait pour *lui*. La ville les marierait d'ici la Saint-Valentin. Juste ce dont il avait besoin.

Il était à mi-chemin du square, au milieu du trajet du défilé, quand il se rappela qu'il devait trouver Levi.

— Ben !

Delia l'appela d'un geste et il grimpa en haut de la tribune, d'où la mairesse et sa femme allaient regarder le défilé, aux côtés d'autres membres du conseil municipal et de leurs familles. Ben les salua d'un rapide « Joyeux Noël » en rejoignant Delia.

— As-tu vu Levi ? s'enquit-il après l'avoir saluée. Je suis supposé regarder la parade avec lui.

— Levi Jackson ? N'est-ce pas lui qui conduit la voiture du père Noël, cette année ?

— C'est vrai. *Merde*. J'ai dû mal comprendre.

— Assieds-toi, poursuivit-elle en tapotant la place à côté d'elle. Je veux te parler de quelque chose et le défilé va commencer de toute façon. Attends-moi, le temps que je démarre ce truc.

Delia rejoignit le podium et prit le micro pour souhaiter la bienvenue au cinquante-troisième défilé annuel de Noël à Pine Hollow et le déclarer officiellement ouvert. Des applaudissements retentirent et la fanfare de l'école entama une version insolite de « It's Beginning to Look a Lot Like Christmas » en défilant à travers le square.

La parade de Pine Hollow n'était pas celle de Macy's sur la Cinquième Avenue – pas de lâchers de ballons, et des chars modestes –, mais les applaudissements étaient les mêmes. La Reine du Sirop d'érable de l'année défilait derrière la fanfare dans une décapotable rouge. Derrière elle venait le char d'un dentiste local qui – curieusement, selon Ben – distribuait des sucres d'orge à la foule. Il eut envie d'envoyer un texto à Ally à ce sujet, puis s'en voulut de cette impulsion.

Pas étonnant que la moitié de la ville les croyait ensemble.

Le dentiste était suivi par le char des Domaines de Summerland, le seul groupe qui ne risquait pas d'être incommodé par le hurlement des Harley locales juste derrière. Suivaient un char de la station de ski, celui d'une reine de beauté, puis la fanfare du collège, qui se débattait vaillamment avec « Santa Claus Is Coming to Town ».

Puis venait le char des Amis à quatre pattes.

Le vieux pick-up vert n'avait jamais été aussi beau, tout enguirlandé et arborant une énorme banderole « AMIS À QUATRE PATTES ». Hal conduisait, un bonnet de père Noël sur la tête, saluant de la main par la portière en descendant lentement la rue. Rita, tout sourire, était perchée à l'arrière, telle une reine de beauté, saluant et agitant la patte du chihuahua qu'elle tenait dans ses bras.

Avec elle, il y avait deux autres chiens, dont Partridge, qui avait visiblement atteint la limite de son endurance avant d'arriver au square. Astrid, Ally, Deenie et Kimber marchaient à côté, tenant chacune un chien en laisse. Les filles avaient l'air très fières. Deenie, pleine de paillettes, portait des bois de renne sur son bonnet et s'adressait à la foule comme une pro, mais il ne pouvait détacher les yeux d'Ally.

Elle souriait timidement et saluait la foule. On sentait qu'elle avait du mal à être le centre de l'attention mais qu'elle adorait en faire partie. Elle nourrissait tant de contradictions qu'il s'efforçait de comprendre. Elle semblait avide de partage mais très nerveuse lors des événements de la ville. Elle lui avait dit qu'il était trop dur envers lui-même, mais elle ne s'arrêtait jamais, agissant constamment pour aider ses grands-parents, le refuge, et lui – faisant passer ses besoins après ceux des autres. Elle avait besoin que quelqu'un lui dise de ralentir. Elle avait besoin de…

— Alors, toi et la Dame aux chiens… Hein ?

L'attention de Ben fut happée sur sa gauche, où Delia le regardait avec un sourire narquois.

— Tu ne vas pas t'y mettre, toi aussi. C'est ridicule. Nous sommes *amis*.

— Heum, acquiesça-t-elle, toujours souriante. Elle a l'air sympa. Gentille avec Astrid.

— Tout à fait. Et elle repart bientôt pour New York.

Il n'était sorti avec personne depuis qu'Isabelle l'avait quitté – et n'avait pas l'intention d'y songer de nouveau. En particulier pas avec quelqu'un qui n'allait pas rester ici. Quoi qu'en pense le reste de la ville.

— C'est dommage. Vous auriez fait un beau couple. Davis a appris qu'elle était une photographe reconnue et se demandait si elle aimerait faire des photos pour le site touristique.

Ils applaudirent le char de la boulangerie.

À cause de la rivalité pâtissière entre Mac et Magda, il était l'un des plus beaux. Cette rivalité apparaissait maintenant dans tous les aspects de la vie communale. Le char de La Tasse serait tout aussi spectaculaire.

— As-tu repensé à l'élection du maire ? demanda Delia sur un ton faussement léger. Elle n'aura lieu qu'en mars, mais tu dois remplir les papiers de candidature avant la fin de l'année…

Ben grogna intérieurement. Au moins, maintenant, il savait pourquoi elle l'avait appelé près d'elle.

— Delia, je ne vais pas me présenter à la mairie. Je n'ai pas besoin de ça. Et puis personne ne voterait pour moi. Je suis le conseiller le plus mal aimé.

Elle se tourna complètement vers lui, ignorant la parade.

— Pourquoi diable crois-tu ça ?

Il haussa les sourcils devant sa surprise.

— C'est moi qu'on interpelle dans la queue à La Tasse, parce qu'on n'a pas augmenté le budget de l'illumination du sapin. D'autre part, je suis l'informaticien de la ville, et je vois bien qui reçoit le plus de plaintes par e-mail au conseil municipal, et ce n'est pas toi, ni personne d'autre. C'est moi.

— C'est parce que les gens pensent que tu les *écoutes*. Et c'est vrai. La moitié des membres du conseil ne changeront jamais d'avis, alors pourquoi perdre son temps à leur parler à La Tasse ou à leur envoyer de longs e-mails réfléchis qu'ils ne liront même pas ? Toi, tu les lis. Tu es attentif.

— Je suis le Grincheux de la ville.

Delia éclata de rire.

— Ben West, tu as un cœur trois fois plus gros que celui du Grincheux. Tu peux ronchonner, mais nous savons tous que tu as le cœur tendre. Tous ceux qui te voient avec Astrid le comprennent.

C'était gentil, mais il n'en croyait pas un mot.

— Tes flatteries ne m'inciteront pas à être maire, Delia.

— Je ne suis pas en train de te flatter, mais si tu ne veux pas devenir maire, je n'insiste pas. Même si tu serais le meilleur.

Il la regarda.

— Tu ne vas pas laisser tomber.

Elle sourit sans vergogne.

— Probablement pas. Mais là, j'arrête, après une dernière chose : si tu ne te présentes pas, réfléchis à qui se présentera et à quel point tu seras agacé de le voir mal faire pendant quatre ans.

Ben secoua la tête.

— Tu es redoutable.

— Je fais le job.

— On devrait voter contre les limites de mandat et te garder en poste.

— Non. Margaret a besoin que je sois plus présente. Et cela fait deux ans que je lui ai promis un voyage en Europe. Il est temps de passer le flambeau.

Elle lui donna un coup de coude.

— Penses-y. Tu ferais un bon maire.

— Je préfère rester le Grincheux de la ville.

Elle rit et ils reportèrent leur attention sur la parade, mais les paroles de Delia restaient dans la tête de Ben, comme elle le souhaitait. Machiavélique, sa boss. Mais elle n'avait peut-être pas entièrement tort… et pas seulement à propos du poste à la mairie.

23

À la fin du défilé, Ally avait mal aux pieds et ne savait toujours pas si Ben croyait qu'ils sortaient ensemble. Elle avait réussi à penser à autre chose jusqu'à ce qu'Astrid vienne lui demander :

— Est-ce que tu sors avec oncle Ben ?

Elles marchaient à côté du char des Amis à quatre pattes et Ally faillit trébucher. Elle avait bafouillé qu'ils étaient amis tous les deux, en espérant avoir été crédible, parce que, même si quelque chose naissait entre eux deux, ce n'était pas à elle d'en parler avec Astrid, et encore moins avant d'en avoir discuté avec Ben.

Mais cela avait contrarié son projet de « penser à autre chose ». Surtout quand Astrid suggéra que, s'ils en avaient l'intention, elle n'avait rien contre. Heureusement, Astrid fut vite distraite par les chiens.

Ally se sentait mal à l'aise dans la parade, une usurpatrice, saluant de la main des gens qui devaient se demander qui elle était et ce qu'elle faisait là, mais elle se concentra sur les chiens et les deux fillettes et, très vite, la parade se termina.

Le terminus de la parade ressemblait à une vaste foire, des musiciens des fanfares courant dans tous les sens, alors Ally envoya un texto à Ben et à la maman de Kimber pour leur dire qu'elle ramenait les filles au square et les retrouverait au kiosque.

Astrid et Kimber marchaient devant elle en bavardant tout le long du chemin. Le square était bondé mais il n'y avait pas d'ados courant partout avec leurs instruments. Ally ne vit pas Ben, alors elle suivit les filles dans le kiosque.

— Viens par ici, Ally, la pressa Astrid. On voit mieux d'ici.

Ally se rapprocha d'Astrid mais ne voyait toujours pas Ben.

— Voilà mes parents.

Kimber leur fit signe mais ne montra pas le désir de rejoindre son père et sa mère, qui répondirent à son geste sans interrompre leur conversation avec un couple qu'Ally ne reconnut pas.

— Où est oncle Ben ? interrogea Astrid, en sautillant d'impatience, comme si elle ne pouvait plus attendre de rentrer chez elle.

— Il va venir, la rassura Kimber, ce qui surprit Ally.

Puis elle le vit se frayer un chemin dans la foule, courant à moitié en traversant le square.

— Pardon. J'étais à mi-chemin du restaurant quand j'ai lu ton texto.

— Oh, désolée. J'ai pensé qu'il était plus facile de se retrouver ici.

Elle s'écarta de la balustrade pour aller vers lui, mais Kimber lui bloqua le passage.

— Pas de problème.

Il était essoufflé et souriait en tapant sur l'épaule d'Astrid.

— J'avais oublié qu'à la fin, c'est la foire d'empoigne. Prête pour rentrer à la maison, Astrid ?

— Est-ce que je peux dormir chez Kimber ?

Il haussa les sourcils.

— A-t-on demandé aux parents de Kimber ?

— On va leur demander maintenant. Tu restes là, on revient, dit-elle en levant la main pour l'empêcher de faire un pas.

Il fronça les sourcils mais les laissa partir. Ally s'appuya sur la balustrade derrière elle.

— Elles ont été adorables pendant la parade.

— Je suis content qu'elles ne t'aient pas causé de souci.

— Ce sont des anges. Mais je devrais peut-être te prévenir, Astrid a parlé de passer tous les jours pendant les vacances et je suis sûre que Gram l'a invitée à venir nous aider pour le Salon canin aux Domaines, demain.

— C'est demain ?

— À 14 heures.

— Je suis sûr qu'on peut arranger ça, si tu n'en as pas marre de nous avoir dans les pattes…

— Bien sûr que non. Toute aide est bienvenue.

Elle modéra le sourire qui menaçait de dévorer son visage.

— Les affaires de la ville vont bien ? Tu semblais en grande conversation avec la mairesse quand je t'ai vu dans la tribune en passant.

Ben fit la grimace.

— Elle veut que je me présente aux élections. Ce qui est ridicule. Je ne sais pas pourquoi elle m'a choisi. Je ne peux pas être maire.

Ally pencha la tête de côté.

— Pourquoi pas ?

— Je ne suis pas... Je ne sais pas. Je n'en ai pas l'étoffe. Je ne suis pas...

Il haussa les épaules et croisa les bras devant la poitrine, dans la posture défensive du petit garçon.

— Delia a l'air de penser le plus grand bien de moi. Comme si j'étais Bob Cratchit[1] plutôt qu'Ebenezer Scrooge...

— Ben...

Ally secoua la tête, déconcertée. Était-ce la raison pour laquelle il s'était montré si sensible aux blagues sur Scrooge ? Parce qu'il craignait que ce soit vrai ? Ne se voyait-il pas comme une bonne personne ?

— Combien y a-t-il de membres au conseil municipal ?

— Six. Plus la mairesse.

— Et combien y en a-t-il qui viennent au refuge pour m'aider et ajouter des articles au bulletin municipal pour s'assurer que tous les chiens auront trouvé un toit avant la fin du financement ?

Il secoua la tête.

— Tu ne comprends pas. C'est mon vote qui a fait pencher la balance.

— Cela ne fait rien. Tu n'étais pas seul, mais tu es le seul qui soit venu. Tu es venu pour moi. Tu es venu pour Astrid. Tu te démènes comme un fou pour être là pour tout un chacun dans la ville. Alors, ne te raconte

1. Un autre personnage d'*Un conte de Noël*, de Charles Dickens.

pas d'histoires, tu es assez bon pour être maire. Tu es la meilleure personne que je connaisse.

Les mots flottèrent entre eux, dits sur un ton plus passionné qu'elle n'en avait eu l'intention. Il *était* la meilleure personne qu'elle connaissait.

Et elle avait des sentiments pour lui. Beaucoup de sentiments. Son béguin avait enflé à tel point qu'il lui écrasait la poitrine et lui coupait le souffle.

— Regardez ! Vous êtes sous le gui, tous les deux !

En entendant le cri d'Astrid, Ally leva la tête et elle était là – la boule fatidique se balançait juste à l'endroit où Astrid l'avait fait venir. Ben la regarda aussi et Ally sentit son cœur battre.

Ça y était. L'instant de vérité.

Il n'avait plus qu'à l'embrasser.

*

Ben considéra la boule incriminée avec le sentiment cuisant d'être victime d'une conspiration.

Il *aimait bien* Ally. Tout le monde avait l'air de penser qu'ils formaient un couple, alors il était facile de penser qu'ils devraient être ensemble. Elle était sympa, intelligente et agréable à vivre – et la courbe de sa lèvre inférieure lui suggérait mille pensées impures. Mais il n'avait pas à avoir de telles pensées à quelques mètres de sa nièce.

Il ne devait *rien* penser du tout à quelques mètres de sa nièce.

Il ne serait pas surpris qu'Astrid tente de les réunir – s'imaginant dans une maison pleine de chiens. C'était une chose, d'entamer une relation quand il ne s'agissait que de lui, mais si Astrid avait de faux espoirs, si Astrid s'attachait à Ally et que celle-ci retournait à New York…

Il devait penser à Astrid. Il devait toujours la faire passer en premier.

Dans un monde différent, il aurait pu embrasser Ally. Ils auraient été bons l'un pour l'autre. Mais voici le monde dans lequel ils vivaient. Telle était sa vie.

Cela n'avait pas d'importance que le moment soit parfait. Ni qu'elle soit si jolie, le visage levé vers lui d'un air interrogateur. Ni qu'il ait tellement envie de baisser la tête, de réduire la distance entre eux, de la prendre dans ses bras…

Une cymbale, lâchée par un musicien, tomba par terre avec un bruit énorme qui retentit dans le square et interrompit ses pensées, lui rappelant qu'ils étaient en public.

— Non.

Il recula, Ally détourna la tête en rougissant et il tendit la main. Il avait peur de la toucher mais souhaitait qu'elle comprenne.

— Pardon. Je suis désolé, je…

Elle secoua la tête et recula.

— Non, c'est bon. C'était idiot…

— Ce n'est pas que je ne… C'est compliqué…

— Non, je comprends. Je devrais…

Elle le contourna pour sortir du kiosque.

— Je dois retrouver mes grands-parents avant qu'ils n'envoient une équipe de recherche.

— Ally…

Il tendit une main inutile.

Ses pas résonnaient sur les marches du kiosque, et elle lança un grand sourire forcé aux filles en passant.

— À plus tard, les filles !

Ben la fixa, ressentant un creux dans la poitrine. Il n'avait pas voulu enclencher quelque chose qui n'avait pas d'avenir, surtout pas devant toute la ville, mais il n'avait pas voulu non plus la blesser.

Tu as du chemin à faire, West. Le regard que lui lancèrent Astrid et Kimber lui confirma qu'il était l'homme le plus nul.

— Qu'est-ce que tu as fait ? demanda Astrid, consternée.

— Rien. Rentrons.

Il avait fait ce qu'il fallait. Ally retournerait à New York. Sa vie à lui était ici avec Astrid. Il ne pouvait pas entamer une relation avec Ally. Il devait continuer à s'en souvenir.

24

Mortification publique : 1. Gui : 0.

Ally se précipita à travers le square en essayant de ne pas penser à toutes les personnes qui avaient vu Ben la rejeter, en plein cœur de la ville.

Il avait une bonne raison. Évidemment. C'était compliqué. Bien sûr, ça l'était. Mais elle ne voulait pas attendre de connaître toutes les bonnes raisons qu'il avait de ne pas vouloir d'elle. Elle n'aurait pas dû écouter Deenie, Elinor et Astrid, et tous les autres qui semblaient parier sur eux deux.

Ils étaient *amis*. Et si elle avait espéré davantage, elle était visiblement la seule.

C'était juste ça. Pas grave.

Elle ne l'aimait d'ailleurs sans doute pas plus que ça. Ce ne serait pas la première fois qu'elle s'entichait d'un type parce qu'elle se sentait seule et qu'il était disponible. Elle s'était promis de ne pas recommencer. Elle s'était sentie seule à New York, mais elle aimait bien Pine Hollow. Elle aimait travailler au refuge et participer aux animations de la ville. C'était agréable, ce sentiment de faire partie de quelque chose, et elle mélangeait sans doute ces sensations avec ce qu'elle croyait ressentir pour Ben. C'était tout.

Le chaos près du restaurant avait disparu quand elle rejoignit le pick-up des Amis à quatre pattes. Ses grands-parents avaient rentré tous les chiens dans leurs cages.

— Désolée d'avoir mis tant de temps !

Le temps d'une blessure d'amour-propre.

— Ne t'inquiète, la rassura Gramps. Tu arrives juste à temps. Le camion qui nous bloquait vient de partir.

— As-tu vu Ben ? demanda Gram avec une étincelle dans l'œil… qu'Ally ignora soigneusement.

— Oui. Et les parents de Kimber également. Deenie est partie ?

— Elle avait un rendez-vous.

— Bien. Alors rentrons les chiens à la maison.

Les chiens. Le refuge. Elle devait se concentrer sur ça. Elle avait d'autres chats à fouetter que Ben West et ce baiser raté sous le gui.

*

— Tous les deux, vous formez un si joli couple.

Ben serra les dents et sourit patiemment comme il l'avait déjà fait une douzaine de fois en répondant :

— Ally et moi ne sommes pas ensemble, miss Kowalski.

Des aboiements résonnaient dans la salle commune des Domaines de Summerland tandis que l'octogénaire aux cheveux blancs se penchait vers lui, une main derrière l'oreille.

— Hein ?

— Elle est juste une amie, expliqua Ben d'une voix forte.

— Bien sûr, mon cher. Et quelle jolie petite amie ! jugea Mrs Kowalski avec un grand sourire.

Ben abandonna – comme il l'avait fait lors des vingt minutes précédentes. Il avait failli ne pas venir. Après le ratage sous le gui, c'était tentant de se dérober.

Il n'avait rien loupé. Il était hors de question d'embrasser Ally au milieu du square, mais il aurait pu régler l'affaire de façon plus élégante. Astrid avait dormi chez Kimber, il avait donc eu tout le loisir de penser à ce qu'il aurait dû faire. Il devait des excuses à Ally, mais, pour l'instant, il tâchait de garder ses distances autant que possible. Pour ce que ça lui rapportait.

Chaque retraité avec qui Ben parlait appréciait comme c'était merveilleux de le voir avec Ally. Quel « charmant couple » ils faisaient. Il avait beau expliquer qu'ils n'étaient pas ensemble, les résidents souriaient en lui tapotant le bras – soit ils ne l'écoutaient pas, soit ils ne le croyaient pas.

Au moins, le Salon canin avait du succès. Il n'y était d'ailleurs pour rien. Quand Astrid et lui étaient arrivés au refuge, Deenie et les Gilmore étaient déjà en train de mettre les chiens dans les cages.

Ils avaient amené les chiens en dessous du poids limite – les teckels Fred et Ginger, JoJo l'épagneul papillon, Peanut le chihuahua, Trapper le Jack Russell borgne, et Daisy, un petit chien noir hirsute, de race indéterminée, qui pesait peut-être un chouïa au-dessus de treize kilos, mais il n'y avait pas de balance pour vérifier. Et même Daisy, qui avait la fâcheuse tendance à faire pipi quand elle était nerveuse, semblait avoir trouvé son fan-club parmi les résidents des Domaines.

Quoique pas autant qu'Ally.

Elle avait apporté son appareil photo et elle se déplaçait dans la salle, souriante, prenant des photos des seniors avec les chiens. Ben admirait avec quelle aisance elle charmait tout le monde, comme elle avait charmé toute la ville.

— Liliane ! Regarde ce petit ange ! s'exclama Mrs Kowalski, montrant Peanut à son amie.

Ben en profita pour s'éloigner et laisser Peanut user de ses artifices sur les deux vieilles dames. Le vieux chihuahua avait le plus de succès parmi les résidents, même s'il était complètement sourd. Il ouvrait de grands yeux globuleux et tremblait sans arrêt, mais il était en train de devenir la mascotte non officielle des Domaines.

Trapper, niché dans le panier du déambulateur de Mrs Walker, qui faisait son tour, était cajolé par tout le monde. Près de là, Deenie montrait à un résident les tours qu'elle avait enseignés à JoJo. Daisy, tout près d'Astrid, regardait par-dessous sa jambe un résident qui tentait de l'amadouer.

Personne ne lui prêtant attention, Ben se décida à approcher Ally.

— Hé, murmura-t-il en arrivant près d'elle, tu as pris de bonnes photos ?

Elle lui jeta un coup d'œil sans baisser son appareil.

— Oui.

Pas exactement encourageant. Mais il risquait de ne pas avoir une autre occasion.

— Je voulais m'excuser pour hier soir. Ce truc, sous, tu sais…

Elle rougit.

— C'est bon. Nous n'avons pas besoin de…

— C'est juste qu'il y a des rumeurs au sujet de nous deux.

Elle cligna.

— Je les ai entendues, moi aussi.

— Je sais que le gui n'a pas une si grande signification romantique, mais je ne voulais pas attiser les braises. J'espère que tu ne t'es pas sentie blessée…

— Non, bien sûr. Je comprends…

— Je dois penser à Astrid…

— Exact. Tout à fait.

Ils parlaient rapidement, les mots se bousculant, quand, tout à coup, le visage de Rita Gilmore se glissa entre eux.

— Si on pose la question, Trapper s'appelle maintenant Hemingway, murmura-t-elle précipitamment. Bob Blake est à *ça* de le prendre, et il était professeur de littérature, alors j'ai raconté un bobard sur le nom d'Hemingway pour conclure l'affaire. Ils sont parfaits l'un pour l'autre. Aussi désagréable l'un que l'autre. Où vous en êtes, vous ? Du nouveau ?

Ally avait encore le rouge aux joues, mais elle répondit à sa grand-mère comme si elle ne venait pas d'avoir la conversation la plus embarrassante de sa vie.

— Peanut est le grand favori.

Mr Gilmore s'approcha avec Fred et Ginger.

— Une idée d'à qui ces deux tourtereaux pourraient plaire ? Tout le monde les adore, mais personne ne songe à les adopter.

Ally s'accroupit pour les caresser.

— Peut-être que s'ils étaient adoptés chacun par une personne différente, ils pourraient continuer à se voir, suggéra-t-elle.

— Essaie avec Verna et Lyle Johnson, proposa Mrs Gilmore en montrant un couple à l'autre bout de la salle.

Ils ne se mêlaient pas aux autres résidents mais étaient assis à part, observant la salle en se tenant la main.

— Ces deux-là n'ont pas été séparés vingt-quatre heures en soixante-cinq ans. S'il y en a deux qui peuvent comprendre Fred et Ginger, ce sont eux. Allez-y, vous deux !

Ben n'eut pas le temps de réagir avant que la laisse lui soit mise dans la main et que Rita Gilmore lui donne un coup sec dans le dos.

Ally fronça les sourcils mais décida de ne rien dire. Elle le regarda.

— On y va ?

— Après toi.

*

Ally traversa la pièce, atrocement consciente de l'homme derrière elle, et souhaitant ne pas aviver les rumeurs existantes. Elle ne s'était pas attendue à le voir mais elle aurait dû savoir que Ben West n'oubliait jamais une promesse – même s'il ne s'agissait que d'offrir son aide lors du Salon canin.

Elle se concentra sur les Johnson, déterminée à placer Fred et Ginger dans une bonne famille. Comme les teckels, les Johnson formaient une paire assortie, de petite taille tous les deux, avec des cheveux blancs coupés court, des lunettes et un badge à leur nom épinglé sur leur vêtement, comme la plupart des résidents.

— Bonjour, dit Ally d'un ton chaleureux. Je m'appelle Ally et voici Ben.

— Nous le savons, chérie. Tu es la petite-fille de Rita et Hal. Et vous êtes le conseiller municipal dont tout le monde parle.

— Je ne suis pas sûr que cela soit une bonne chose, commenta Ben en serrant la main que lui tendait Mr Johnson.

— Lyle et Verna Johnson, indiqua Mr Johnson avant de se pencher vers les chiens. Et qui sont ces petites saucisses ?

— Voici Fred, et elle, c'est Ginger. Ils forment un couple. Nous pensons qu'il a douze ans, et elle treize.

— Ils sont mignons, murmura Mrs Johnson.

— Nous ne nous attendions pas à voir des chiens. Nous sommes là pour le concert de Noël. Nous arrivons toujours tôt pour avoir de bonnes places, expliqua Mr Johnson.

Sa femme lui tapota la main.

— Nous sommes ravis que vous ayez amené les chiens. C'est si plaisant de voir tout le monde passer un bon moment.

Ben s'assit sur la chaise à côté de Mr Johnson, mais Ally préféra s'accroupir pour caresser Ginger.

— C'était l'idée de ma grand-mère.

— Rita est tellement gentille. Elle est parfaitement à sa place ici.

Ally sourit à cette erreur habituelle.

— Mes grands-parents viennent souvent ici, mais ils n'y vivent pas. Ils rendent juste visite à leurs amis.

— Je sais, chérie. Je voulais dire quand ils emménageront, l'an prochain.

— Ils ne vont pas…

Ally s'interrompit, cherchant du regard l'aide de Ben. Les conversations prenaient parfois des tournures inattendues quand les participants étaient munis d'appareils auditifs, comme lors d'un jeu de téléphone arabe très créatif. Elle savait que Mrs Johnson se trompait, mais heureusement Ben comprit et se pencha en articulant clairement :

— Vous vivez ici depuis longtemps ?

— Quinze ans, répondit fièrement Mr Johnson en se redressant. Nous étions parmi les premiers résidents, avant qu'ils construisent les maisons avec patio.

— Et vous vous y plaisez ?

— Énormément.

Ginger s'appuya contre la cheville de Mrs Johnson, sa queue battant en rythme contre la jambe d'Ally, et Mrs Johnson sourit.

— Tu es une gentille fille, dit-elle en caressant la tête de Ginger. Je sais qu'il y a des personnes qui ont du mal à s'adapter, ceux qui pensent qu'on les y a placés sans qu'ils le choisissent. Comme ce pauvre Bob Blake. Mais pour nous, c'est le moyen de préserver notre liberté. Nous avons l'aide dont nous avons besoin et nous ne dépendons pas de nos enfants ni de nos petits-enfants.

— C'est une communauté, enchaîna naturellement Mr Johnson. La meilleure chose aux Domaines de Summerland, je dirais même de Pine Hollow, c'est la communauté. Mais vous en recevez ce que vous y mettez. Vous devez aller vers votre voisin si vous voulez qu'il vienne vers vous.

Intéressant. Ally n'y avait jamais pensé de cette façon. Pour elle, vous étiez à votre place ou pas.

— Vous faites un si joli couple.

Le commentaire la ramena au présent.

— Oh non, protesta-t-elle. Nous sommes…

— Je suis là pour aider avec les chiens, jusqu'à ce qu'ils soient tous adoptés, expliqua Ben.

Mr Johnson sourit.

— Ah… je me rappelle ce temps… Verna travaillait dans un café. J'y allais tous les jours boire un soda, juste pour la voir. Heureusement qu'elle ne travaillait pas à la laiterie, sinon j'aurais dérangé les vaches.

Ally rougit et s'empressa de changer de sujet.

— Est-il vrai que vous n'avez jamais été séparés vingt-quatre heures depuis soixante-cinq ans ?

— Soixante-six ! Pas une seule fois depuis que nous sommes mariés, répondit fièrement Mrs Johnson. Quand Lyle s'est fait opérer du cœur, ils ne voulaient pas que j'aille en salle de réveil…

— … mais j'ai dit que mon cœur ne battrait pas correctement si elle n'était pas avec moi.

Mrs Johnson croisa le regard de son mari.

— Aucun médecin n'a eu le cœur de nous dire « non », à partir de là.

Ally sentit sa gorge de serrer et envia ce genre de connexion. Celle que connaissaient ses parents et ses grands-parents. Avec une personne qui était là pour toi. Quoi qu'il arrive.

Elle se pencha pour ébouriffer les oreilles de Ginger.

— Comme ces deux-là. Quand ils sont arrivés, au début, on a essayé de les séparer, mais ils n'arrêtaient pas de pleurer. Ils aiment bien être en contact.

Mrs Johnson tenait toujours la main de son mari mais Ally évita de la regarder pour ne pas insister.

— Ils aiment bien s'enfouir à l'abri, alors on met une couverture sur leur panier, et la moitié du temps, quand je jette un coup d'œil dans leur enclos, on ne voit qu'une seule forme en dessous.

— Vous avez dit qu'ils ont douze ans ?

— Et treize ans. Elle est un peu plus vieille que lui.

— Ça fait quel âge pour un être humain ?

— La soixantaine. L'âge de la retraite. Ce ne sont plus des bébés, mais ils aiment toujours les friandises, et Fred a un jouet qu'il transporte comme un trophée. Il aboie quand quelqu'un arrive, mais on pense que son précédent propriétaire l'y incitait parce qu'il arrête quand on lui ordonne. Ginger a parfois des problèmes de dos, il vaut mieux qu'elle vive dans un endroit sans escalier, et qu'elle ait une rampe si elle a le droit de monter sur les fauteuils, plutôt que de sauter.

— Le mal de dos nous est familier, commenta en souriant Mr Johnson. N'est-ce pas, ma jolie ?

Il se pencha lentement pour caresser Ginger, qui lui lécha délicatement le bout des doigts.

— Et nous n'avons pas d'escalier…, ajouta Mrs Johnson en lançant un regard à son mari.

— Oh, oh ! gloussa-t-il. Il se pourrait qu'on installe une rampe pour le sofa d'ici peu. Quand ma Verna sourit comme ça…

Il leur adressa un clin d'œil.

Ally regarda la peau parcheminée de leurs mains enlacées – comment était-ce de passer soixante-six ans avec quelqu'un et avoir encore envie de lui tenir la main ? D'avoir ce type de relation ? Ces souvenirs partagés.

D'être aimée à ce point.

Ally se força à détourner les yeux et à parler de Fred et de Ginger jusqu'à ce que les membres du chœur arrivent. Il était temps de rentrer avant que les chiens ne mêlent leurs aboiements au concert.

Elle attira l'attention de Ben et ils firent leurs adieux aux Johnson.

— Je vais chercher Astrid, dit-il, sa main effleurant le bas de son dos tandis qu'ils traversaient la salle – à moins qu'elle ne l'eût imaginé, tellement cela avait été bref.

Elle rejoignit ses grands-parents et Deenie.

Gram lui prit la laisse de Fred et de Ginger, et elle saisit son appareil photo, qui pendait à son cou. À la porte, elle se retourna pour une dernière photo. Lyle et Verna Johnson étaient penchés l'un vers l'autre, souriant et murmurant – et se tenant toujours par la main.

— Tu viens ? lui demanda Deenie, à côté d'elle.

— Tu crois que c'est encore possible ? Vivre soixante-six ans avec la même personne ?

— Si je vis jusqu'à quatre-vingt-quinze ans et que mon mari ne meurt pas avant. Note à moi-même : ajouter *ADN de la longévité* dans ma liste de souhaits pour l'homme parfait.

Ally secoua la tête.

— Non, tu sais ce que je veux dire ! Est-ce que ça existe encore, dans notre monde d'applis et de récompense immédiate ? Avons-nous perdu la capacité de tenir le coup pendant soixante et quelques années et d'avoir encore envie de se tenir la main à la fin de la journée ? Y a-t-il des hommes qui ont encore envie de ça ?

Deenie jeta un regard entendu derrière son épaule.

— Un ou deux.

Ally suivit son regard : Ben. Accroupi en train d'enfiler un minuscule pull pour chien à Peanut, qu'il avait ensuite glissé à l'intérieur de son manteau pour qu'il n'ait pas froid.

Elle se sentit fondre mais réprima cette sensation. Il avait été clair sur ses sentiments, même si, chaque fois qu'il la regardait, quelque chose semblait vibrer sous la surface.

— Ça ne suffit pas que j'aie envie de lui, murmura-t-elle, il faut qu'il en ait envie, lui aussi.

Ben croisa son regard au même instant.

— Ouais… Je ne crois pas que ce soit un problème, répondit Deenie avec un sourire.

Ally voulait la convaincre. Lui montrer que des regards ne suffisaient pas. Il l'avait repoussée sous le gui. Il y avait peut-être quelque chose entre eux, mais s'il ne voulait pas prendre le risque, il ne se passerait rien.

Elle souhaitait avoir un partenaire. Avec qui passer soixante-six ans. Ce n'était pas suffisant qu'elle l'envisage. Ben devait l'envisager, lui aussi. Et, en attendant, elle retenait son souffle.

25

Astrid parla des chiens pendant tout le trajet jusqu'à la maison, puis aussitôt demanda à aller au refuge pour jouer avec les chiens qui n'étaient pas sortis. Ben envoya un texto à Ally pour avoir son accord, puis il déposa Astrid sans même sortir de la voiture.

Ses parents arrivaient dans deux jours et le réparateur avait encore décalé le rendez-vous. Ben était trop occupé pour aider au refuge. Enfin, c'était l'excuse qu'il se donnait.

Le jour suivant, Astrid le persuada de la laisser aller au refuge et il ne la revit pas de toute la journée – ce qui lui laissa le temps de rattraper tout son travail en retard. Il commençait à ressentir un peu de jalousie envers les Amis à quatre pattes au moment où la porte s'ouvrit, dimanche soir, à son retour.

Et puis il entendit une autre voix dans l'entrée. Il savait qu'il n'aurait pas dû se montrer mais il sortit de la cuisine.

— Encore besoin de trouver des maisons pour les chiots… Oh, salut !

Ally s'interrompit en le voyant.

— Salut, répondit-il avec à-propos.

— Comme il faisait noir, j'ai préféré raccompagner Astrid jusqu'à la maison.

Ally tripotait son écharpe. Astrid les regarda tour à tour.

— Tante Elinor a adopté Harry. Elle m'a invitée à venir pour l'aider à s'adapter. C'est d'accord ?

— Heum…

Pourquoi ne trouvait-il pas de réponse ?

— Tu as dîné ?

— Pas encore. Mrs Gilmore nous a préparé d'énormes pizzas *calzone* pour le déjeuner, alors je n'ai pas faim.

D'un geste, Ben indiqua la cuisine.

— Va manger quelque chose, et après, on verra si tu peux aller aider ta tante.

Dès qu'il aurait envoyé un message à Elinor pour s'assurer qu'elle était d'accord.

Astrid se débarrassa de son manteau et de ses bottes, et se précipita dans la cuisine. Avant de passer la tête par la porte, elle lança :

— Merci, Ally, pour cette journée. C'était la meilleure de toutes !

Elle disparut, laissant Ally et Ben seuls avec un certain malaise.

— Meilleure journée ?

— Elle a joué avec les chiens tout le temps.

Ally se mordit la lèvre, hésitante, l'inconfort grandissant entre eux jusqu'à ce qu'elle baisse les yeux.

— Je dois y aller. Mes grands-parents…

— Bien sûr. Merci d'avoir raccompagné Astrid. Si tu m'envoies un texto, je peux aller la chercher, la prochaine fois. Je ne veux pas te déranger.

— Ça ne me dérange pas. J'aime bien marcher avec elle. Et la nuit est belle.

— Veux-tu que je te rac…

— Non, bien sûr que non. Je connais le chemin. Qu'en penseraient les gens, hein ?

Elle rit nerveusement.

— Bonne soirée, Ben.

— Bonne soirée, Ally.

Elle ferma la porte derrière elle et Ben s'affaissa contre le mur en grognant :

— Bien, Ben. Bien joué.

— Tu devrais aller là-bas.

Ben sursauta.

— Astrid ! Préviens quand tu arrives.

— Je l'ai fait.

Elle lui lança son regard d'ado, une nouveauté.

— D'accord. Tu veux quoi ? Dîner ?

Il la ramena dans la cuisine, tentant de redémarrer son cerveau.

— Je ne vois pas pourquoi tu prétends ne pas aimer Ally.

Oh non, ce n'est pas le moment de parler de ça.

— Mais j'aime bien Ally. C'est une amie.

— Est-ce à cause de moi ? Parce qu'Isabelle t'a quitté à cause de moi ?

Ben stoppa net.

— Qui t'a dit ça ?

Il se tourna vers sa nièce.

— Pourquoi crois-tu ça, Astrid ? Isabelle ne m'a pas quitté à cause de toi.

Elle haussa les épaules et tordit la bouche d'un côté.

— Enfin, un peu quand même. Vous deviez vous marier et puis…

— Hé !

Il se pencha et la saisit par ses maigres épaules. Elle avait souvent des réflexions si adultes qu'il était surpris de la sentir si frêle.

— Si Isabelle m'a quitté, cela avait à voir avec elle et avec moi. Pas du tout avec toi. Tu es la meilleure chose dans ma vie.

Elle croisa son regard.

— Je t'ai entendu dire à Ally que tu devais penser à moi…

Merde.

— Cela veut dire que tu viens en premier et que je ne veux rien faire de stupide qui pourrait t'affecter plus tard.

— Être avec Ally serait stupide ?

— Elle ne va pas rester à Pine Hollow, Astrid. Je sais que tu l'aimes bien. Moi aussi. Mais si nous nous attachons trop, cela sera encore plus dur quand elle retournera à sa vie normale.

Il lui serra affectueusement les épaules.

— Toi et moi, ça marche bien, non ? Je sais que je ne suis pas au top pour les gâteaux de la kermesse de Noël et les lunchs Instagram, mais ça marche, hein ?

Elle se mordit la lèvre.

— Oui.

Il l'embrassa, puis alla voir dans le frigo ce qu'il pouvait concocter pour le dîner.

— Ally et moi, nous sommes seulement amis.

— Je suppose.

— Qu'est-ce que cela signifie ?

Il n'était pas sûr de vouloir entendre la réponse.

— Juste que tu as très peur d'être vu avec elle, alors que vous êtes seulement amis.

— C'est cette ville. Crois-moi, un jour, tu comprendras.

— Heum.

Est-ce que l'élément féminin de l'espèce humaine naissait doté de ce pouvoir de stopper une discussion par un seul « hum » ?

Il prépara quelques sandwichs, envoya un texto à Elinor pour s'assurer qu'elle souhaitait « l'aide » d'Astrid, puis accompagna celle-ci jusqu'à la jolie maison du début du XXe siècle, avec un grand jardin. Quand Elinor ouvrit la porte, Harry s'élança dehors, puis, après un rapide tour du porche, repartit à l'intérieur à toute vitesse, poursuivie par Astrid.

— Tes chaussures ! cria Ben, en voyant les traces de neige mouillée.

— Je lui demanderai de les essuyer, le rassura Elinor. Harry n'a pas encore appris à attendre assez longtemps pour que je lui essuie les pattes, alors mes sols sont déjà un désastre.

— Merci de lui permettre de venir. Elle est si excitée.

— Cette gamine adore les chiens. Tu as davantage de volonté que moi. J'aurais déjà cédé il y a plusieurs mois.

Ben se raidit, attendant le jugement, et Elinor – à qui rien n'échappait – s'en aperçut.

Elle sortit sous le porche et tira la porte derrière elle pour qu'Astrid n'entende pas.

— Ben, je ne voulais pas…

— Non, tu as raison. Elle devrait avoir un chien. Et une maison avec un jardin. Et une balançoire. Katie avait tout planifié. Savais-tu qu'elle avait un tableau avec ses objectifs. Le plan à deux ans. Tout ce qu'Astrid devrait avoir aujourd'hui.

— Katie m'avait montré son tableau, mais personne ne s'attend à ce que tu…

— … sois capable de faire ce que Katie souhaitait ? Parce qu'elle était Super Maman et que je suis Ebenezer ?

Elinor sourit.

— Katie ne se prenait pas pour Super Maman.

— Nous savons qu'elle était formidable…

— Elle était *humaine*, insista Elinor. Tu sais qu'ils avaient imaginé ce plan quand ils ont emménagé, n'est-ce pas ? Quand Katie était enceinte ? Elle disait en plaisantant que c'était une période glissante de deux ans.

Ben fronça les sourcils. Ce ne pouvait pas être vrai.

— Elle n'était pas parfaite. Elle s'adaptait en cours de route, comme nous tous. Sais-tu qu'elle m'appelait en larmes parce qu'elle avait peur d'être la pire des mères ?

Ben sursauta, les mots le choquaient.

— Mais pourquoi… ?

— Savais-tu qu'Astrid a eu des points de suture quand elle avait deux ans ? Elle a buté contre quelque chose que Katie avait laissé traîner et a plongé tête la première sur la cheminée. Je crois que Katie a pleuré davantage qu'Astrid. Elle était persuadée que c'était sa faute.

Ben secoua la tête.

— Elle ne m'en a jamais parlé.

— Bien sûr. Elle était ta grande sœur. Elle voulait être à la hauteur de l'idée que tu te faisais d'elle. Mais elle n'avait pas besoin d'être parfaite pour être une bonne mère. Et toi non plus. Tu n'as pas à être au conseil des parents ni le plus dévoué des conseillers municipaux pour honorer sa mémoire. Et tu n'as pas besoin d'une maison avec jardin pour prouver que tu es la bonne personne pour élever Astrid.

Ben regarda la maison d'Elinor avec son grand jardin clos.

— As-tu jamais souhaité élever Astrid ?

— Bien sûr, dit-elle en souriant, mais son regard était triste. Mais Katie t'avait choisi et je savais qu'Astrid serait entourée d'amour, que ce soit toi ou moi qui en ait la garde. Mais tu pourrais la laisser dormir ici de temps en temps. J'ai une très jolie chambre d'ami.

Ce n'était pas la première fois qu'Elinor le proposait, mais il avait toujours refusé. Il craignait qu'elle ne le pense pas capable d'être le parent principal, et maintenant il se demandait s'il n'avait pas été trop occupé à prouver qu'il était le meilleur pour Astrid, au lieu de faire ce qui était le mieux pour elle.

— Nous n'avons pas apporté de pyjama ni de brosse à dents, mais, si tu veux, elle peut rester ce soir.

— C'est vrai ?

La tristesse s'envola.

— Ce serait bien. Elle pourra m'emprunter des trucs.

— Maintenant que tu as un chien, elle va vouloir venir tout le temps.

Elinor frissonna.

— Je devrais rentrer avant que Dora se mette à sauter sur les murs.

— Dora ?

— Dora l'Exploratrice. C'est un essai. Ally dit qu'elle est assez intelligente pour répondre à n'importe quel nom, mais je n'ai pas encore décidé.

En entendant le nom d'Ally, Ben fit un pas en arrière.

— Je te laisse y aller. Bonne nuit, Elinor.

— Bonne nuit. Et, Ben… merci.

Il hocha la tête, alors qu'il était sans doute celui qui devrait la remercier. Il enfonça les mains dans ses poches et releva son col contre le froid en descendant l'allée.

La maison de Katie et Paul était anormalement silencieuse quand il rentra, en se remémorant tous les projets envisagés. Ceux que Katie n'avait jamais terminés. L'escalier irrégulier, le carrelage cassé, la cuisine démodée.

Peut-être qu'il ne la décevait pas autant qu'il le pensait. Il commençait à croire qu'il se débrouillait bien, jusqu'à ce qu'il aperçoive la machine à laver en panne.

L'irritation l'envahit, non seulement envers le réparateur mais envers la ville entière.

Il en avait marre de vivre sous le regard critique de chaque habitant de Pine Hollow. De se demander constamment s'il faisait ce qu'il fallait. Pourquoi devrait-il éviter Ally pour que les gens ne bavardent pas ? Pourquoi ne pouvait-il pas la raccompagner chez elle sans que les gens spéculent à leur sujet ?

Il était *fatigué* de ne pas pouvoir faire juste ce qu'il voulait.

Dix minutes plus tard, la voiture était chargée, et cinq minutes après, il s'arrêtait dans l'allée des Gilmore, se rendant compte qu'il aurait peut-être dû téléphoner d'abord, mais c'était trop tard.

Il était à peine plus de 19 heures, mais la maison était plongée dans le noir, à part les lumières qui clignotaient sur la rampe du porche. L'éclairage devant le chenil était allumé. Ben se dirigea dans cette direction, tout en envoyant un texto tardif à Ally. Il était penché sur son téléphone en cherchant les mots pour expliquer sa visite impromptue, quand une voix résonna derrière lui.

— Ben, est-ce que tout va bien ?

Il fit demi-tour et se trouva face à Ally et à son saint-bernard, qui avançaient dans la neige.

— Oui. Désolé. Je viens de comprendre que j'aurais dû appeler.

— Pas de problème. Je promenais Colby. Mes grands-parents sont aux Domaines pour une fête de Noël. Ça va ? Où est Astrid ?

— Elle est chez Elinor. Pour l'aider à acclimater Harry. Je ne la reverrai peut-être jamais plus.

— C'est vrai qu'elle aime les chiens.

Ally sourit et s'arrêta à quelques pas de lui. Une distance sûre. Une distance anormale.

C'était lui qui avait mis cette distance entre eux.

Il aurait aimé qu'ils redeviennent amis, mais il sentait qu'il avait tout foiré avec sa réaction excessive sous le gui. En cherchant comment retrouver cette atmosphère amicale, il indiqua la grange derrière lui.

— Tu as toujours besoin d'aide pour les lumières ?

Ses sourcils se levèrent exagérément.

— Tu n'as pas peur qu'on voie ta voiture garée devant chez moi ?

Il haussa les épaules et enfonça ses mains dans ses poches.

— Les gens bavarderont de toute façon.

Et il était fatigué d'avoir l'impression de devoir prouver quelque chose.

Ally jeta un œil à la voiture et vit les paniers débordant de linge sale.

— Tu es là parce que le réparateur n'est jamais venu, n'est-ce pas ?

— Peut-être, dit-il d'un ton léger, puis il se ressaisit et dit honnêtement : Ou peut-être que ta compagnie me manquait.

Un sourire se dessina lentement sur le visage d'Ally, qui secoua la tête.

— D'accord, Ebenezer. On va faire tourner une première machine et je te montrerai où sont les lumières.

26

— Les as-tu déjà testées ?

Ally fit la grimace et plaça la guirlande fichue dans la boîte des Dieu-sait-où-ça-se-recycle. Elle en attrapa une autre. Elle était assise par terre avec Ben, dans le salon, et essayait de trouver assez de guirlandes qui fonctionnaient pour décorer la grange, pendant que la machine à laver tournait.

Après deux jours de malaise et d'évitement, ils se retrouvaient dans la « zone amicale », et Ally souhaitait y rester. Cela lui avait manqué de ne pas parler avec lui. C'était agréable de se retrouver à trier les guirlandes. Malheureusement, jusqu'à présent, ils n'en avaient trouvé qu'une seule qui marchait – et encore, elle clignotait d'une façon qui ne présageait rien de bon.

— Gramps m'a dit que c'étaient celles qu'il utilisait toujours, mais je ne suis pas sûre qu'il ait accroché des lumières sur la grange, ces dernières années.

— Depuis une dizaine d'années, je dirais, corrigea Ben en montrant un câble antique. Ta grand-mère tient vraiment à illuminer la grange ?

— Difficile à dire, reconnut Ally en testant le candidat suivant. Elle est tellement enthousiaste pour tout que, parfois, il est difficile d'évaluer le degré réel de son envie. Mais, cette année, elle semble vraiment à fond dans Noël.

Les lumières s'allumèrent, puis émirent un crépitement sec. Ally et Ben se précipitèrent pour débrancher la guirlande.

— Assez enthousiaste pour que nous risquions l'électrocution ? demanda-t-il en montrant un fil noirci.

— Il vaudrait mieux ne pas mettre le feu à la maison.

— Ni à la grange, ajouta Ben en enroulant la guirlande pour la jeter dans la boîte.

— Pas avec les chiens à l'intérieur. Mais s'ils étaient tous placés, on pourrait s'y risquer, plaisanta-t-elle. On pourrait utiliser l'argent de l'assurance. Aujourd'hui, je ferais n'importe quoi pour garder le refuge ouvert.

Il attrapa un nouvel amas de loupiotes emmêlées.

— Je pensais que tu serais contente de rentrer à New York. Maintenant que la plupart des chiens ont été adoptés, tu peux retourner à ta vie sans t'inquiéter pour le refuge.

Ally haussa les épaules en examinant le nœud dans ses mains.

— Je ne suis pas sûre d'y retourner.

Ben s'arrêta de dénouer les fils.

— Ah bon ?

— Je ne sais pas. Tout le monde parle de ma vie à New York comme si elle était très glamour, comme si je faisais un énorme sacrifice, mais, quelque part, je cherchais déjà une raison d'en partir. C'est pour cela que je n'avais pas renouvelé mon bail.

Ben fronça les sourcils.

— Je croyais que tu voulais repartir. Tu as dit que ça te manquait…

— J'ai dit que ça me manquait de savoir ce que je faisais. Je n'y connaissais rien dans la gestion du refuge quand je suis arrivée, mais maintenant… Je ne sais pas. Je crois que je commence à m'y faire, juste au moment où il va fermer.

Il la regarda, oubliant les guirlandes.

— Je pensais que tu aimais faire de la photo.

— J'aime ça, mais…

Elle tripotait les loupiotes sans croiser son regard.

— C'est un travail solitaire. Je travaille en free-lance. Je voyage tout le temps. Je ne vois jamais les mêmes gens tous les jours. Même ceux avec qui je travaille régulièrement, on ne se voit que de temps en temps. J'ai envoyé mon CV à une société qui a la réputation d'être l'une des meilleures de New York, Spectrum ; le travail serait stable et je ferais partie d'une équipe, mais je n'ai même pas eu un entretien.

— Ils vont peut-être t'appeler.

— Peut-être.

Elle lui lança un coup d'œil.

— Et je n'ai pas établi de relations là-bas, tu sais ? J'ai l'impression d'avoir toujours cherché ça depuis la mort de mes parents. Comme si j'avais le mal du pays mais pas de pays où retourner. Ce n'était pas juste la maison. Mes parents étaient ceux qui me connaissaient le mieux. C'étaient eux, mon pays. Et c'était difficile pour mes amis de comprendre, difficile pour moi de me connecter avec mes pairs quand je devais me coltiner cet énorme truc, trop gros pour eux. Alors je me suis mise à l'écart.

La photo était la seule chose qui m'allait bien. Et j'étais bonne. Je travaillais pendant les vacances et j'ai eu un stage formidable qui m'a ouvert des jobs dont je n'osais pas rêver. J'étais tellement occupée à avoir du succès qu'il m'a fallu du temps pour comprendre combien j'étais seule.

Ben resta silencieux un moment.

— Ça m'est arrivé aussi, pour d'autres raisons.

Ally haussa les sourcils.

— Toi aussi ?

— Juste après la fac. Je suis allé travailler pour une start-up dans la Silicon Valley.

— C'est vrai ?

— Tu as l'air surprise ! Je n'ai pas toujours été le conseiller municipal le plus célèbre de Pine Hollow. Ma sœur et moi sommes allés à la fac dans un autre État, puis nos parents ont déménagé en Arizona. Je n'avais jamais pensé revenir ici. Quand j'ai eu ce job, ça y était. C'était ma vie. Puis Katie et Paul ont déménagé ici. Ils souhaitaient que leurs enfants grandissent comme eux avaient grandi, dans cette communauté. Deux ans après la naissance d'Astrid, je leur ai rendu visite. Par hasard. Parce que j'avais quelques jours de vacances. J'avais travaillé comme un fou et j'étais au bout du rouleau. Je crois que j'ai dormi pendant les deux premiers jours que j'ai passés ici. Puis j'ai discuté avec Katie et j'ai joué avec Astrid. J'ai repris contact avec Connor et Levi. Et je me suis rendu compte que je n'avais que mon travail. Et ce n'était pas ce que je voulais.

— Exactement, acquiesça Ally en croisant son regard. Je ne sais pas ce que je ferais si je restais ici, surtout si le refuge fermait, mais je ne m'imagine pas retourner à New York. Je n'y ai pas construit ma vie. La seule fois où j'ai essayé… Je sortais avec ce type, Matthew. Intelligent, un bon job, il cochait toutes les cases. Mais je crois que j'avais tellement peur d'être seule que je me suis accrochée au premier qui semblait pas mal, et j'ai tout fait pour que ça marche. Cela m'a pris beaucoup de temps pour comprendre qu'on souhaitait des choses différentes, lui et moi. Je voulais juste vouloir ce qu'il voulait. Tu comprends ? Il adorait New York. Il voulait un appartement de luxe au dernier étage avec une belle vue, et je me suis dit que moi aussi. Mais quand je fermais les yeux, je voyais une balancelle sous un porche et un vieux chien dormant à mes pieds.

Dans son sommeil, Colby frappa le plancher de sa queue comme s'il savait qu'on parlait de lui, et Ally se pencha pour lui caresser la tête.

— Et puis j'ai compris que ce qu'il manquait dans mes images du futur, c'était Matthew. Il n'était pas assis sous ce porche. Je crois qu'il ne savait même pas que je souhaitais ça. Je ne le lui ai jamais dit. Je ne le contrariais jamais. Donc, chaque fois qu'on se disputait, je cédais parce que je ne voulais pas qu'il me quitte. La seule chose pour laquelle je me suis battue, c'était Colby. Il ne voulait pas de chien, mais je ne voulais pas l'abandonner. Ça l'a surpris, quand je me suis obstinée. Il disait qu'il m'aimait et que j'étais exactement la femme qu'il cherchait, sa licorne, mais c'était parce que je le laissais toujours gagner. Et je le ressentais comme ça : gagner ou perdre. Pas comme si nous étions une équipe. Pas comme si nous cherchions à atteindre le même but. Mes grands-parents, eux, ils sont partenaires.

Même s'ils sont très différents l'un de l'autre, ce sont les meilleurs amis, et chacun veut le bonheur de l'autre autant que le sien. C'est ça que je veux.

Ally leva la tête et croisa le regard bleu acier de Ben. Et les battements de son cœur s'accélèrent.

*

Ben regarda Ally en essayant de se rappeler toutes les raisons pour lesquelles il pensait que sortir avec elle était une mauvaise idée. Il n'en trouva aucune.

— Oui, euh, je n'ai pas connu ça non plus. Avec mon ex, admit-il quand le silence sembla s'éterniser.

Il ne parlait jamais d'Isabelle, mais avec Ally, c'était différent.

— J'avais l'impression qu'elle était une chose en plus dont je devais m'occuper, ajouta-t-il en faisant la grimace. Aujourd'hui, Astrid m'a demandé si Isabelle était partie à cause d'elle.

— Aïe !

— Oui. Mais ça ne l'était pas. Tout ce qui est arrivé avec Paul et Katie, et devoir m'occuper d'Astrid, tout ça a mis ma relation avec Isabelle dans une autre perspective. Je ne sais pas… Comme tu l'as dit, avec Isabelle, on ne formait pas une équipe. Ce fut une bonne chose que ça s'arrête.

— Et tu n'as rencontré personne depuis ?

— Non. J'ai été tellement dépassé… Ne le raconte à personne. Je ne veux pas que les gens pensent…

— Tu es devenu un père célibataire. C'est normal de demander de l'aide.

— Je n'ai jamais su faire ça. Et maintenant je ne… Je ne veux pas qu'on croie que je ne suis pas capable de m'occuper d'Astrid. J'ai fait ces rêves, des cauchemars récurrents, d'un travailleur social armé d'un bloc-notes qui sonnait à ma porte et me disait que j'avais raté mon rôle de parent et qu'on me la retirait.

— Ben, commença Ally en posant sa main chaude sur le bras de son ami, tu es un oncle super. Un super papa. Mais tu as le droit de demander de l'aide. Tu n'as pas à tout faire tout seul.

— Je sais, dit-il, mais les mots sonnaient faux. Elinor m'a assuré tout à l'heure que Katie n'était pas parfaite, mais je voudrais être parfait pour elle. Tout ce qu'elle avait rêvé pour Astrid, je veux pouvoir le lui donner. Ils avaient ce plan sur deux ans qui, je suppose, devait être plutôt sur dix ans, mais j'ai l'impression de décevoir Katie parce que je n'ai pas réussi à réparer la maison comme elle le souhaitait, ni à offrir à Astrid une grande demeure avec un jardin où elle pourrait avoir un chien.

Ally avait gardé sa main sur son bras et elle lui donna une légère pression.

— Tu sais que tu n'es pas obligé de vivre la vie de Paul et Katie à leur place, parce que, eux, ne le peuvent plus.

Les épaules de Ben se raidirent.

— Je n'essaie pas de vivre leur vie.

Même s'il vivait dans leur maison et avait repris leurs responsabilités à l'école et à la mairie.

— Je sais, mais… il n'y a que des photos d'eux, chez toi. C'est comme si tu ne vivais pas là.

— Je suis débordé. Je n'ai pas eu le temps de prendre de nouvelles photos.

Il entendit son ton défensif. Elle avait raison, ce n'était pas chez lui. Il dormait dans la chambre d'ami, pas dans la chambre principale. Il avait mis le sapin de Noël exactement là où ils le mettaient – en se disant qu'il voulait maintenir la tradition pour Astrid.

— Bien sûr. Je sais comment c'est.

Ally enleva sa main.

Il laissa son regard errer sur les cadres posés sur la cheminée – pas de photos de famille mais des vues splendides de New York. Central Park. Le pont de Brooklyn. Même les photos de famille disposées çà et là dans la pièce étaient classe, élégantes en noir et blanc.

— Est-ce toi qui les as prises ? demanda Ben en les désignant du menton.

Ally suivit son regard, un petit sourire soulevant un coin de sa bouche.

— Oui. Au début, quand je suis arrivée à New York. Je faisais de grandes balades avec mon appareil photo, j'essayais de *tout* voir. Le monde avait davantage de sens à travers l'objectif.

Il entendit le regret dans sa voix. Croyait-elle vraiment que cela ne lui manquait pas ?

— Tu es sûre de ne pas vouloir y retourner ?

— Je ne sais pas, reconnut-elle. Je n'ai pas de carrière ici. Mais j'ai envie d'y rester pour mes grands-parents. Et j'ai l'impression d'être plus proche de ma vision de la balancelle sous le porche ici que dans la grande ville.

— Peut-être. Ou peut-être que le type de la grande ville aurait souhaité le porche, un jour. Je n'avais jamais pensé vouloir un jour ce que je veux maintenant. Les gens changent.

— Quand ils deviennent tout à coup le tuteur d'une adorable petite fille ?

— Ou quand ils le décident. Les gens ont l'air de penser que j'ai abandonné de grands rêves en revenant ici, mais je les ai juste modifiés.

En s'apercevant qu'Ally l'observait, Ben haussa les épaules et reporta son attention sur les guirlandes dans ses mains.

— Ton type aurait peut-être changé les siens, lui aussi.

— Peut-être, reconnut-elle. Ou peut-être que le type sous le porche est déjà ici.

Ben croisa son regard et l'instant s'étira en longueur… Les yeux bruns d'Ally le transperçaient. Il avait été si sûr qu'elle partait. Mais si elle ne partait pas…

Bzzzzz.

L'alarme de la machine à laver retentit comme un réveil, faisant voler l'instant en éclats.

Ally sursauta et détourna la tête.

— C'est le moment de faire une deuxième fournée, dit-elle sur un ton trop enjoué, en se mettant debout.

Ben la suivit plus lentement.

— Et pour les guirlandes ?

— Elles sont officiellement une cause perdue. Je dirai à Gram qu'on n'en a pas trouvé suffisamment de bonnes. Je vais aller voir les chiens. À moins que tu n'aies besoin d'aide pour le linge ?

— Non, non, je me débrouille. Merci.

— De rien, lança Ally en attrapant son manteau avant de disparaître par la porte.

27

Elle avait failli l'embrasser.

Après lui avoir raconté toute sa vie et ce qu'elle souhaitait le plus au monde.

Ally courut dans l'allée, contente de sentir l'air froid revigorant. Elle avait complètement raté tout ce truc « Restons bons amis ». Tout allait si bien. Ils bavardaient, triaient les guirlandes, et soudain elle s'était mise à lui dire des choses qu'elle n'avait jamais dites à personne. Il était si facile d'être franche avec lui. Elle ignorait d'où venait cette confiance, mais elle lui avait révélé ses secrets les plus intimes.

Puis il l'avait regardée et le temps avait ralenti, comme si quelque chose les liait l'un à l'autre et les rapprochait. Comme si la connexion qui s'était établie les attirait vers un baiser.

Mon Dieu, elle avait eu envie de l'embrasser… Mais il avait dit qu'il ne voulait pas de relation. Il avait dit qu'il devait penser à Astrid. Bien sûr, Astrid n'était pas ici, mais tout de même.

Était-ce différent, maintenant ?

Les chiens l'accueillirent en aboyant quand elle entra dans le chenil, moins bruyants, maintenant que leur nombre diminuait. Il en restait encore à adopter, mais l'opération avait déjà porté ses fruits, et Ally en était contente, même si l'exubérance de Jolly ou les folies de Harry lui manquaient.

Elle jeta un œil aux chiots, puis avança dans le chenil, donnant au passage l'attention que chaque chien demandait. Elle était dans l'enclos de Partridge ; le bouledogue était couché sur le dos, réclamant des caresses sur le ventre, quand les chiens se remirent à aboyer, à l'arrivée de Ben.

— Ally ?

— Par ici.

Partridge renonça aussitôt aux caresses et se dandina jusqu'à son panier pour attraper son jouet préféré et l'offrir à son dieu. Quand Ben apparut à la porte, Partridge l'attendait avec son singe en peluche bordeaux, légèrement imbibé de bave. Il y avait longtemps qu'il ne couinait plus, mais Partridge n'en semblait pas affecté. Il déposa le singe humide devant Ben.

— Charmant, commenta celui-ci en poussant le jouet du pied.

— C'est une preuve d'amour, il t'apporte son jouet préféré.

— Il aime tout le monde, rétorqua Ben, mais il s'accroupit pour caresser les plis du bouledogue.

— C'est vrai, reconnut Ally en remplissant son bol d'eau. Je suis étonnée qu'il n'ait pas été adopté. Il a toujours été mon préféré. Un bon vieux chien débordant d'amour. Et il est aussi le préféré d'Astrid.

Le sourcil levé de Ben indiquait qu'il ne se laisserait pas influencer.

— Pourquoi ne l'adoptes-tu pas ?

— C'est une planche savonneuse. Je me suis promis de ne pas essayer de tous les sauver. C'est facile de devenir la vieille folle aux chiens.

Ben ébouriffa les oreilles de Partridge.

— Ça doit être tentant.

— Tu n'as pas idée. J'ai déjà eu une adoption ratée avec Colby. Ce devait être temporaire, mais j'en suis tombée amoureuse. Je suis sûre que c'est ce qu'Astrid espère : si elle te fait passer assez de temps avec les chiens, tu ne pourras pas résister.

— Oui, j'avais compris ça. Mais elle va avoir une mauvaise surprise. Je suis devenu un champion pour résister aux tentations.

Ces derniers mots planèrent entre eux, emplis de double sens.

Ally s'éclaircit la voix en rougissant.

— As-tu lancé une nouvelle machine ?

— Oui. Merci. Mes parents dormiront dans des draps propres, finalement.

Ses parents. Sujet sans danger.

— Quand arrivent-ils ?

— Demain après-midi.

— Astrid doit être contente.

— Oh oui.

En entendant le manque d'enthousiasme dans sa voix, Ally le regarda.

— Mais pas toi ?

— Si. Ou je le serais si je n'étais pas en retard de deux semaines pour Noël. Je déteste la pression de devoir trouver des cadeaux qui plaisent à tout le monde.

— Tu sais, personne ne te punira si tu ne trouves pas le cadeau parfait. Les fêtes ne devraient pas être une période de stress.

Il ricana.

— Et pourtant elles le sont toujours.

Ally sortit de l'enclos de Partridge pour aller voir Ginger et Fred, et Ben la suivit.

— Je veux que tout soit parfait. Qu'il ne manque rien pour Astrid. Je ne sais toujours pas ce que je vais lui offrir. Elle ne souhaite qu'une seule chose.

— Tu peux toujours lui offrir cette chose, suggéra Ally.

Ben s'accroupit près d'elle en tendant la main vers les chiens.

— Ils sont toujours là.

— Les Johnson viennent les chercher demain. Et on a reçu une demande pour Daisy.

— Le salon a été une réussite !

— Tout à fait.

Ally reprit le fil de leur conversation.

— Tu sais, Ben, Astrid est très efficace avec les chiens. Je pense qu'elle en prendrait bien soin si elle en avait un.

— Je sais. Mais je… Nous n'avons pas de jardin. Le plan était de rénover la maison, de la vendre et d'emménager dans une maison plus grande avec un jardin, et *après*, de prendre un chien. Je n'en suis pas encore là. Mais depuis son anniversaire, elle ne pense qu'aux chiens.

— C'est normal, puisque ses parents lui en avaient promis un pour ses dix ans.

Ben arrêta de caresser les oreilles de Ginger.

— Qu'est-ce que tu as dit ?

Quand Ally vit l'expression ahurie sur le visage de Ben, son cœur cessa de battre un instant.

— Elle ne te l'avait pas dit. Oh ! Ben, je suis désolée.

— Katie et Paul lui avaient dit qu'elle aurait un chien ?

— Quand elle aurait dix ans. Apparemment, ils pensaient qu'elle serait assez responsable pour en prendre soin.

Ben s'affala par terre. Ginger, sentant son désarroi, grimpa sur ses genoux et lui lécha les doigts pour le réconforter.

— Pourquoi ne m'a-t-elle rien dit ? Croit-elle qu'elle ne peut pas me parler ?

— Elle ne voulait sans doute pas te contrarier.

Ce que je viens de faire avec mes bavardages.

— Je ne veux pas qu'elle pense qu'elle ne peut pas me parler de Paul et de Katie. Elle est déjà tellement renfermée…

— Ben, dit Ally en s'agenouillant près de lui. Il lui manquera toujours quelque chose à Noël parce que ses parents sont absents, mais ce n'est pas pour ça qu'elle n'est pas heureuse. Ni que tu ne fais pas un boulot formidable. Une part d'elle sera toujours triste qu'ils soient partis ; bien sûr, elle est malheureuse, mais elle t'aime beaucoup. Et je crois que, d'une certaine façon, elle essaie de te protéger autant que toi, tu essaies de la protéger. C'est une gamine fantastique.

— C'est vrai.

Il la regarda, son visage à quelques centimètres du sien. Et, pour la seconde fois de la soirée, leurs paroles semblèrent rester en suspens dans l'air. Comme tout ce qu'ils n'avaient pas dit.

— Merci, murmura-t-il. Depuis que tu es ici…

— Je n'ai rien fait…

Les mots moururent sur ses lèvres quand il les regarda.

— Si, tu as fait. Tu fais.

Ses pupilles s'étaient élargies dans la pénombre de la grange. Ils étaient amis, seulement amis, mais, ce soir, ils semblaient danser sur un fil, toujours au bord du baiser. Si Ally pouvait par sa seule volonté…

Ben se pencha vers elle et elle ne vit plus que ses lèvres, si près. Il bougea lentement, assez lentement pour qu'elle puisse le stopper – mais c'était la dernière chose qu'elle souhaitait. Il prit son menton dans le creux de sa main, et elle ferma les yeux une fraction de seconde avant que ses lèvres frôlent les siennes.

Elle s'était demandé s'ils étaient seulement amis par manque d'attirance physique. Si elle sentirait quelque chose, s'il l'embrassait.

Eh bien, l'attirance physique n'était pas un problème.

Après cette première tentative, Ben pencha la tête en émettant un son de gorge et accentua son baiser. Ally s'appuya contre lui, en se tenant à son revers pour ne pas tomber. Sa barbe était douce contre sa peau et chaque cellule de son corps vibrait. Il passa un bras autour d'elle…

Et des petites pattes se hissèrent sur les genoux d'Ally, des petites langues rugueuses léchèrent sa main posée sur le bras de Ben.

Ils se séparèrent et un sourire éclaira le visage de Ben quand les deux teckels leur grimpèrent dessus. Ally souriait, elle aussi, envahie d'un sentiment de légèreté.

— On devrait… et d'un signe de tête, elle indiqua la maison.

— Bonne idée.

Ben se mit debout et lui tendit la main. Quand elle se leva, Ally entendit Maximus grogner dans l'enclos voisin, mais elle ne quitta pas Ben des yeux…

Jusqu'à ce qu'une odeur nauséabonde flotte jusqu'à eux.

— Berk ! fit-elle en essayant de ne pas respirer. Maximus !

— Waouh !

Ben se couvrit le nez d'une main.

Le moment était passé, Ally se précipita vers l'entrée.

— La Force est avec lui !

— Personne ne s'est encore intéressé à lui ? demanda Ben en lui prenant la main, une fois sorti de la zone empuantie.

Ally se sentit pousser des ailes. *Reste cool, Gilmore*.

— Pas pour le moment. Mais un lecteur de l'article le concernant peut encore se présenter.

— Ces articles paraissent efficaces, constata-t-il en voyant des enclos vides.

— C'est vrai, mais on a encore du chemin à faire. Et je ne sais toujours pas quoi faire avec Dolce et ses chiots. Gram essaie de convaincre Gramps de garder Dolce, mais il faudra quand même placer ses petits quand ils seront sevrés.

— Elle en a eu combien ?

— Astrid ne te l'a pas dit ? Elle est obsédée, surtout de Lulu. Ils sont quatre, trois garçons et une fille. Ils ont tous un adorable museau écrasé. Kimber va prendre un des mâles, mais je dois ajouter les autres sur le site et les mettre sur Petfinder. D'autant plus que, comme je pense qu'on en a à peu près fini avec les animations de Noël à Pine Hollow, on peut en mettre un coup pour convaincre les gens de les adopter.

À l'entrée de la grange, Ben laissa Ally enfiler son manteau.

— Il y a encore le spectacle, dit-il en mettant sa veste.

— Le quoi ?

— Le spectacle, la veille de Noël. Ne me dis pas que tu n'y as jamais assisté avec tes grands-parents ?

— Non, jamais.

— Ce n'est pas très traditionnel. À moitié concours de jeunes talents, à moitié histoire de Noël, qui culmine avec une scène de Nativité très bizarre. Chaque année, ça devient de plus en plus étrange. Je pense qu'y ajouter quelques chiens n'étonnerait personne. Je vais en parler au comité et voir s'ils seraient d'accord pour y inclure les chiens restant à adopter.

— Ce serait super !

Le thème musical des *Dents de la mer* jaillit de la poche de Ben.

— Désolé. Je ne l'éteins jamais, pour qu'Astrid puisse me joindre.

— Tu as *Les Dents de la mer* comme sonnerie de téléphone ?

— C'est l'alerte pour les e-mails du conseil municipal.

— Vraiment ?

— Si tu connais une meilleure façon d'annoncer un malheur… « La Marche impériale » de *Star Wars* est trop longue.

Ally baissa l'intensité de l'éclairage du chenil, où les chiens étaient couchés en rond dans leur panier.

— Tu sais, je ne suis pas sûre que tu détestes tout ce truc de conseil municipal autant que tu veux le faire croire.

— Oh non ! Je le déteste encore plus.

— Non, insista Ally en secouant la tête. Tu aurais pu renoncer à ton siège, mais tu ne l'as jamais fait.

— Je suis trop têtu pour assurer mon propre bien.

Il lui tint la porte et elle s'arrêta devant lui.

— Non. Je crois que tu aimes aider les gens. Je crois que toi, Ebenezer, tu es un gentil à l'intérieur. Les gens parlent, en ville, tu sais. J'ai su les initiatives que tu as prises. Les programmes au centre communal…

— Je ne peux pas toujours fermer les refuges et briser les rêves.

Ally rit en sortant dans la douceur de la nuit et, se retournant vers lui, elle attrapa le revers de sa veste.

— Tu peux jouer au grincheux tant que tu veux. Mais je te vois, Ben West.

Il croisa son regard, et l'étincelle qui semblait toujours flotter entre eux s'enflamma.

— Moi aussi, je te vois.

Dans l'air froid, elle ressentit toute la surface de son visage quand elle rougit. Ben baissa les yeux vers les lèvres d'Ally, qui, par son regard, lui demandait de réduire la distance entre eux. Il inclina son menton, ses yeux se fermèrent à demi.

Une lueur de phares les éclaira et Ben fit aussitôt un pas en arrière. Ally faillit émettre un grognement.

— Sûrement mes grands-parents.

Au moins, ils ne les avaient pas surpris en train de s'embrasser dans l'allée. Ce qui se passait entre Ben et elle semblait trop fragile pour supporter les commérages de Pine Hollow.

La voiture avança dans l'allée, puis les grands-parents descendirent de la Subaru.

— Ben ! s'exclama Gram d'un ton joyeux. Nous ne vous attendions pas ce soir.

— Sa machine à laver a rendu l'âme, alors je lui ai proposé d'utiliser la nôtre.

— Bien sûr, acquiesça Gramps en lui donnant une claque sur l'épaule quand ils se retrouvèrent en bas des marches du porche.

Les grands-parents d'Ally ne semblaient pas conscients de la tension dans l'air.

— Notre machine est ta machine. Vous voulez du cake ? Rita a gagné un cake et je déteste ce truc.

Gramps fit entrer Ben dans la maison et Gram les suivit en faisant signe à Ally.

— Viens vite, ma fille, il gèle dehors.

*

Environ deux heures plus tard, Ally aida Ben à porter dans sa voiture des paniers pleins de linge propre soigneusement plié. Ses grands-parents étaient allés se coucher un peu plus tôt, après les avoir bourrés de cake, tous les deux, mais ni elle ni Ben n'avaient dit un mot sur le baiser, même une fois qu'ils s'étaient retrouvés seuls, côte à côte, à plier le linge – la distance entre eux semblant augmenter et le silence devenant oppressant.

Il le regrettait. Le baiser. Ally sentait le remords qui émanait de lui.

Elle déposa le dernier panier dans le coffre et recula, serrant ses bras contre elle. Elle n'avait pas de manteau et pouvait prétendre que sa posture défensive était due au froid, pas à la crainte.

— Alors…

Ben croisa son regard.

— Alors.

Elle l'aimait bien. Elle l'aimait vraiment beaucoup. Mais s'il regrettait le baiser, si cela avait été une impulsion parce qu'il se sentait seul… elle le comprenait. Elle espérait que ce n'était pas le cas, mais il avait été tellement silencieux…

— Je ne peux pas…

Il parlait à voix basse, alors qu'ils étaient seuls au milieu de l'allée.

— Je n'avais pas compris combien le départ d'Isabelle avait affecté Astrid. Je ne pensais pas qu'elle se blâmait pour ça. Et je…

Il s'éclaircit la gorge, et Ally attendit, craignant d'entendre ce qui allait suivre.

— Je dois faire attention. Elle est déjà tellement attachée à toi. Ça peut être… Je t'aime bien, Ally, mais…

Mais tu le regrettes.

— Je comprends. Tu ne veux pas…

— De malentendus. Exactement. Nous devons être sur la même longueur d'onde. Les commérages dans cette ville… Et tu n'es même pas sûre de rester. Je pense qu'il vaut mieux que personne ne sache que nous… et si nous ne…

— Oui, oui, bien sûr.

Ben grimaça.

— Je suis désolé. Je n'aurais pas dû…

— Non. Ne sois pas idiot. Je comprends.

Cela ne lui plaisait pas. Mais elle comprenait. Il essayait de faire ce qui était préférable pour Astrid. Comme toujours. Et elle ne pouvait pas lui jurer qu'Astrid ne serait pas blessée s'ils sortaient ensemble. Pas quand tout semblait si incertain. Pas quand elle ignorait ce qu'elle allait faire quand le refuge serait fermé.

Mais une petite voix lui disait que s'il avait vraiment voulu d'elle, cela n'aurait pas été important. S'il avait voulu faire un saut dans l'inconnu avec elle, elle l'aurait fait sans se soucier des conséquences. Elle se serait précipitée, le cœur largement ouvert, mais il ne ressentait pas ça. On ne pouvait pas tomber amoureux tout seul.

— Amis ?

Il lui ouvrit les bras.

— Bien sûr.

Elle le serra contre elle, pas trop fort, essayant de ne pas sentir son parfum. Amicale.

Être amis, ce n'était pas si mal. Elle l'aimait bien, et c'était réciproque. C'était déjà ça, même si elle avait de la peine.

Être amis, c'était bien.

28

Ben passa la journée suivante à se persuader qu'il avait pris la bonne décision. Il avait parlé à Ally. Ils s'étaient clairement repositionnés dans la « zone amicale ». Exactement là où ils devaient être.

Dans l'après-midi, il alla avec Astrid à l'aéroport chercher ses parents et essaya – sans succès – de détourner la conversation du refuge.

Sur le chemin du retour, la neige se mit à tomber, leur donnant une bonne excuse pour rester à la maison toute la soirée, tandis que de gros flocons recouvraient la ville. Le lendemain matin, en mangeant les pancakes préparés par Ben, Astrid parla sans arrêt du refuge et d'Ally à ses grands-parents, au point qu'ils finirent par lui demander quand ils pourraient aller voir les Amis à quatre pattes. Il avait neigé toute la nuit et une couche de trente-cinq centimètres recouvrait la ville. Ben sortit pour dégager l'allée et s'éclaircir les idées.

Il avait envie d'envoyer un texto à Ally. S'apitoyer sur les frustrations causées par la famille et le fait que toute la ville spéculait sur eux – mais il ne pouvait pas faire ça.

Il ne regrettait absolument pas le baiser. Mais il ne voulait pas que tout cela prenne des proportions incontrôlées, et, à la seconde où la ville l'apprendrait, ce serait comme être coincé sur un train lancé à toute vitesse. Il devait d'abord penser à Astrid, non ? Ally n'était pas sûre de rester et c'était la bonne décision. Alors pourquoi le fait de garder ses distances lui pesait tant que ça ?

Pelleter la neige devant chez lui et devant la maison de Mrs Fischer ne lui prit pas longtemps. Il avait presque fini quand son téléphone sonna.

Ben planta la pelle dans la neige, enleva ses gants et ouvrit sa veste pour repêcher son portable dans une poche intérieure. Il comprit qu'il s'attendait à voir le nom d'Ally quand celui de Deenie s'afficha.

Fronçant les sourcils, il prit l'appel.

— Allô ?

— La ville a-t-elle une souffleuse à neige ?

— Bonjour à toi aussi !

Deenie soupira de façon dramatique.

— Bonjour. Joyeux Noël. La ville a-t-elle une souffleuse, oui ou non ?

— Oui. Pour le square et les trottoirs, les zones où la déneigeuse ne passe pas.

— Peux-tu l'envoyer aux Amis à quatre pattes ? Ally est bloquée par la neige.

— Ils ont un planning prédéterminé et, avec ce qui est tombé, cela va leur prendre la journée. Quel est le problème de la souffleuse d'Ally ?

— Apparemment, elle est morte. J'ai appelé ce matin pour voir à quelle heure ils ouvraient et elle m'a dit qu'elle n'était pas sûre d'ouvrir, parce que la souffleuse était H.S. et qu'elle n'avait pas trouvé de déneigeuses à louer. Alors elle allait regarder *La vie est belle* et manger du cake jusqu'à demain, quand quelqu'un pourra les déneiger. Mais on est à quelques jours de Noël, ce qui me paraît être la meilleure période d'adoption, alors j'ai pensé que la ville pourrait peut-être l'aider.

Ben se rembrunit. Ce n'était pas à lui de commander les déneigeuses de la ville, et déneiger l'allée des Gilmore à la pelle était hors de question. L'allée de Paul et Katie était à peine assez longue pour y garer sa voiture, et donc facile à déneiger à la pelle, mais chez les Gilmore, elle faisait au moins la moitié d'un terrain de football.

Ils étaient seulement amis, mais les amis s'entraident, non ?

— Je n'ai pas de souffleuse, mais je connais quelqu'un qui en a une. Je vais te rappeler.

Deenie promit de continuer ses recherches de son côté et Ben rangea son portable.

Il remit la pelle dans le minuscule garage, tout encombré d'outils de jardinage, et retourna à la maison, en enlevant la neige de ses gants. Un plan se formait dans sa tête. Un plan amical. Quelque chose qu'il ferait pour n'importe quelle personne de sa connaissance ensevelie sous la neige.

Ben ouvrit la porte, cognant ses bottes contre le chambranle pour faire tomber la neige. Sa mère apparut à l'entrée de la cuisine.

— Tu as fait vite. Astrid nous parlait des brownies que vous avez préparés pour la kermesse de Noël. On pensait en faire une fournée aujourd'hui.

— Très bonne idée. Est-ce que vous pouvez vous occuper d'elle un moment ? Je dois sortir régler un problème.

Sa mère eut l'air surprise.

— Bien sûr. Nous sommes heureux de nous en occuper.

— Parfait. Merci. Amusez-vous bien.

Il attrapa ses clés et ressortit avant que sa mère ait refermé la bouche. Il courut jusqu'à sa voiture.

*

Ben ne prit pas la peine de sonner. Il connaissait le chemin. Il entra dans l'immense vestibule vitré qui résonnait, et marcha vers le bureau à l'arrière, où il savait trouver sa cible, penchée sur son ordinateur.

— Tu sais, il y a des gens qui prennent des vacances au moment des fêtes, commenta-t-il en s'appuyant contre le chambranle de la porte.

— Bon Dieu !

Connor se retourna, prêt à s'élancer de sa chaise.

— Qu'est-ce que tu fous ici ?

Ben sourit, toujours aussi content d'avoir surpris Connor que lorsque, avec Levi et Mac, ils avaient commencé à le faire, pour le distraire de sa peine quand Monica l'avait quitté.

— Si tu avais un chien, on ne pourrait pas te surprendre.

— La plupart des gens sonnent. Qu'est-ce que tu viens faire ?

— Tu m'as dit que je pouvais t'emprunter ta souffleuse à neige si j'en avais besoin.

— Ouais, mais je ne pensais pas que cela arriverait. Tu ne demandes jamais rien à personne.

Ben s'écarta de la porte.

— Je n'ai pas besoin de l'emprunter. Je peux…

— Non. Je vais te chercher les clés.

Connor se dirigea vers la cuisine et Ben s'empressa d'envoyer un texto à Deenie.

— Pourquoi as-tu besoin d'une souffleuse ? Ton allée est microscopique. Est-ce que c'est pour la ville ?

— Un truc comme ça.

Devant le regard interrogateur de Connor, il expliqua :

— Celle d'Ally est cassée, alors je vais y aller et la déneiger.

Connor se figea, les clés dans la main.

— Ally, hein ?

— Ne commence pas. J'agis en voisin.

— Tu sais quoi ? J'ai envie d'agir en voisin, moi aussi. Je devrais aider. Prendre un peu de temps pendant les fêtes. Comme tu me l'as conseillé. C'est le moment d'aller voir cette nana dont tout le monde parle.

— Ou tu peux rester en dehors de ça.

— Ce n'est pas drôle.

— Si tu viens au refuge, je te colle les Gilmore sur le dos. Et tu repartiras avec un chien.

Connor leva les yeux au ciel.

— Tu ne vas pas me lâcher avec cette histoire de chien, hein ?

— C'est difficile de lâcher une idée quand tu as autant raison que moi.

Il plaisantait à moitié sur cette question du chien pour Connor. Ils n'en parlaient pas, mais Connor ne pensait plus qu'à son travail et ne plaisantait plus depuis le départ de Monica. Il passait beaucoup trop de temps dans son bureau et, là, Ben était prêt à tout pour le ramener dans le monde des vivants – même lui offrir un chien.

Connor émit un grognement et lui lança les clés de la souffleuse.

— Je vais juste aller voir cette fille envers qui tu ne veux pas faire de sentiment.

— Si tu le dis.

Le portable de Ben vibra et il le sortit pour lire la réponse de Deenie, pleine de points d'exclamation. Il sourit en regardant Connor.

— As-tu encore ton échelle ?

Connor haussa un sourcil.

— C'est quel genre d'allée ?

— Pourquoi s'arrêter à l'allée ?

29

George Bailey courait dans Bedford Falls[1] en criant les noms des personnes qu'il aimait tandis que Gramps ronflait dans son fauteuil, Copper en boule sur ses genoux. Gram chantonnait en allant et venant comme un derviche tourneur, une femme dotée d'une mission inconnue pour Noël. Ally était assise par terre et enveloppait le cadeau qu'elle avait choisi pour Deenie tout en regardant la télé, au son des ronflements de Colby synchronisés avec ceux de son grand-père. Ce n'était pas une façon désagréable de passer un après-midi de décembre.

Dans le chenil, les chiens se mirent à aboyer. Colby cessa de ronfler, leva sa grosse tête pour bâiller largement avant de se recoucher en soupirant. Gramps bougea, grognant un peu, et se mit à gratter le ventre de Copper pour cacher le fait qu'il s'était endormi devant le film. C'était le moment de la coupure publicitaire, mais les aboiements redoublaient d'intensité.

1. Référence au film *La vie est belle*, de Frank Capra.

— Qu'est-ce qu'il leur prend ? murmura Ally tout en se mettant debout pour aller voir.

— Sans doute un élan, commenta Gramps sans bouger de son fauteuil.

— Probablement, approuva-t-elle.

On aurait dit que les chiens accueillaient un nouveau visiteur, mais les trente centimètres de neige dans l'allée empêchaient quiconque de leur rendre visite – au moins jusqu'au lendemain après-midi, date à laquelle elle était sur la liste d'attente de la société de déneigement.

S'il s'agissait d'un élan, ou pire, d'un ours, Ally fit le détour par la cuisine pour prendre une casserole et une louche et les effrayer en tapant dessus – quoique, si les aboiements ne les avaient pas fait fuir, elle ignorait ce qu'elle pourrait faire.

Elle enfila ses bottes et un manteau et entendit ce qui ressemblait à un hélicoptère. Le grondement enflait de plus en plus.

Ally sortit sous le porche et resta bouche bée devant le spectacle.

Une souffleuse remontait l'allée, déversant un flot de neige sur sa gauche, en un arc blanc qui l'empêchait de voir le conducteur. Mais elle aperçut Deenie près du chenil, enfoncée dans la neige jusqu'au genou, qui dirigeait un groupe d'habitants armés de pelles à neige. Elle reconnut Astrid et Kimber, Elinor et deux autres familles qui avaient adopté des chiens ces dernières semaines.

Dégager un passage pour aller de la maison à la grange et s'occuper des chiens l'avait épuisée ce matin, mais maintenant une demi-douzaine de personnes s'attaquaient à la tâche, élargissant l'allée et dégageant l'espace devant la grange, tandis qu'un groupe d'habitants installaient une échelle et tenaient des guirlandes lumineuses en forme de stalactites.

Ally sentit une présence à côté d'elle et vit Gram, qui n'avait pas de manteau.

— Est-ce toi qui as fait ça ? C'est pour ça que tu t'es agitée toute la matinée ?

— Ne me regarde pas comme ça, répondit sa grand-mère.

Gramps apparut derrière sa femme et lui posa sa doudoune sur les épaules. Il regarda au-delà d'Ally et dit, en pointant le menton :

— Je suis sûr que c'est lui.

Ally se retourna et regarda dans la direction indiquée : là où la souffleuse avait tourné, le flot de neige ne bloquait plus sa vision du conducteur qui remontait l'allée pour élargir l'espace déjà dégagé. Derrière le volant, Ben leva la tête et sourit, saluant d'un geste de la main, et le voir toucha Ally en plein cœur.

Il avait amené la cavalerie.

Quand il fut plus près, Ben arrêta le moteur et descendit en s'enfonçant dans la neige jusqu'aux genoux.

— J'ai appris que vous étiez coincés par la neige, expliqua-t-il en s'approchant.

Ally descendit les marches à sa rencontre, s'apercevant trop tard qu'elle tenait toujours une casserole et une louche.

— En train de cuisiner ? demanda-t-il.

— Je croyais que tu étais un élan.

Il opina, tout en ôtant son bonnet pour en faire tomber la neige.

— Ça m'arrive tout le temps.

Ally éclata d'un rire sonore.

— Comment as-tu… Je croyais que tu étais avec tes parents…

— Oh, ils sont là, la rassura-t-il en indiquant un couple emmitouflé qui distribuait des guirlandes lumineuses à l'équipe chargée de grimper aux échelles pour décorer l'avant-toit de la grange. Deenie m'a appelé.

— Je n'arrive pas à croire que tu aies organisé tout ça.

— Ce n'est pas moi. C'est Deenie qui en a eu l'idée. À part les lumières. Ça, c'est moi. Et maintenant, si tu veux bien m'excuser… J'ai un travail à terminer, conclut-il en remettant son bonnet.

Il remonta sur la souffleuse et la remit en marche. Ally observa autour d'elle tous les gens qui mettaient la main à la pâte. Ses grands-parents étaient rentrés – probablement pour se couvrir chaudement afin de ne pas rater l'occasion –, mais Ally ne bougea pas, même quand elle commença à ne plus sentir ses doigts, gelés à tenir la casserole et la louche.

Voilà. C'était ça qu'elle souhaitait, faire partie d'une communauté de gens qui s'entraidaient.

Elle s'était réfugiée dans une bulle à la mort de ses parents, mettant le monde à distance, parce qu'elle avait peur d'être blessée si elle devenait trop proche des autres. Ils avaient été son monde et quand elle les avait perdus, elle avait fermé à double tour une partie d'elle-même.

Sa solitude n'était pas le fait de New York. Ni parce qu'elle travaillait trop. Ou voyageait beaucoup. C'était de son fait à *elle*. C'est pour cela que sa solitude n'avait pas été guérie par magie en arrivant à Pine Hollow. En arrivant ici, elle était toujours dans sa bulle. Elle n'avait pas tendu la main pour voir qui réagissait. Elle se cachait. Derrière les chiens. Derrière ses grands-parents. Derrière son appareil photo.

Mais elle ne s'était pas cachée, avec Ben. Et puis elle avait rencontré Deenie, et les choses avaient changé. La ville la voyait – et elle n'avait plus besoin de se cacher. Elle était à sa place.

Deenie la rejoignit, toute souriante.

— As-tu été surprise ? Nous voulions te faire une surprise. J'adore les surprises.

— Je peux dire que j'ai été surprise. J'allais faire peur à l'élan, expliqua-t-elle en montrant la casserole et la louche.

Deenie ricana.

— Chérie, il te faut quelque chose de plus gros que ça pour effrayer un élan !

Elle monta bruyamment les marches du porche.

— As-tu vu la demande qui est arrivée pour JoJo ?

Ally grimaça. L'un des retraités des Domaines était tombé amoureux de la petite JoJo. Elle ne savait pas comment l'annoncer à Deenie, mais elle avait oublié que celle-ci avait accès aux e-mails du refuge.

— J'ai vu. Je suis désolée.

— Tu n'as pas à l'être. Je veux qu'elle aille dans une bonne maison. Et puis je ne peux pas la garder.

Ally aurait voulu trouver un moyen pour que Deenie prenne la chienne, mais elle comprenait ce que c'était de ne pas avoir ce que l'on voulait. Et il n'y avait pas seulement Ben. Ils n'avaient pas trouvé de subvention ni aucun autre financement, et les chiens seraient tous adoptés. Le refuge allait vraiment fermer ses portes. Et elle, que ferait-elle ? Elle avait été si occupée par les chiens qu'elle n'avait pas réfléchi à son futur, mais maintenant elle ne pensait plus qu'à ça. Elle souhaitait rester, mais comment gagner sa vie à Pine Hollow ?

— Es-tu en train de cuisiner ? demanda Elinor, tenant Harry en laisse.

Ally rougit en comprenant qu'elle tenait toujours ses ustensiles. Elle rentra pour les ranger, laissant Deenie expliquer. Quand elle revint, Elinor était sous le porche, le chien assis près d'elle. Mais le berger australien se leva en voyant Ally.

— Comment est-ce qu'elle s'habitue ? demanda-t-elle en se baissant pour la caresser.

— Bien. Mais je crois que je vais bientôt l'emmener à Burlington pour des séances de dressage. Elle est adorable, mais je ne m'attendais pas à une artiste de l'évasion de ce calibre. Je vais devoir la distraire pendant que je travaillerai. Mais on va s'arranger.

Le moteur de la souffleuse s'arrêta et Ally se tourna aussitôt vers la machine, cherchant Ben du regard. Il sauta de l'engin et salua un homme de grande taille en manteau, lui donnant une tape dans le dos. Ben lui indiqua le porche et les deux hommes approchèrent. Ally se redressa instinctivement.

— Elle est toujours dans le déni ? demanda Elinor à Deenie dans un murmure.

— Apparemment.

Elles se turent à l'arrivée de Ben et de l'homme, qu'Ally reconnut comme étant Connor, le pote de poker qu'elle avait rencontré à l'illumination du sapin de Noël.

— Salut ! Connor, que voici, pense à adopter un chien. Il aimerait voir Maximus.

— Maximus ?

Deenie réagit avant Ally, sur un ton empreint de scepticisme tandis qu'elle examinait ses luxueux gants en cuir et ses bottines parfaitement cirées.

— C'est un sacré morceau.

Connor regarda Deenie – les paillettes sur son visage et les protège-oreilles rose vif – avec un scepticisme similaire.

— Sous-entendez-vous que je ne suis pas capable de m'occuper d'un sacré morceau ?

Deenie croisa son regard sans sourciller et lui adressa un gentil sourire.

— Oui ?

Ally s'avança avant que Deenie ne le pousse à reculer.

— Je vous emmène le voir.

— Non, je m'en occupe, coupa Deenie, en sautant du porche. Venez, Princeton.

— En fait, je suis allé à Yale, corrigea Connor en la suivant vers le chenil. Si vous voulez dire que je suis snob, soyez au moins précise.

— Devrais-je les surveiller ? demanda Ally en fronçant les sourcils.

— Ça va aller, la rassura Ben. Deenie est coriace.

— Ce n'est pas Deenie qui m'inquiète, commenta froidement Elinor avant de jeter un coup d'œil vers la grange. Oh, mon Dieu ! Je crois qu'ils ont besoin de mes talents de démêleuse de fils. Amusez-vous bien, tous les deux.

Elle s'éloigna avec Harry et les laissa seuls. Aussi seuls que possible en étant à la vue de tous les voisins.

L'allée était maintenant complètement dégagée : plus de neige et pas de voiture, puisque tous s'étaient garés dans la rue pour permettre à la souffleuse de travailler.

Les sentiers autour du refuge avaient été rapidement nettoyés et les enfants avaient déjà disparu à l'intérieur – certainement pour jouer avec les chiens encore présents. Le problème de la neige réglé, les adultes étaient maintenant réunis devant la grange, donnant leur avis aux chanceux en haut des échelles et bavardant entre eux. Ses grands-parents les avaient rejoints.

— Est-ce que ça va ? lui demanda Ben en la retrouvant le long de la balustrade. On vous a complètement envahis.

— Si ça va ?

Ally le regarda. La neige expédiée par la souffleuse collait encore sur ses épaules, sur ses cils et sa barbe, les faisant apparaître encore plus sombre.

— Je me sens comme George Bailey.

— Je ne sais pas ce que ça veut dire.

— Nous étions en train de regarder *La vie est belle*. Je sais que ça va paraître très nunuche, mais je me sens comme George Bailey quand toute la ville a cotisé pour remplacer les économies.

Ben tiqua.

— D'accord. Ne m'en veux pas, mais je ne me souviens pas trop de ce film.

— Vraiment ? C'est un grand classique de Noël.

— Tout ce dont je me souviens, c'est une histoire de décrocher la lune.

Ally sourit. Maintenant, elle était sûre qu'il serait prêt à décrocher la lune pour elle.

— Si tu ne te souviens que de ça, c'est pas mal.

Devant la grange, une échelle vacilla, et tout le monde retint son souffle, le temps qu'elle soit rapidement stabilisée. Ben se raidit, puis se relâcha.

— Quels sont tes films de Noël préférés ? demanda Ally pour l'empêcher de s'inquiéter pour tout le monde.

— Astrid adore *Elfe*, répondit-il sans quitter des yeux ceux qui accrochaient les guirlandes.

— Je t'ai demandé *tes* préférés. Tu n'es pas obligé de penser d'abord à elle à chaque instant.

— C'est par habitude, reconnut-il. Puis, après un instant : *Fantômes en fête*.

Elle éclata d'un rire surpris.

— Avec Bill Murray et Buddy Hackett en Ebenezer Scrooge ?

— Oui, et puis *Piège de cristal*.

Elle ne pouvait s'empêcher de rire.

— Très sentimental.

Il haussa les épaules en souriant.

— Je suis très fleur bleue.

— Je vois ça.

Il la regarda avec des yeux brillants et le monde autour d'eux disparut quand leurs regards se croisèrent. Ally arrêta de respirer dans l'attente… de ce qui se développait depuis la seconde où ils s'étaient rencontrés.

— Ben… murmura-t-elle.

Mais à l'instant où elle se penchait vers lui, levant la main pour la reposer sur son bras solide, une acclamation leur parvint du groupe, et Ben recula, reportant son attention vers le refuge, où les guirlandes lumineuses pendaient désormais de l'avant-toit.

— Qui veut du chocolat chaud ? lança Gram en invitant tout le monde vers la maison.

Ally reposa sa main sur la rambarde et Ben s'éclaircit la voix.

— Apparemment, c'est l'heure du chocolat chaud.

30

Du déneigement au chocolat chaud, l'après-midi tourna à la fête. Le salon des Gilmore était plein. Astrid et Kimber jouaient avec les chiens. Elinor et Deenie chantaient en duo des chants de Noël et tous buvaient autant de chocolat que possible.

Ben buvait de petites gorgées de chocolat à la menthe en regardant ses parents qui partageaient des histoires de Noëls passés, avec des voisins. Quand il avait demandé à Deenie si elle connaissait quelqu'un qui aurait des guirlandes lumineuses à prêter, il ne s'était pas attendu à ça. Il ne pensait pas à une fête, mais Astrid avait déclaré que c'était la *meilleure* tradition de Noël, et qu'ils devraient recommencer tous les ans.

C'était tentant.

Ben jeta un coup d'œil vers Ally, pliée en deux de rire devant l'improvisation de Deenie et Elinor sur les paroles de « Grandma Got Run Over By a Reindeer[1] ».

Beaucoup de choses étaient tentantes.

1. « Grand-mère a été renversée par un renne du père Noël ».

Il avait été sur le point de l'embrasser sous le porche. Devant ses parents, Astrid et la moitié de la ville.

Cela aurait été une grave erreur.

Astrid s'était déjà attachée à elle. À l'instant où il donnerait à penser qu'ils sortaient ensemble, elle s'accrocherait à cette idée, et toute la ville avec elle, les forçant à s'aimer. Il n'avait pas besoin de ça.

Il aimait bien Ally. Mais elle n'allait pas forcément rester à Pine Hollow, et même dans ce cas, ce ne serait peut-être pas pour toujours.

Il devait faire son possible pour protéger Astrid. Garder sa vie amoureuse à part, pour qu'elle ne soit pas affectée si celle-ci partait en fumée.

Alors il évitait de se tenir trop près d'Ally. Pas à moins de trois mètres d'elle. Pas d'imprudence. Pas avec Astrid dans le tableau.

— Ally a l'air gentille.

Ben n'avait pas entendu sa mère approcher, sinon il aurait arrêté de la regarder. Il tourna les yeux vers Astrid.

— S'il te plaît, pas toi. Toute la ville est déjà en train de spéculer, murmura-t-il.

— Nous souhaitons juste que tu sois heureux, dit-elle sur un ton d'aimable reproche.

— Je le suis, affirma-t-il.

Et de fait… il l'était réellement. Pas juste en train de tenir le coup. Ce n'étaient pas simplement des instants de joie ponctuant son état habituel de panique débordante. Il était vraiment heureux. Il avait toujours plus de tâches qu'il n'avait d'heures dans la journée pour les faire, pourtant tout semblait un peu plus facile. Ou, peut-être, c'était simplement qu'il apprenait à ne plus se prendre la tête pour des broutilles.

Astrid était heureuse. En bonne santé. Si les autres parents à l'école pensaient qu'il était maladroit, ou trop ceci ou pas assez cela, ils n'allaient pas faire passer une pétition pour lui enlever Astrid. Il n'avait plus fait ce rêve récemment – où une assistante sociale venait lui annoncer qu'il n'était pas à la hauteur.

— T'ai-je dit combien j'étais fière de toi, ces derniers temps ?

Ben croisa le regard de sa mère, étonné par ses paroles. Cela faisait si longtemps qu'il avait besoin que quelqu'un lui dise qu'il faisait un bon job, et seule Ally l'avait compris. Ou peut-être n'avait-il pas été en mesure de l'entendre avant. Il n'avait peut-être pas écouté.

— Je ne sais pas, reconnut-il. Je ne sais pas si je t'aurais entendu.

De la tristesse voila le regard de sa mère et il sut qu'elle pensait à Kate. Et à Paul, et au fait qu'ils auraient dû être là. Ben passa un bras autour des épaules de sa mère et l'attira contre lui.

— Avec ton père, nous avons pensé passer davantage de temps ici. Il est prêt à prendre sa retraite et j'ai pensé faire un mi-temps pour que nous soyons plus présents. T'aider davantage.

Trois semaines plus tôt, Ben aurait sans doute compris que sa mère disait qu'il ne pouvait pas faire ça tout seul, mais maintenant il voyait l'espoir prudent dans ses yeux – comment elle espérait tellement pouvoir l'aider mais craignait qu'il refuse son offre.

— Astrid adorerait vous voir davantage, dit-il.

Elle sembla soulagée.

— C'est vrai ?

— Et moi aussi.

Sa mère renifla, les yeux mouillés.

— Bon, c'est bien.

Connor s'avança devant eux, un grand mug de chocolat à la main.

— Je vais prendre un chien, déclara-t-il avec force.

Ben cligna des yeux.

— Ah, bon !

Le ton était à moitié interrogatif.

— Maximus est parfait. Tu ne pourras plus entrer chez moi par surprise, si j'ai le plus gros et le plus bruyant des chiens de garde.

— Pour m'accuser d'entrer par effraction, il ne fallait pas me donner le code de la porte.

— Vous deux, vous vous chamaillez depuis vos cinq ans. Je vais en chercher une autre, dit la mère de Ben en levant sa tasse vide.

Elle s'éloigna avec un sourire empli de tendresse.

— Poker demain soir ? interrogea Connor. Chez moi. Tes parents pourront passer du temps avec Astrid et tu pourras boire plus que Mac pour une fois.

Ben jura doucement.

— J'ai oublié que c'était mercredi. Je dois aller à la répétition du spectacle dans l'après-midi et tu sais comment ça se passe. On y sera sans doute toute la nuit.

Connor haussa un sourcil.

— Tu participes au spectacle, maintenant ?

— Quelques chiens vont en faire partie. Ceux qui n'ont pas encore été adoptés. Partridge et Peanut…

— N’en dis pas plus. Tu aurais dû commencer par dire qu’Ally y serait.

Ben serra les mâchoires.

— Ce n’est pas ça.

Il avait d’ailleurs besoin de parler à Ally de la répétition. Il avait reçu le texto du comité une demi-heure plus tôt.

— Bien sûr. Alors la semaine prochaine…

— Poker mercredi prochain, tout à fait.

— Tu sais qu’on n’est pas obligés de jouer au poker. Tu n’as qu’à demander, et on vient tous faire ça.

— Ça ?

— Décorer la grange. Ou chez toi, rénover la cuisine. Ou monter des cloisons dans le sous-sol afin que Mac ne hurle pas toutes les semaines à cause des araignées.

Ben fronça les sourcils.

— Je ne crois pas…

— Elinor a évoqué ton plan sur deux ans. Pour rénover la maison et déménager. On avait cru que tu ne voulais rien changer, mais si tu veux faire tout ça, tu sais que tu n’es pas obligé de tout faire tout seul, d’accord ?

Ben sentit sa gorge se serrer, mais ses yeux restèrent secs.

— J’ai toujours pensé que tu étais trop coquet pour le travail manuel.

— Tu as raison, mais je n’ai pas de problème pour faire travailler Mac et Levy. Je suis très bon pour superviser.

— Je m’en souviendrai.

— Tu as intérêt.

Connor alla rejoindre le groupe autour du piano et Ben réfléchit à l’offre qui venait de lui être faite.

Pour une fois, demander de l'aide n'était pas un aveu de défaite. Depuis quand ? À un moment donné, entre l'illumination du sapin et la kermesse de Noël ?

Ben vit Ally se pencher pour parler à Deenie, puis s'éloigner vers l'arrière de la maison. Il devait lui parler du spectacle, et s'il le faisait là où tout le monde les voyait, cela alimenterait les rumeurs.

Personne ne semblait lui prêter attention, alors il s'éclipsa et la suivit dans le couloir, qui se terminait dans une pièce ressemblant à un studio d'artiste. Ben s'arrêta sur le seuil. Ally se pencha sur un bureau à l'autre bout de la pièce et se redressa en brandissant un appareil photo.

— Hé ! Je l'avais laissé à charger. Tu vas bien ?

— Oui, c'est juste…

Maintenant qu'ils étaient seuls, cela semblait bien trop intime.

— J'ai parlé au comité du spectacle et ils aiment bien l'idée d'ajouter les chiens. Il faut juste les amener demain après-midi pour la répétition finale et ils les placeront.

Un sourire éclaira le visage de la jeune femme.

— C'est super ! Merci.

— Tu sais, l'autre soir, ce n'est pas que je ne voulais pas… dit-il sur un ton hésitant.

— Je sais, murmura-t-elle en se rapprochant.

Il ne pouvait pas la quitter des yeux. Comme chaque fois qu'ils se retrouvaient tous les deux, il ne voyait aucune raison de ne pas la désirer.

— Je voulais te remercier. Pour aujourd'hui.

Elle haussa les sourcils.

— Mais c'est toi qui as amené la cavalerie et qui nous as débloqués.

— Oui, mais toi…

Avec elle, c'était spécial. Avec elle, c'était Noël.

Ally sourit et demanda en inclinant la tête :

— Es-tu toujours persuadé que tu ferais un mauvais maire ?

— Qu'est-ce que cela a à voir maintenant ?

— Tu aimes cette ville, même si elle te rend fou. Tu es revenu vivre ici. Tu donnes de ton temps aux gens même quand tu n'as pas assez de temps pour toi, parce que c'est important pour toi. Tu n'es pas obligé d'être maire ni conseiller ni rien du tout. Tu peux te contenter d'être le papa d'Astrid. Mais je crois que ça te manquerait de ne pas être celui dont tout le monde a besoin pour faire marcher cette ville.

— Mais je ne le suis pas.

— Ah non ?

Une nouvelle chanson leur parvint du salon, et Ally se figea, tournant la tête vers le couloir, le regard lointain.

— Ally ? demanda-t-il doucement. Ça va ?

— Oui…

Elle secoua la tête et « I'll Be Home for Christmas[1] » résonna doucement dans la pièce.

— C'était la chanson de Noël préférée de ma mère. Mon père mettait le disque et ils dansaient devant la cheminée.

Elle le regarda, ses yeux paraissant presque noirs dans la pièce faiblement éclairée.

---

1. « Je serai à la maison pour Noël », chanson de Frank Sinatra.

— Tu ne crois toujours pas aux signes, n'est-ce pas ?

— Ça vient petit à petit, admit-il d'une voix à peine audible, en faisant un pas en avant pour poser sa main sur la hanche de la jeune femme. Mais la façon dont tu parles des signes, on dirait une façon de te donner la permission de faire ce que tu veux faire de toute façon.

— Peut-être.

Son sourire était énigmatique. Les yeux baissés, elle abandonna son appareil photo sur une petite table près de la porte et combla l'espace restant entre eux. Elle posa une main sur le bras de Ben qui saisit l'autre pour la déposer doucement sur sa propre poitrine. Le haut de la tête de la jeune femme lui frôlait le menton et elle se rapprocha pour mettre sa joue sur son cœur.

Son cœur sembla tout à la fois battre plus fort et ralentir, un battement lourd comme s'ils partageaient un même pouls, allant et venant entre eux quand elle se pressait contre lui.

Il connaissait cette chanson, l'avait sans doute entendue un million de fois, mais il ne l'écouterait jamais plus sans se rappeler ce moment, la façon dont le monde semblait s'effacer, il ne restait plus qu'eux deux et la promesse rêveuse que les paroles tissaient autour d'eux.

À la fin de la chanson, Ally s'écarta lentement, la tête baissée de sorte qu'il ne voyait pas son visage.

— Chaque fois que je l'entends, je me retrouve à la maison, murmura-t-elle.

— C'est une belle chanson.

— Nous devrions… dit-elle en indiquant le couloir et en prenant son appareil photo.

— Oui.

Mais il n'était pas encore prêt à la laisser partir. Pas prêt à retourner à la fête et prétendre qu'il ne voulait pas l'approcher.

— Ally…

Elle leva la tête, leurs regards se croisèrent pour la première fois depuis qu'ils s'étaient laissés aller au rythme de la chanson.

— Oui ?

Il ne pouvait pas l'embrasser. Pas ici. Il avait déjà été imprudent de danser avec elle là où n'importe qui aurait pu les voir.

Ils se regardèrent un instant trop longtemps, puis Ben se força à regarder ailleurs.

— Rien… Tu devrais y aller la première et je te suivrai dans quelques minutes.

— D'accord. À plus tard, Ben.

— À plus tard, Ally.

Il attendit qu'elle parte, réfléchissant à ce qui s'était dit dans les messages silencieux qui semblaient passer entre eux. Ils n'aimaient pas les non-dits. Il aimait que tout soit clairement mis noir sur blanc, être sûr que tout le monde pensait la même chose, mais il n'avait pas voulu éclaircir les choses parce qu'il ne voulait pas que ce truc entre eux prenne fin. Même s'il savait qu'il jouait avec le feu.

Finalement, il aimait bien le feu.

Et il n'allait peut-être pas se brûler. Ally lui avait montré qu'il n'était pas obligé de s'oublier pour être un bon tuteur pour Astrid.

Mais s'il essayait d'ajouter une chose de plus à sa vie, cela bouleverserait-il l'équilibre qu'il avait trouvé ?

Aurait-il quelque chose en plus avec Ally ? Parce qu'il commençait à comprendre que c'était vraiment ce qu'il souhaitait pour Noël.

*

La journée avait été quasiment parfaite. Des chants de Noël et des rires, et du chocolat chaud et du partage. Et puis ce slow avec Ben dans le studio de Gram…

Cela ne pouvait pas être mieux et Ally ne voulait pas que ça s'arrête. Elle ne voulait pas que chacun rentre chez soi. Ou peut-être juste une famille en particulier. Ou un homme.

Elle resta sous le porche, saluant chacun de ceux qui étaient venus, tandis qu'ils descendaient l'allée fraîchement déneigée. Deenie et Elinor marchaient bras dessus, bras dessous en chantant. De la musique provenait de la maison. Ben prenait son temps pour zipper sa parka à côté d'elle.

— J'étais heureux de te revoir, Ally, clama Connor en jetant un regard à Ben qu'Ally ne sut interpréter. Dis-moi quand tu traiteras ma demande, pour Maximus.

— Bien sûr.

Il avait complété sa demande d'adoption, mais elle craignait un peu son enthousiasme. Quand il se fut éloigné, rejoignant Elinor et Deenie en courant, elle se tourna vers Ben.

— Je ne suis pas sûre que ce soit une bonne idée. Maximus est difficile.

— Ne sous-estime pas l'entêtement de Connor, conseilla Ben en mettant son bonnet.

— Tu es sûr que Deenie ne l'a pas poussé à le prendre ?

— Peut-être un peu, concéda Ben, mais Connor est un chic type. Et il lui manque quelque chose dans sa vie. Maximus comblera peut-être ce manque.

Il enfila ses gants et leva les yeux vers la grange, où les guirlandes clignotaient dans la nuit tombante.

— Elles font un bel effet.

Elle suivit son regard.

— Oui, tout à fait.

— Je suis content de ne pas avoir eu à les accrocher.

— Ah bon ? Mais tu avais l'air si enthousiaste, l'autre soir.

— Eh bien, j'ai un très léger problème avec les hauteurs.

— Attends. Tu as le vertige et tu étais prêt à grimper en haut de cette grange pour accrocher mes décorations de Noël, juste pour ne rien me devoir en retour de l'usage de la machine à laver ?

— Ne sous-estime jamais mon propre entêtement.

Il croisa son regard.

— Tu voulais des lumières. Je n'allais pas m'arrêter pour un détail comme risquer de me casser le cou en tombant.

Elle serra les lèvres, réprimant le sourire qui semblait émaner de son âme. Ne jamais sous-estimer son entêtement… ni sa gentillesse. Comment les gens ne voyaient-ils pas quel prince était cet homme ?

Elle avait envie de l'embrasser, de se jeter à son cou sans penser à qui pourrait les voir, mais la porte s'ouvrit derrière eux et d'autres invités sortirent sur le porche.

Ben s'écarta.

— Je dois ramener Astrid et mes parents à la maison.

Il la regarda dans les yeux et baissa légèrement la tête.

— Ally.

— Ben.

Elle semblait essoufflée, tous ses sens étaient en alerte.

Il la frôla en passant et partit chercher Astrid, qui était retournée au chenil.

— Ravie d'avoir fait votre connaissance, ma chère.

Ally sursauta et se tourna vers la mère de Ben.

— Moi aussi.

Mrs West s'arrêta et regarda la grange, d'où sortait Astrid.

— Merci, murmura-t-elle.

— Oh, de quoi ?

La mère de Ben la scruta.

— Je ne sais pas ce qui se passe ou pas entre vous, mais vous lui faites du bien.

— Ah, je ne sais pas…

Mrs West croisa son regard, et Ally vit les yeux bleu glacier de Ben dans le visage rond de cette petite femme.

— Ben n'est pas quelqu'un qu'on aide facilement. On peut dire ce qu'on veut de l'inné et de l'acquis, mais ce garçon est né avec la volonté de tout faire lui-même. Je me souviens qu'il marchait à peine et la seule chose qu'il savait dire était : « Moi, je fais ! » Il n'acceptait l'aide de personne. Même pas la nôtre. Mais avec vous… Je ne l'ai pas vu aussi détendu depuis des années.

— Je ne crois pas avoir fait…

— Vous n'avez pas besoin de le croire, dit la mère de Ben calmement. Mais merci tout de même.

Ben fit crisser la neige couvrant le gravier en retournant vers elles deux.

— Que se passe-t-il ?

— Rien qui te concerne, répondit sa mère en enroulant son écharpe avec un sourire. Bonne soirée, miss Gilmore.

— Bonne soirée, Mrs West.

— Appelez-moi Rachel, s'il vous plaît. Nous allons devenir des amies.

Ben fronçait les sourcils quand sa mère descendit les marches et passa son bras sous le sien. Son père sortit de la maison un instant plus tard.

Ally resta sous le porche pour dire au revoir aux derniers invités et tenta de retenir cet instant. Ce sentiment. Essayant de ne pas penser au futur. Juste regarder les lumières éclairant l'avant-toit de la grange et sentir qu'elle était exactement là où elle devait être.

31

Le matin du 23 décembre, le temps était froid et piquant, avec un vent glacial qui soulevait la poudreuse et l'entassait le long des maisons et contre les barrières dans toute la ville. La neige était tombée des branches des arbres mais les arêtes des bâtiments étaient arrondies par les amas de neige. Ally voulait prendre des photos dans la ville dès le lever du soleil, mais elle alla d'abord au chenil qui résonnait avec les enclos vides, quand les chiens restants aboyèrent pour la saluer.

Quand Connor serait venu chercher Maximus et que le récemment baptisé Hemingway serait parti avec Mr Blake, il ne resterait plus que Partridge, Peanut, Dolce et ses chiots.

Dans l'après-midi, elle était attendue avec eux au théâtre communal pour la répétition finale du spectacle, mais d'ici là, elle avait le temps… de s'éclaircir les idées et de mettre un plan sur pied.

Elle devait trouver le moyen de conserver le refuge. Elle savait enfin ce qu'elle voulait. Elle savait où elle voulait vivre, mais elle avait besoin de gagner sa vie. Elle pourrait peut-être avoir quelques jobs en free-lance à distance, mais sa carrière en prendrait un coup si elle restait à Pine Hollow. Pourrait-elle joindre les deux bouts avec un boulot à mi-temps pour lui permettre de continuer à gérer le refuge ? À condition qu'elle trouve le moyen de garder le refuge ouvert.

Quand tous les chiens furent nourris et cajolés, elle prit Peanut. Le petit chihuahua n'avait toujours pas trouvé de parent adoptif et semblait se sentir seul maintenant que ses compagnons étaient partis. Elle le glissa dans une écharpe sous son manteau et l'emporta avec elle.

Elle avait eu du mal à choisir un cadeau pour ses grands-parents, mais pour Astrid et Ben, le cadeau parfait était tout trouvé.

Chez eux, toutes les photos représentaient Astrid et ses parents, avant que Ben vive avec elle. Depuis deux semaines, Ally avait réussi à prendre plusieurs instantanés de Ben et Astrid ensemble – à la kermesse de Noël et à la maison de retraite –, mais le petit bijou était celle prise la veille où Astrid, Ben et ses parents riaient tous ensemble. Elle voulait agrandir les photos en noir et blanc et les encadrer mais n'avait pas de cadres.

Alors elle baissa la tête sous la bise glaciale et se dépêcha d'aller dans la boutique dont Gram lui avait parlé sur Maple Street. Elle vendait surtout du matériel pour les loisirs, mais dès qu'elle franchit le seuil, entre le bruit de clochettes et l'odeur des produits chimiques de développement de films, Ally se sentit chez elle.

— Entrez et faites un tour ! cria une femme à la voix rauque depuis l'arrière-boutique. Je suis à vous dans un instant.

Ally parcourut le fouillis de la boutique et trouva une table encombrée de cadres dépareillés, en bois recyclé. Certains étaient bruts et irréguliers, d'autres étaient lisses et brillants, mais tous avaient été fabriqués avec soin et un œil artistique.

— Vous trouvez votre bonheur ?

Ally regarda la femme qui sortait de l'arrière-boutique. Elle devait avoir soixante-dix ans, avait des cheveux blancs qui se dressaient en pointes sur sa tête, des lunettes aux verres épais et des tatouages plein les bras.

— Ils sont magnifiques, déclara Ally en montrant un des cadres en bois flotté ciré. Est-ce vous qui les fabriquez ?

— Heum.

Le regard de la femme se posa un instant sur l'appareil photo qu'Ally portait dans le creux de son bras.

— Tu es la petite-fille de Rita ?

— Ally Gilmore, dit-elle en tendant la main. Et vous êtes Peg ?

Une main rugueuse serra la sienne.

— C'est moi.

Un petit nez sortit du manteau d'Ally et Peg écarquilla les yeux.

— Et c'est qui, ça ?

— Voici Peanut. Désolée, j'aurais dû vous demander si c'était OK de l'avoir ici.

— Je n'impose pas beaucoup de règles, ici. Peanut est aussi bienvenu que toi. Et tu peux me tutoyer.

Elle tendit la main pour que le petit chien la renifle.

— Crois-tu qu'il acceptera que je le tienne pendant que tu cherches ce que tu veux ?

— La meilleure façon de le savoir…

Ally sortit doucement Peanut de son écharpe et le déposa dans les mains de Peg qui dégageaient une odeur de produits de développement.

— Tu as une chambre noire, derrière ?

Peg haussa les sourcils en serrant Peanut contre elle.

— En effet. Tu peux l'utiliser si tu le souhaites. Les jeunes de ton âge ne connaissent que le digital.

— Le digital est pratique, mais j'aime les deux. Il y a quelque chose de plus réel quand on regarde une photo se développer.

Peg sourit.

— Une femme comme je les aime. Je ne suis pas très bonne photographe, mais je m'amuse de temps en temps. Mon problème, c'est que je ne peux pas me limiter à un loisir. C'est comme ça que j'ai ouvert cette boutique, expliqua-t-elle en la montrant d'un geste, tandis qu'elle tenait Peanut serré contre son cœur. Contemple l'ensemble de mes passions.

Ally en fit le tour des yeux : des peintures au vitrail, de la céramique aux sculptures sur bois et décorations en verre soufflé.

— C'est incroyable !

— Pas besoin de me flatter. Je sais que tu es une vraie artiste. Rita m'a montré certaines de tes œuvres.

— La photo est juste un job, dit Ally, soudain gênée.

— Oh, je crois que nous savons, toi et moi, que ce n'est pas vrai. Une passion est une passion. Tu as déjà envisagé de montrer tes œuvres lors du marché ? En hiver, il n'y en a qu'un une fois par mois, dans le foyer communal, et ils l'ont annulé quand le toit s'est effondré, mais j'ai entendu dire qu'ils vont bientôt le réparer, alors il devrait reprendre bientôt. Je te fais un prix sur les cadres si tu veux montrer ton travail sur mon stand.

— C'est moi qui y gagne, là ! Des cadres avec un rabais et une place sur le marché ?

— Tu oublies. J'ai vu ce que tu fais. Je vendrai davantage de cadres avec tes photos dedans que si je les vends seuls, et les gens viendront voir tes photos et achèteront mes gadgets. Gagnant-gagnant. Et puis ce sera amusant, ajouta Peg en haussant les épaules.

Ally l'observa.

— Est-ce que ma grand-mère t'a soufflé l'idée ?

— Rita ? demanda Peg en riant. Non. Elle se vante de sa petite-fille, mais cette femme n'a pas une once d'esprit commercial. Elle n'aurait pas l'idée.

Elle câlina Peanut et plaça son menton sur la tête soyeuse du chien.

— Réfléchis. Et tu me diras si ça t'intéresse.

— D'accord.

L'offre était intéressante. Ally la saisirait aussitôt si elle était sûre de rester, mais vendre quelques photos ne la nourrirait pas.

— Tu pourrais même amener quelques-uns de ces petits gars.

La proposition d'inclure des chiens la fit sourire, mais elle devait déjà garder le refuge ouvert.

— Combien veux-tu de cadres ?

Elle avait eu l'intention d'en acheter trois, elle partit avec une douzaine.

Ally rentra à la maison avec un gros sac qui cognait contre sa jambe, l'appareil photo dans le creux de son bras et Peanut au chaud dans son écharpe. À mi-chemin, son portable bipa. Elle s'arrêta devant la boulangerie, souriant intérieurement en se remémorant sa première rencontre avec Ben, et posa son sac pour prendre son portable.

Elle s'attendait à un texto de Deenie ou de ses grands-parents, ou peut-être de Ben, mais c'était un e-mail, pas un texto. Quand elle vit l'objet de l'e-mail, elle eut un mouvement de recul.

Entretien avec le groupe Spectrum.

Elle retint son souffle.

Le job pour lequel elle avait postulé avant de quitter New York. Un bon salaire, des avantages, mais surtout un travail en équipe. Comme une famille. C'était ce que disaient tous les employés. C'était pour cela qu'elle voulait ce job. Voir les mêmes gens tous les jours, faire partie d'un groupe. Plus de voyages. Plus de rapport de travail avec des gens qu'elle ne revoyait jamais.

Deux mois plus tôt, le poste chez Spectrum représentait son job idéal – et encore maintenant, son pouls s'accélérait à l'idée de les rencontrer.

Mais la vérité résonnait en elle.

Elle ne voulait plus cette vie-là. Ses rêves avaient changé. Elle voulait vivre à Pine Hollow. Elle voulait le refuge. Elle le voulait, *lui*.

Elle était amoureuse de Ben West.

Le futur était encore incertain ici, mais elle n'imaginait pas s'en aller maintenant.

— Est-ce que votre manteau vient juste de *gémir* ?

Ally leva les yeux de son portable pour les poser sur deux femmes qui venaient de sortir de la boulangerie. L'une était grande, avec des cheveux bruns, et l'autre portait dans ses bras un adorable petit bouledogue français. En voyant le chien – et une éventuelle maman pour Peanut –, Ally afficha un large sourire. Elle ouvrit son manteau pour le montrer.

Les femmes s'approchèrent, et leur expression s'adoucit comme celle de tous ceux qui voyaient Peanut.

— C'est le plus petit chien que j'aie jamais vu. Est-ce un bébé ?

— Non, il a environ dix ans. Et est adoptable, si vous êtes intéressées.

La brune écarquilla les yeux – des yeux marron si clairs qu'ils paraissaient dorés.

— Alors vous êtes celle dont j'ai entendu parler.

— Ah bon ?

— Vous dirigez le refuge, n'est-ce pas ? Je suis Isabelle Scott.

Son sourire était si chaleureux qu'il fallut trente secondes à Ally pour replacer le nom.

— Vous...

— J'ai été fiancée à Ben, oui. C'est moi.

Avant qu'Ally ait eu le temps de savoir ce qu'on avait dit à l'ex de Ben sur son compte, et ce qu'elle était supposée dire à l'ex-fiancée de l'homme dont elle était amoureuse, l'autre femme s'exclama :

— Attendez ! Vous travaillez au refuge ? Vous devez savoir qui fait ces adorables photos envoyées par e-mail. J'*adore* ces photos !

— Merci. C'est moi qui les ai prises, répondit Ally en montrant son appareil.

— Oh, mon Dieu ! Vous êtes si douée ! Je suis Kaitlyn Murray et voici Romeo. Je prends des photos pour son compte Instagram, mais elles sont loin d'être aussi bonnes que les vôtres. Combien vous prenez ? Quel que soit votre tarif, je paierai.

Ally écarquilla les yeux.

— Tarif ?

— Kaitlyn est obsédée par Romeo, expliqua Isabelle, les yeux malicieux.

— C'est un *influenceur*, insista Kaitlyn. Avez-vous un studio par ici ? Ou prenez-vous des photos en extérieur ? À cette époque de l'année, je suis sûre que vous êtes débordée avec tous les gens qui veulent des cartes de Noël avec leur bébé, mais c'est tellement gentil de faire du bénévolat pour le refuge. Je suis sûre que vous n'êtes pas disponible avant l'année prochaine, mais dès que vous pourrez nous caser – et, évidemment, je vous citerai. Avez-vous un compte Instagram ? Vous devez, non ?

Ally avait été prise par surprise, mais elle se ressaisit rapidement et répondit avec un large sourire :

— Vous savez, je suis encore en train de m'installer à Pine Hollow. J'ai travaillé pendant des années à New York et je viens d'arriver. Faire les photos pour les Amis à quatre pattes était une façon de promouvoir le refuge, une si belle cause, et de montrer également aux gens ce que je fais.

— Oh ! C'est astucieux ! J'aurais dû me douter que vous étiez une pro qui ouvrait un nouveau studio. C'est vrai, quoi, ces photos ! Elles sont épatantes !

— Alors, vous emménagez ici ? s'enquit Isabelle. J'ai entendu des infos contradictoires.

Ally rougit en se rappelant que c'était l'ex de Ben. Elle n'avait pas su les détails de la fin de leur histoire. Seulement qu'elle avait coïncidé avec l'obtention de la garde d'Astrid. Isabelle souhaitait-elle le récupérer ?

Était-ce la raison de son retour ici ? Il était le roi des messages contradictoires – et était-ce souhaité de sa part ?

— Je ne sais pas ce que vous avez entendu, mais Ben et moi ne sommes pas…

— Oh ! Non, je ne suis pas jalouse. C'était il y a deux ans, et c'est une bonne chose que nous ayons compris que nous n'étions pas faits l'un pour l'autre à ce moment-là. J'avoue que j'ai été en colère pendant un temps, mais maintenant je lui souhaite d'être heureux. Si vous le rendez heureux, et surtout s'il vous laisse le faire, tant mieux pour vous.

Ally n'était pas sûre de savoir comment réagir en recevant la permission de sortir avec un homme qui n'en avait peut-être pas envie. Elle avait des sentiments pour lui, mais ils devaient être réciproques.

— Nous sommes seulement amis, insista-t-elle. *Pour le moment*. Alors vous êtes revenue à Pine Hollow…

— Juste pour les fêtes. Ma famille vit ici et je ne les rate jamais. Serez-vous au spectacle demain ?

— Oui ?

Ally souhaitait répondre par l'affirmative, mais cela sonna comme une question.

Isabelle sourit.

— Parfait. Nous devrions y aller, dit-elle à Kaitlyn. Et, soulevant la boîte qu'elle tenait, elle ajouta : Ma famille attend ces pâtisseries, et si je ne rentre pas très vite, il va y avoir du grabuge.

Kaitlyn sortit une carte de visite arborant la tête fripée de Romeo.

— Voici les coordonnées, pour Romeo. J'espère que vous pourrez nous caser bientôt.

Ally prit la carte en essayant de réfréner son enthousiasme peu professionnel.

— Je vais regarder mon agenda.

Elle sentait qu'un espace allait se libérer comme par magie la semaine prochaine dès qu'elle aurait la possibilité d'installer un studio correct, au lieu du studio improvisé qu'elle avait utilisé pour les photos des chiens. Il y avait une réserve inutilisée. Ou bien une chambre inutilisée dans la maison.

— Joyeux Noël ! lui lancèrent Isabelle et Kaitlyn.

Ally répondit de même en essayant de ne pas sauter de joie.

Elle s'aperçut que quelques personnes la regardaient et elle fut sûre que son interaction avec l'ex de Ben allait faire le tour de la ville d'ici le soir, mais elle s'en fichait. Elle avait un *plan*.

Cela pouvait marcher. Et lorsque son studio serait ouvert, elle pourrait l'utiliser pour photographier des personnes. Portraits pour des acteurs locaux, des mannequins, portraits de familles, les possibilités étaient multiples.

Kaitlyn était peut-être la même femme que celle qui postait le déjeuner de son enfant sur Instagram, mais Ally ne lui en voulait pas car elle venait de lui offrir une révélation.

C'était un signe. L'Univers lui disait qu'elle pouvait rester à Pine Hollow. Avec ses grands-parents, ses nouveaux amis… et Ben.

Elle retourna au refuge, marchant rapidement sous l'effet de l'excitation, ses pensées bouillonnant dans sa tête.

Pourquoi se limiter à la photo ? Pourquoi n'y avait-elle pas pensé plus tôt ?

Et si le refuge ne restait pas juste un refuge ? S'ils n'avaient plus besoin du financement de la ville parce qu'ils tireraient un profit des photos d'animaux de compagnie et des cours de dressage ? Hier, Elinor s'était plainte que le cours de dressage et la pension pour chiens les plus proches étaient à Burlington. Et si Ally faisait venir quelqu'un au refuge une fois par semaine pour donner des cours aux propriétaires de chiens du voisinage ? Et s'ils accueillaient des chiens en pension lorsque le refuge n'était pas complet avec des chiens recueillis ?

Elle n'osa pas encore en parler à ses grands-parents. Elle ne voulait pas leur donner trop d'espoir, tant qu'elle n'avait pas peaufiné les détails, mais elle-même était sur un petit nuage.

Elle devait en parler à Ben.

Elle tourna au coin de la rue et faillit se cogner contre un couple qui avançait lentement sur le trottoir, avec une paire de chiens tout aussi lents.

— Mr et Mrs Johnson !

— Hé ! Mais voici la jeune miss Gilmore !

Ally sourit et se pencha malgré ses paquets pour caresser Fred et Ginger.

— Je ne m'attendais pas à vous voir. Comment trouvez-vous Fred et Ginger ?

— Ils sont adorables ! Nous étions en train de nous demander ce que nous pourrions offrir au refuge en remerciement.

— Leur offrir un bon foyer est le meilleur cadeau que vous puissiez me faire.

Ally se redressa et remarqua que le couple se tenait encore la main.

— Où est votre cavalier aujourd'hui ? demanda Mr Johnson.

Ally rougit.

— Ce n'est pas mon cavalier… Comment avez-vous su que vous vouliez passer le reste de votre vie ensemble ? demanda-t-elle en regardant leurs mains unies.

Mr Johnson sourit.

— J'ai eu l'impression de gagner le gros lot. De faire un pied de nez au destin parce que j'étais avec Verna.

— Et j'ai ressenti la même chose. J'étais persuadée d'avoir de la chance.

— C'est ça, le truc, expliqua Mr Johnson. Quand chacun pense avoir fait une bonne affaire. Quand vous n'arrivez pas à croire que vous avez autant de chance.

— Mais, bien sûr, j'ai envie de l'étrangler la moitié du temps parce que c'est un vieil homme sénile qui n'arrête pas de s'asseoir sur ses lunettes, et elles reviennent très cher !

Mr Johnson sourit devant l'agacement de sa femme.

— Vous pensez à votre cavalier ? demanda-t-il.

— Nous sommes juste des amis, répéta Ally.

Mrs Johnson sourit en remarquant :

— C'est le meilleur choix pour tomber amoureuse.

Mr Johnson fit un clin d'œil.

— Juste un avis gratuit de la part d'un vieux couple curieux.

Ils poursuivirent leur chemin et Ally les suivit du regard. Ben avait freiné des quatre fers à plusieurs reprises. Il ne voulait pas que la ville bavarde sur leur compte. Il ne voulait pas qu'Astrid soit concernée. Mais il n'avait jamais dit qu'il ne voulait pas d'*elle*.

Ally n'avait jamais pu envisager un futur avec Matthew, mais quand elle fermait les yeux en pensant « porche et chiens », Ben et Astrid étaient toujours présents avec elle. Il serait un partenaire. C'était lui dont elle imaginait tenir la main quand ils auraient quatre-vingt-dix ans et qu'elle serait complètement aveugle.

Et maintenant, elle avait un plan, une façon de mettre en œuvre cette vision du futur. Elle n'avait jamais poursuivi un rêve parce qu'elle n'avait pas *su* ce qu'elle voulait, mais maintenant…

S'il y avait un moment propice pour réaliser ses rêves, n'était-ce pas à Noël ? N'était-ce pas la période des miracles ? Elle avait trouvé sa place dans la ville. Mais elle voulait autre chose. Elle voulait Ben.

Elle se sentit un regain d'énergie. Elle avait une répétition cet après-midi.

32

Les coulisses du théâtre communal de Pine Hollow étaient encombrées d'accessoires pour divers spectacles. Astrid avait retrouvé Ally à l'entrée des artistes et amené Partridge et Peanut au metteur en scène du spectacle, qui devait les présenter aux acteurs chargés de les placer sous les feux de la rampe. Deenie était déjà là avec Maximus – qui n'avait pas encore été récupéré par Connor. Deenie avait déclaré qu'il serait parfait pour faire l'âne de la Nativité – Maximus, pas Connor.

Apparemment, Ben avait été réquisitionné pour résoudre un problème d'éclairage et Ally ne l'avait pas encore vu. Elle entendait les acteurs répéter sur la scène, exprimant bruyamment la joie de Noël, mais elle ne voyait que le bazar accumulé en coulisses, les formes sombres des accessoires, les rideaux et ce qui ressemblait à un trône géant doré – lequel se révéla être en mousse de polystyrène peinte quand elle passa les doigts dessus.

— Ben ? appela-t-elle doucement, en soulevant un lourd rideau en velours pour découvrir un autre lourd rideau en velours.

Le son d'un juron étouffé l'attira au-delà d'un décor de tribunal. Elle tourna après un empilement de chaises et finit par découvrir sa cible devant un tableau électrique, une petite torche entre les dents, courbé sur sa tâche.

— Je vois qu'ils t'ont mis au travail.

Ben se redressa, saisit la torche et grimaça.

— C'est pour ça que j'évite absolument le spectacle de Noël depuis des années. Il y a toujours un problème de dernière minute et je me retrouve toujours à être le seul à pouvoir le résoudre.

Ally s'approcha, fronçant les sourcils en regardant le tableau électrique.

— Tu y connais quelque chose en lumières de théâtre ?

— Rien du tout. Mais, apparemment, travailler au service informatique signifie que je dois être compétent dans tout ce qui touche à l'électricité ou à la technologie.

— Ça représente un large panel de compétences.

— Malheureusement, je crois que j'ai trouvé le problème. Et en le résolvant, je renforce la conviction que je suis la personne à appeler pour résoudre les problèmes.

Il ferma un commutateur sur le tableau, éteignit sa torche et la mit dans sa poche.

— Les chiens sont là ? Astrid ne tenait pas en place en t'attendant.

— J'ai eu du mal à trouver un endroit où me garer. Mais maintenant, elle s'occupe de Partridge et de Peanut.

— Partridge n'a toujours pas été adopté ?

Ben ramassa par terre des outils qu'Ally n'avait pas remarqués.

— Oui, je suis étonnée, moi aussi.

Elle bavardait, mais elle n'était pas venue là pour ça. Il se dirigea vers la scène. Ally l'arrêta d'un geste.

— Ben…

Il leva les sourcils. Il faisait sombre, mais elle voyait clairement son regard interrogateur.

— Oui…

— Je…

Elle voulait lui dire un million de choses, les mots se mélangeaient dans sa tête et refusaient de sortir.

— Est-ce que tout va bien ?

— Tu vois, je…

Elle le regarda, il fronçait les sourcils en attendant la suite. Les chanteurs entonnèrent « We Wish You a Merry Christmas », réclamant un pudding aux figues *immédiatement*, ce qui était le chant le plus grossier du répertoire, mais soudain elle comprit leur impatience et, sur une impulsion incontrôlable, elle lâcha :

— Je suis folle de toi.

Et ne put plus s'arrêter de parler.

— Et d'Astrid. Et je sais qu'on s'est mis d'accord pour être amis, à cause d'Astrid et de la ville, mais, de toute façon, tout le monde pense qu'on sort ensemble, et je ne veux pas que les gens disent maintenant que c'est terminé, parce que je veux rester. Je veux être avec toi. J'ai même un projet : prendre des photos de chiens et proposer des cours de dressage et des services afin que les Amis à quatre pattes ne dépendent plus du financement de la ville. Je n'ai pas encore réfléchi aux détails, mais je veux essayer. Tu ne dis rien, ce qui me rend nerveuse, mais j'espère que tu penses avoir autant de chance que, moi, je pense en avoir, parce que je te veux sous le porche avec moi…

Les mots s'écoulaient sans qu'elle réfléchisse, sans intervention de son cerveau.

Mais, heureusement, Ben savait comment l'arrêter.

Il fit un pas en avant et ses mains entourèrent le visage d'Ally, le levant vers lui, et ses lèvres se posèrent sur les siennes, douces, fermes et parfaites.

Puis ses bras enlacèrent la jeune femme, l'attirant fermement vers lui jusqu'à ce que ses pieds décollent du sol. Ally se cambra, leurs corps étroitement enlacés, et son léger vertige fut chassé par une chaleur grisante quand Ben pencha la tête pour l'embrasser à pleine bouche.

Voilà. Plus de vont-ils-ou-ne-vont-ils-pas. Ils *allaient*. Oh, saperlipopette ! Ils allaient, et pas qu'un peu.

Ally s'accrochait au pull de Ben, dont la chaleur l'enveloppait, dont la langue taquinait et s'emmêlait à la sienne, et la perfection de l'instant s'incrusta dans sa peau. C'était comme si un rouage avait été légèrement décalé depuis des années et venait de trouver sa place, et la satisfaction envahit son âme. Famille, communauté, amour, toutes les pièces manquantes s'assemblaient comme par un miracle de Noël…

— Oncle Ben ? appela une voix aiguë toute proche.

Ben sursauta et se détourna, lâchant Ally si vite qu'elle était en train de rétablir son équilibre quand l'un des lourds rideaux fut tiré devant elle.

— J'arrive, Astrid ! cria Ben, de l'autre côté du rideau.

Ally fixa l'étoffe rouge. Venait-il vraiment de la cacher derrière ?

— Te voilà, dit Astrid, le son de sa voix étouffé par le rideau. As-tu vu Ally ?

— Je travaillais sur les lumières, répondit rapidement Ben, esquivant la question. Je crois qu'elles marchent, maintenant. J'ai encore un truc à vérifier et j'arrive.

— OK.

Les pas d'Astrid s'éloignèrent, mais Ally les entendit à peine. Elle se rejouait les trente dernières secondes dans sa tête.

Elle avait dit à Ben qu'elle voulait être avec lui, il avait commencé à l'embrasser, puis il l'avait littéralement *poussée derrière un rideau* pour qu'Astrid ne les découvre pas ensemble. Il n'avait pas juste évité qu'Astrid ne les voie en train de s'embrasser ; il avait totalement paniqué, et sa réaction avait été de se débarrasser d'Ally aussi vite que possible.

Pas exactement la façon d'agir d'un homme amoureux. Un malaise grandit dans sa poitrine, accompagné de quelque chose de plus sombre.

Le rideau s'écarta et Ben se passa une main dans les cheveux.

— C'était moins une !

Ally ouvrit la bouche, mais aucun son n'en sortit. Elle n'arrivait pas à exprimer ce qu'elle ressentait de ces deux minutes parce que tout paraissait faussé, comme si une chose visqueuse rampait sur sa peau.

— Viens-tu de me cacher ?

— Astrid arrivait. C'était instinctif.

— De me cacher, répéta-t-elle. Ton instinct a été de me cacher.

Ben fronça les sourcils.

— C'est évident qu'on ne veut pas qu'elle voie ça.

— C'est évident… fit Ally en écho, même si c'était loin d'être évident pour elle.

Parlait-il de la démonstration publique de leur affection ? Ou bien le « ça » qu'il voulait cacher à Astrid était-il plus large ?

Il lui répondit avant qu'elle ne formule sa question.

— Désolé. Je pensais que nous étions sur la même longueur d'onde. Nous devons être prudents.

Ally comprit combien leurs attentes étaient différentes. Elle pensait avoir levé le dernier obstacle en affirmant qu'elle restait. Elle pensait que ça y était. Elle le regarda, sourcils froncés. Croyait-il qu'elle ne pensait pas ce qu'elle disait ? Ne comprenait-il pas ?

— Ce matin, j'ai reçu un e-mail pour passer un entretien, expliqua-t-elle. Celui que j'attendais. Pour le job de mes rêves, un mois plus tôt…

L'expression de Ben se referma, et, sans bouger, il sembla s'éloigner d'elle.

— Tu vas le prendre ?

— Non, c'est ce que j'essaie de te dire. Je n'ai même pas eu besoin de réfléchir, je n'ai pas ouvert l'e-mail, parce que ce que je veux est ici. Pas à New York. Ici, Pine Hollow, toi, Astrid. Mais il faut que tu en aies envie, toi aussi.

— J'en ai envie, confirma-t-il. Mais je ne veux pas qu'Astrid s'attache avant que nous sachions où nous en sommes. Je dois être prudent.

Ally hocha la tête, sans savoir vraiment ce qu'elle acceptait, les idées tournoyant dans sa tête.

À l'époque où elle sortait avec Matthew, elle le laissait diriger leur relation. Elle avait suivi ses désirs à lui. Elle n'avait jamais réclamé ce qu'elle souhaitait parce qu'elle ne *savait* pas ce qu'elle souhaitait. Mais là, c'était différent. Cela faisait mal.

Elle attendait un partenaire, la personne qui resterait à ses côtés soixante-cinq ans et aurait encore envie de lui tenir la main, mais Ben la cachait derrière un rideau. Il assurait ses arrières. Elle savait mieux que quiconque que le futur n'était jamais sûr, mais, à ses côtés, elle voulait quelqu'un qui, au moins, serait prêt à *essayer*. Le rouage se décala, craquant sous la pression.

— Je me suis éprise toute seule, c'est ça ? murmura-t-elle.

Ben ne cherchait pas une partenaire. Il voulait toujours tout faire tout seul. Elle avait recommencé. Elle était seule et désespérée, et s'était attachée à quelqu'un qui ne voulait pas la même chose qu'elle. Qui ne voulait pas *d'elle*.

— Tu ne me laisseras jamais entrer dans ta vie.

*

Ben se passa la main dans les cheveux en se demandant comment ils étaient passés du meilleur baiser de sa vie à une conversation qui déraillait totalement en moins de cinq minutes.

— Il ne s'agit pas de ça, contesta-t-il, d'un ton aiguisé par l'injustice de l'accusation.

Il l'avait déjà laissée entrer dans sa vie. Plus loin que n'importe qui d'autre.

— Il s'agit d'Astrid.

— Non, dit-elle en secouant la tête. Ce n'est pas sa faute. C'est toi qui as cette image irréaliste de ce que tu dois être pour elle. Et c'est *toi* qui as trop peur de laisser entrer dans ta vie ce que tu ne contrôles pas à cent pour cent. Mais en faisant cela, tu ne *vis* pas. Tu n'as pas besoin d'un grand jardin pour avoir un chien. De même, tu n'as pas besoin d'avoir la garantie que nous resterons ensemble pour toujours pour sortir avec moi. Astrid est intelligente. Elle comprend. Et si nous ne restons pas ensemble, oui, elle sera déçue, mais embrasser quelqu'un n'est pas un engagement pour la vie, et je suis sûre qu'elle le comprend.

Ally croisa les bras.

— C'est *toi* qui fais ce choix.

— Je ne fais pas de choix. Mais ça ne fait pas de mal d'être prudent.

Si Ally laissait tomber le job de ses rêves pour lui et que ça ne marchait pas comme elle le souhaitait, elle lui en voudrait pour toujours.

— Tu devrais peut-être passer cet entretien, à New York.

— Ce n'est pas ce que je souhaite, rétorqua-t-elle. Tu ne m'as pas écoutée ?

— Si, je t'ai…

Elle le coupa :

— Je veux gérer le refuge. Je veux avoir le sentiment de faire du bien en m'occupant des chiens et en leur trouvant un foyer. Je veux essayer de mettre un peu de lien entre les gens. Je t'ai parlé de cet entretien uniquement pour te montrer ce que je veux, alors pourquoi es-tu si déterminé à me repousser ?

— Mais je ne te repous…

— Je veux un partenaire. Quelqu'un qui s'engage. Mais tu ne t'engages pas. Tu restes en retrait, tu te protèges, et tu imagines toutes les raisons pour lesquelles nous pourrions nous séparer et combien ce serait affreux si cela arrivait, alors tu ne te risques pas avec moi. Il vaut mieux aimer et perdre, mais tu ne veux pas tenter.

Ses paroles l'irritèrent. Elle semblait le taxer d'égoïsme alors qu'il se démenait sans arrêt pour les autres.

— Je fais passer Astrid avant tout. Je dois penser à ses besoins avant les miens, et elle a besoin de constance. Elle a besoin de gens qui soient là pour elle.

— Et je n'ai pas été là pour elle ? Est-ce que je n'ai pas tout fait pour te prouver que tu comptes pour moi ? Que je veux cela ? Mais tu ne peux laisser personne entrer dans ta vie, c'est ça ? Tu te sers d'Astrid comme excuse, mais ce n'est pas elle qui construit des murs autour d'elle et qui essaie de tout faire toute seule. Ce n'est pas un aveu de faiblesse, de demander de l'aide, Ben. Cela ne te rend pas moins viril. Cela te rend juste plus humain. Et, peut-être, cela t'empêchera de te tuer trop vite à la tâche. Tu ne peux pas tout faire tout seul. Personne ne le peut. Même si tu as le sentiment que c'est ce que ta sœur t'a demandé.

— Ne mêle pas ma sœur à ça.

— Elle en fait partie. Elle est le Fantôme des Noëls passés, Ebenezer. Et tu deviens fou à essayer d'être à la hauteur de l'image sainte que tu as créée, de qui elle aurait été si elle avait vécu.

— Cette métaphore n'a aucun sens.

— Je sais !

Ally enserra sa tête de ses deux poings.

— J'ai juste… Je suis amoureuse de toi, Ben.

Les mots le touchèrent comme un courant d'air glacial, gelant instantanément un point au creux de sa poitrine, profondément, de façon terrifiante. Mais elle n'en avait pas terminé.

Elle laissa tomber ses mains, paumes ouvertes.

— Je suis incroyablement dingue de toi, et d'Astrid. Je veux cela. Pendant des années, je n'ai pas su ce que je voulais, parce que j'avais peur de ne pas l'obtenir. Ce sentiment d'appartenance. Sentir que je suis à ma place, que je compte pour quelqu'un. C'est ce que je veux avec toi. Mais toi, que veux-tu ? Pas ce que tu penses être le mieux pour Astrid, ou ce que tu crois devoir faire, ou ce que tu devrais vouloir… Qu'est-ce que tu *veux* vraiment ?

Un sentiment de frustration envahit Ben lorsqu'il entendit cette question impossible.

— Je ne sais pas. Cela n'a pas d'importance !

— Si cela en a. J'en ai assez d'avoir des relations parce que j'ai peur d'être seule. Je ne serai pas ton secret. Tu ne peux pas me mettre dans une boîte, et Astrid et le reste de ta vie dans une autre. Me cacher derrière un rideau quand je dérange. Je veux quelqu'un qui se sente chanceux de m'avoir. Je veux entrer dans ta vie et que tu entres dans la mienne. Mais si je ne peux pas avoir ça… je ne sais pas si je peux le faire.

— Ally…

— Désolée, je dois y aller.

— Ally !

Ben tendit la main pour l'arrêter, mais Ally était déjà en train de se faufiler entre les accessoires, s'éloignant rapidement, et il la regarda partir, impuissant. Il ne pouvait pas la rattraper. On pourrait les voir. Astrid pourrait les voir. Il avait de la chance qu'ils n'aient pas été remarqués.

Ce qu'elle voulait…

Elle n'était pas raisonnable. Il ne pouvait pas lui donner ce qu'elle demandait.

À l'entendre, il avait le choix, mais il devait penser à Astrid. La protéger. Et si la protéger d'une peine de cœur signifiait se protéger lui, eh bien, c'était comme ça. Sa vie avait totalement changé deux ans auparavant, et il n'y avait pas moyen de revenir en arrière.

33

Ally se précipita vers la sortie, un mélange de frustration et de mortification lui brûlait l'estomac. Elle avait tout étalé. Déballé tout ce qu'elle ressentait, et le visage de Ben avait semblé taillé dans la pierre tandis qu'il l'observait, devenant de plus en plus fermé et distant.

Un groupe répétait un numéro de danse sur la scène quand elle repéra un escalier menant à un panneau indiquant la sortie. Dieu merci, Astrid ne l'avait pas vue.

Ally sortit du théâtre et arriva sur le petit parking, mais la lumière aveuglante du soleil réfléchie par la neige la fit s'arrêter. Dans l'obscurité des coulisses, elle avait oublié qu'il faisait encore jour.

— Hé ! Ally !

À quelques mètres, Deenie tenait Partridge en laisse. Partridge qui adorait Ben autant qu'elle. Et maintenant, elle comparait ses sentiments à sens unique à ceux d'un chien baveux. Magnifique.

— Quoi de neuf ? demanda Deenie en retournant vers la porte, alors que Partridge avait fini son petit tour. Ont-ils besoin de nous ?

— Je lui ai dit ce que je ressentais pour lui.

— Ben ? demanda-t-elle en souriant. Il était temps ! Je commençais à me dire qu'il fallait vous offrir un manuel pour vous expliquer la marche à suivre.

Puis elle remarqua qu'Ally ne partageait pas son sourire. L'expression joyeuse de Deenie s'évanouit.

— Oh, non…

Ally serra les lèvres, reconnaissante de ne pas avoir à s'expliquer.

— Il faut que je sorte une minute. Tu peux surveiller les chiens ?

— Veux-tu que je les ramène au refuge quand ce sera fini ?

— Je ne peux pas te demander de passer tout l'après-midi…

— Tu rigoles ? Je resterai de toute façon. Tu as vu la loge de maquillage ? Toutes ces paillettes !

— Merci, murmura Ally en lui prenant la main.

Deenie ouvrit la bouche pour parler, mais la porte s'ouvrit et quelqu'un annonça qu'ils étaient prêts, pour Partridge. Deenie lui serra la main en retour. Puis elle afficha un large sourire et elle entra dans le théâtre avec Partridge.

Ally traversa le minuscule parking et découvrit que sa voiture était complètement bloquée. Évidemment. Le théâtre était du côté opposé par rapport au refuge, mais il faisait très beau et Ally ressentait à peine le froid. La frustration et la déception alimentaient son énergie, et elle marchait de plus en plus vite.

Tout le monde l'avait prévenue que Ben ne laissait personne l'approcher. Qu'il ressemblait davantage à Scrooge qu'à George Bailey. Elle le *savait*, mais elle avait été sûre qu'avec elle, il serait différent. Mon Dieu, quel affreux cliché romantique.

Elle s'était trompée. Toutes les fois où elle pensait qu'ils parlaient le même langage, il lui achetait mentalement un billet de retour pour New York, en la maintenant à une distance de sécurité.

Ally était consciente que ses pensées partaient en vrille, mais elle ne pouvait s'empêcher de revivre le moment où il l'avait repoussée et cachée derrière un rideau, hors de la vue d'Astrid. Elle n'aurait pas aimé qu'Astrid les surprenne en train de se peloter sous un lampadaire en carton, mais il aurait au moins pu lui tenir la main. Était-ce trop demander ? Un homme qui voudrait lui tenir la main ?

Elle était si contrariée que les vingt-cinq minutes de marche ne semblèrent durer que quelques secondes. Elle entra directement dans la maison. Il n'y avait plus de chiens dans le chenil, de toute façon. Elle enleva son manteau avec des gestes impatients tandis que sa grand-mère enveloppait un cadeau et que son grand-père se réveillait dans son fauteuil inclinable.

— Déjà rentrée ? s'étonna Gram. Ils ont enfin tenu compte des réclamations après des répétitions qui duraient huit heures ?

— La répétition continue. J'ai laissé Deenie s'occuper des chiens.

Et la voiture. Ally avait aussi laissé la voiture. Elle devrait retourner la chercher. Et les chiens. Mon Dieu ! À quoi pensait-elle ? Elle n'avait pas réfléchi. Elle avait eu besoin de fuir.

— S'est-il passé quelque chose ? demanda son grand-père.

S'il s'était passé quelque chose ? *J'ai dit à Ben que je l'aimais. Je l'ai embrassé. Il m'a cachée derrière un rideau*. Bon sang ! Lui avait-elle vraiment dit qu'elle l'aimait ? Les mots s'estompaient dans son esprit. Elle n'avait pas vraiment dit ça, si ? La réalité semblait reprendre une consistance, et soudain l'implication de l'heure passée la frappa de plein fouet.

— Je… *Ce qui s'était passé ?* Je me suis disputée avec Ben.

— Oh, non !

Gram posa ses ciseaux et fit le tour de la table.

— Que s'est-il passé ?

— Je lui ai dit que j'avais reçu une invitation pour passer un entretien pour le job de mes rêves à New York, mais que je ne voulais pas y aller parce que mon rêve avait changé. Je souhaite rester ici. Diriger le refuge avec vous deux. Peut-être y installer un studio photo pour animaux de compagnie ou des cours de dressage afin que les Amis à quatre pattes deviennent un centre d'activité canine à Pine Hollow. Mais Ben voulait juste que je retourne à New York.

— Oh, là, là !

Ses grands-parents échangèrent un regard indéchiffrable.

— Tu devrais peut-être passer l'entretien.

Ally se figea devant le portemanteau.

— Quoi ? Pourquoi ? Vous aussi, vous attendez que je reparte ?

Cette éventualité lui serra le cœur.

— Non, ma chérie, pas du tout. Nous sommes très heureux de t'avoir ici.

Mais ils se regardèrent, et Ally eut soudain l'impression qu'il manquait une grosse pièce du puzzle en plein milieu.

— Qu'est-ce que vous ne m'avez pas dit ?

Gramps se redressa, repoussant le repose-pied de son fauteuil.

— Nous souhaitons que tu restes aussi longtemps que tu en auras besoin pour te remettre sur pied.

Les Johnson avaient dit que ses grands-parents emménageraient aux Domaines au début de l'année. Elle avait cru que le vieux couple avait confondu. Sa grand-mère avait dit et répété qu'elle préférerait mourir que d'aller dans une maison de retraite. Les Johnson s'étaient trompés. Ils avaient mal interprété le fait que ses grands-parents allaient tout le temps visiter des amis aux Domaines. Ils y passaient pratiquement leur vie.

Ils y passaient pratiquement leur vie.

— Vous allez emménager aux Domaines, c'est ça ?

De nouveau, ils se regardèrent. Copper s'écarta pour laisser Gramps se mettre debout.

— Nous avons versé une avance pour un appartement, mais c'était avant que tu viennes ici.

Ally, choquée, se tourna vers sa grand-mère.

— Tu avais dit que tu ne voudrais jamais vivre dans un endroit pareil. Que tu préférerais mourir que de vivre dans un endroit où l'on coupe ta viande pour toi.

— Eh bien, ils ne coupent pas ta viande, tu sais. C'est un endroit très agréable. J'ignorais qu'il y avait tant d'équipements… Et puis ton grand-père adore le tournoi de poker. Tous ses amis du club des Elks y sont, maintenant.

— Vous alliez vendre cette maison ?

— Nous envisagions de faire quelques travaux après notre départ. Darleen, de l'agence immobilière, nous a dit que nous en obtiendrions un meilleur prix après quelques rénovations, mais nous ne voulions rien entreprendre tant que nous y vivions. Liliane a suggéré que nous nous inscrivions à l'émission « Maison à vendre ». Ils la rénoveraient pour nous.

Liliane. Darleen. Les Johnson. Tout le monde était au courant. Sauf elle.

Une autre pièce du puzzle se mit en place.

— C'est pour cela qu'ils ont supprimé le financement. Ils savaient que vous alliez vendre le refuge de toute façon. Toute la ville savait…

— Non, pas toute la ville, protesta Gramps. Nous en avons parlé à quelques personnes.

Et la nouvelle s'était répandue. Comme elle le faisait toujours à Pine Hollow. C'était Ally qui était en dehors de la boucle. Parce qu'elle n'appartenait pas à la communauté. Elle était une touriste. Une étrangère.

— Quand déménagez-vous ?

— Eh bien, vois-tu, expliqua Gram avec empressement, ils nous gardent la place aussi longtemps qu'on veut. Alors tu peux prendre tout ton temps pour te remettre sur pied. Tu ne dois pas te sentir pressée. Nous aimons beaucoup t'avoir avec nous, Ally.

Mais ils n'avaient jamais su qu'elle voulait rester.

— J'ai cru… Vous ne m'avez jamais parlé de mon retour à New York.

— Bien sûr que non. Nous ne voulions pas que tu penses qu'on ne voulait pas de toi ou qu'on te poussait à partir avant que tu ne sois prête. Nous avons pensé que tu te déciderais quand le moment viendrait. Peut-être après Noël.

Ally regarda attentivement sa grand-mère. Alors qu'elle était persuadée d'aider ses grands-parents, ceux-ci attendaient qu'elle parte afin de reprendre le cours de leur vie. Elle avait cru qu'ils avaient besoin d'elle.

— Je dois… J'ai besoin de réfléchir.

Elle attrapa son manteau et renfila ses bottes.

— Ally ? lança Gram d'une voix inquiète.

— Ça va, la rassura Ally – mais c'était très loin de la vérité.

Tout s'écroulait. Tout ce qui avait semblé se mettre en place à Pine Hollow. Tout à coup, tous les signes pointaient dans la direction opposée.

Elle n'était pas chez elle. C'était la maison de ses grands-parents et elle était un parasite dans leur vie. Les connexions qu'elle avait établies étaient très ténues et n'existaient que grâce à Gram et Gramps, à Ben et au refuge. Mais si le refuge fermait et que tous les chiens partaient, est-ce que Deenie viendrait encore ? Ses grands-parents vendaient la maison. Où vivrait-elle ?

— Je suis désolée, dit-elle en prenant ses gants et son bonnet. Je suis désolée de tout ça…

— Ally… commença son grand-père, et Colby leva la tête avec curiosité, mais elle était déjà sortie dans le froid glacial de cet après-midi de décembre.

Elle était venue ici pour échapper à son isolement, mais maintenant elle se sentait plus seule que jamais. Avant, au moins elle avait eu un rêve – la vision du porche dans un futur lointain –, mais maintenant, même ça semblait hors de portée. Comme si elle s'était toujours menti à elle-même en pensant l'obtenir. Il était temps d'affronter la réalité.

34

Ben ne se sentait pas d'humeur festive. Il émergea des coulisses afin de donner au comité le feu vert pour tester les lumières. Quand la scène s'éclaira comme en plein jour, une acclamation retentit, mais Ben n'esquissa pas un sourire. Des yeux, il fit le tour de la salle pour trouver Astrid, en se demandant dans quel délai ils pourraient partir.

Il ne vit pas Astrid, mais Partridge, lui, le repéra. Le bouledogue tenta aussitôt de traîner Deenie dans l'allée pour atteindre Ben, son corps massif et bas sur pattes étirant la laisse. Deenie regarda longuement Ben – sans sourire, ce qui était une première chez elle.

Elle savait.

Il devrait se sentir honteux, mais il n'avait *rien fait de mal*. Il n'avait pas encouragé Ally. Dès le début, il lui avait dit qu'Astrid était sa priorité. Il faisait ce qu'il devait faire, merde !

Ce qui n'expliquait pas pourquoi il se sentait comme la pire espèce d'amibe quand Deenie se détourna et murmura :

— Allons, viens, Partridge.

Le chien gémit mais se laissa entraîner de mauvais gré.

— Où est Ally ?

— Astrid ! Bon sang !

Ben mit la main sur son cœur en se retournant vers sa nièce, arrivée silencieusement derrière lui. Elle tenait le minuscule Peanut contre sa poitrine.

— Tante Elinor dit que tu sursautes comme ça parce que tu es trop tendu et que, si tu te relaxais un peu, tu sursauterais moins tout le temps.

— C'est très aimable de la part de tante Elinor, grommela Ben.

— As-tu vu Ally ? Tout le monde pense qu'elle te cherchait, mais personne ne l'a vue.

— Je ne sais pas où elle est, répondit-il en évitant de mentionner qu'il l'avait vue.

Et embrassée. Et cachée derrière un rideau pour qu'Astrid ne la voie pas.

— Elle est peut-être partie.

— Sans les chiens ? s'étonna Astrid.

— Je suis sûr qu'elle reviendra pour les chiens.

Astrid l'observa, ses yeux de dix ans voyant beaucoup plus de choses qu'il ne le souhaitait.

— Tu aurais dû l'embrasser sous le gui quand tu en as eu la possibilité.

Ben faillit se mordre la langue.

— Pardon ?

— Le gui. Dans le kiosque du square. Je pense que si tu avais embrassé Ally, tu ne serais pas aussi stressé tout le temps. Et on pourrait avoir un chien. C'est pour ça qu'on l'a arrangé, Kimber et moi.

Ben regarda sa nièce, bouche bée. S'il pensait qu'elle espérait qu'il sorte avec Ally, il n'avait pas compris qu'elle complotait activement pour les réunir.

— As-tu vraiment essayé de me faire sortir avec Ally pour avoir un chien ?

— Non. J'avais envie que tu sortes avec Ally parce que je l'aime bien. Et que tu n'as pas l'air heureux.

Ces derniers mots lui firent mal.

— Astrid, je suis heureux. Je t'aime et je suis très heureux.

— Tu l'es depuis que tu as rencontré Ally, remarqua-t-elle. Avant, Kimber ne voulait pas venir à la maison parce que tu étais tout le temps grognon. Je lui ai expliqué que tu n'étais pas en colère, que tu étais juste comme ça parfois, mais elle avait peur de toi.

Mon Dieu. Il pensait qu'Elinor exagérait quand elle disait qu'il faisait peur aux petits enfants, mais la meilleure amie d'Astrid craignait de venir chez eux.

— Je suis désolé, Astrid. Je vais m'améliorer.

— Tu es très bien, oncle Ben.

Elle lui tapota le bras, comme l'aurait fait un des résidents des Domaines.

— Je veux juste que tu sois heureux.

— Je suis heureux. Je te jure, ma puce, je suis heureux.

— Mais tu n'as pas vu Ally ?

Et voilà le rouge de la honte qui montait le long de son cou.

— Pas ces dernières minutes.

Astrid hocha la tête et partit à la recherche de la jeune femme. Ben regarda autour de lui, à sa recherche lui aussi. Il ignorait ce qu'il lui dirait, mais il avait besoin de la voir – au moins pour se convaincre qu'elle n'était plus bouleversée, qu'elle lui pardonnait ce geste stupide dans les coulisses.

— Benjamin West.

En parlant de moments gênants. Il grogna intérieurement en reconnaissant la voix de la femme qu'il avait pensé épouser.

— Isabelle. Joyeux Noël.

— Joyeux Noël, répéta-t-elle, en lui faisant une bise du bout des lèvres.

Au moins, ils étaient sur la même longueur d'onde et n'avaient aucune envie de rallumer des passions éteintes.

— Ce matin, j'ai rencontré cette fille avec qui tu sors, raconta Isabelle en faisant un pas en arrière.

— Nous ne sortons pas ensemble, insista Ben sur un ton plus dur qu'il ne l'avait voulu.

Isabelle le regarda, puis ferma brièvement les yeux en murmurant :

— Oh ! Ben.

— Quoi ? dit-il d'un ton brusque, tandis que le chœur entamait de nouveau un bruyant « We Wish You a Merry Christmas ». Tu veux me dire comment mener ma vie ? Parce que tu as la supériorité morale ? Tu es partie à la seconde où les difficultés ont commencé.

— Waouh ! Ça, c'est une nouvelle version de l'histoire.

Il ressentit une étrange satisfaction en entendant le léger tremblement dans sa voix.

— Je suis restée des mois après l'enterrement et l'homologation, et quand tu t'es comporté comme un con chaque fois que j'essayais de t'aider. Tu ne supportais aucune ingérence. Chaque fois que je voulais faire quelque chose pour Astrid, c'était comme essayer de contourner le défenseur de première ligne de la NFL pour arriver jusqu'à elle.

— Ce n'est pas…

— Tu m'as *reproché* d'être allée la chercher à l'école.

— Sans me le dire !

— Ton portable était en panne ! Je t'avais envoyé un texto ! cria Isabelle.

Des têtes se tournèrent vers eux, mais elle n'y fit pas attention.

— J'étais inquiet. Je ne savais pas où Astrid…

— Pendant deux secondes ! Jusqu'à ce que quelqu'un te dise que je l'avais emmenée. Mais, apparemment, c'était un crime contre l'humanité, et c'était ma faute. *Tout* était ma faute. Chaque fois que j'essayais d'aider, tu me le reprochais.

Elle s'arrêta, reprit son souffle et remarqua que le chœur s'était tu.

— Désolée, dit-elle un ton plus bas. Je croyais avoir dépassé tout ça, mais, visiblement, je suis encore en colère contre toi, plus que je ne le pensais.

— Je ne savais pas que tu étais en colère, admit-il.

À l'époque, il était enfermé dans son chagrin. Essayant juste de mettre un pied devant l'autre et d'agir au mieux pour Astrid.

Isabelle éclata d'un rire dépourvu d'humour.

— Tu croyais être le seul à te sentir meurtri, hein ? Je ne suis pas surprise. Tu es un chic type, Ben, mais tu ne rends pas la vie facile à ceux qui veulent prendre soin de toi.

— Je n'ai jamais voulu…

— Je sais.

Elle soupira, laissant son regard errer dans la salle, où chacun faisait semblant de ne pas écouter.

— Je t'ai aimé, et j'ai aimé Astrid. Je suis restée plus longtemps que j'aurais dû parce que je pensais que tu finirais par t'apercevoir que j'étais là pour toi et par me laisser entrer. Mais tu n'arrêtais pas de me repousser et d'insister pour tout faire tout seul. Tu as toujours été comme ça : à essayer d'être un pilier pour tout le monde et ne permettre à personne de t'aider. Je pensais que ça irait mieux quand on serait mariés, mais je crois que cela a empiré quand Katie… Je suis vraiment désolée pour Katie, murmura-t-elle d'une voix étranglée.

— Moi aussi.

Il s'éclaircit la voix et ajouta :

— Je suis désolé de t'avoir reléguée dans une case.

Isabelle, surprise, haussa les sourcils.

— C'est une bonne façon de décrire les choses.

— Est-ce que… ça va ?

— Je vais bien. Très bien, même. J'ai un boulot à Boston. J'adore cette ville. J'ai cru que les embouteillages me rendraient folle, mais les parcs sont magnifiques. Et c'est sympa de rentrer à la maison pour Noël. Je suis contente de t'avoir revu, Ben, dit-elle avec un sourire. Désolée de m'être énervée, ajouta-t-elle avec une grimace.

— Je suis content que tu l'aies fait. Mais je ne te dis pas les commérages demain…

— Ouais. C'est sûr que ça ne me manque pas. Désolée pour le volume.

— Tu ne me dois aucune excuse. Je mérite chaque décibel.

Et, de toute façon, cela ne lui avait jamais réussi d'essayer de cacher sa vie personnelle. Il pensait qu'il avait assuré, mais, visiblement, Elinor et Astrid avaient discuté de sa mauvaise humeur et du fait qu'il repoussait ses amis depuis longtemps, bien avant ce Noël. Il pensait avoir gardé secrets ses sentiments envers Ally, mais tout le monde en ville croyait déjà qu'ils sortaient ensemble. Il l'avait cachée derrière un rideau afin qu'Astrid ne les voie pas ensemble, alors qu'elle manigançait pour les réunir sous le gui. Pas étonnant qu'il eût l'impression de combattre des moulins à vent – il essayait de stopper le flux des commérages de Pine Hollow, mais ce flot entrait dans la catégorie des tsunamis. Fermez les écoutilles, parce que vous ne pourrez pas l'arrêter, malgré tous vos efforts.

— Bella ! Mon écharpe ! cria une jeune voix impatiente.

Isabelle sourit.

— C'est pour moi. Minnie participe au spectacle, cette année, et je suis son esclave pour les costumes.

Elle indiqua de la tête le côté de la scène où sa jeune sœur l'attendait impatiemment.

— Elle est grande, maintenant.

— Oui. Dès que je pars pour un mois, elle prend cinq centimètres. À bientôt, Ben. Joyeuses fêtes.

Il la regarda s'éloigner, passant au crible ses paroles qui jetaient une lumière nouvelle sur les ombres du passé et les lui faisaient envisager différemment. Il avait peut-être essayé de trop contrôler les choses, de contrôler les seules choses sur lesquelles il pouvait agir à ce moment de sa vie. Peut-être…

— Ben ! Te voilà ! Pourrais-tu jeter un œil à la sono ? Il doit y avoir un fil défectueux quelque part…

Ben repoussa le passé et se concentra sur le présent – et un nouveau désastre mineur qui le distrairait du moment passé dans les coulisses avec Ally. Elle l'avait accusé de la reléguer dans une case, mais c'était la seule façon qu'il connaissait de gérer tout ce qui le dépassait dans sa vie. Alors il tassa les pensées la concernant dans cette case et se mit au travail.

35

Ally envoya un texto à Deenie tout en retournant chercher sa voiture garée sur le parking du théâtre. Quand elle arriva, Deenie l'attendait dehors avec les chiens et l'aida à les charger sans dire un mot au sujet de Ben. Ally s'efforça de ne pas regarder la voiture de Ben et se réjouit que la sienne ne fût plus bloquée : elle pourrait s'échapper rapidement.

Mais elle aurait dû savoir qu'elle n'allait pas s'en sortir sans un mot.

Elle venait de mettre Maximus dans son enclos au refuge, et elle retournait chercher Partridge et Peanut, quand la Coccinelle bleue de Deenie remonta l'allée. Colby se leva sous le porche et approcha pour saluer les arrivantes quand Deenie, Elinor et Dora en descendirent.

— Je suis venue avec du renfort, annonça Deenie.

Elinor tenait une bouteille Thermos.

— Elle parle du punch.

— Vous n'étiez pas obligées de venir, protesta Ally, en prenant Peanut dans son panier de transport.

— Bien sûr que si ! affirma Deenie en s'emparant de Peanut.

Dora/Harry entraîna Elinor vers le chenil – apparemment impatiente de retourner dans son ancien terrain de jeu et découvrir quelles odeurs avaient changé. Elinor la suivit mais la fit asseoir avant d'ouvrir la porte, cliquant sur un petit boîtier qu'elle portait au poignet.

— J'ai regardé des vidéos de dressage sur Internet, expliqua-t-elle. Les cours à Burlington ne démarrent pas avant des semaines.

Ally flancha en se remémorant ses plans pour sauver le refuge avec des cours de dressage.

— Vous pourriez peut-être réunir un groupe et faire venir un dresseur à Pine Hollow.

Le regard de Deenie s'éclaira.

— Hé, ce n'est pas une mauvaise idée ! On pourrait se réunir ici…

— Non, ce n'est pas possible. Venez.

Ally les conduisit dans le bureau. La pièce était petite, surtout pour trois femmes et davantage de chiens, mais, en dehors de la maison, c'était le seul endroit où l'on pouvait s'asseoir, et elle ne voulait pas que ses grands-parents les entendent. La veille, Gram avait emmené Dolce et ses chiots dans la maison, déclarant qu'ils devaient se sentir seuls depuis que tant de chiens avaient quitté le chenil.

Elinor sortit des tasses de camping en plastique de son sac. Deenie posa le panier de Peanut par terre et le laissa sortir tandis que Dora s'installait à côté d'Elinor sur la causeuse. Ally prit place derrière le bureau avec une tasse de punch, et Partridge s'assit sur son pied pendant que Colby posait sa grosse tête sur la cuisse de sa maîtresse. Elle caressa les oreilles soyeuses de Colby en poussant un soupir. Cet endroit allait lui manquer.

Elle but une gorgée du breuvage… et faillit s'étrangler. Elle toussa, tenant sa tasse à deux mains.

— Désolée, j'aurais dû te prévenir, s'excusa Elinor. Le punch de Magda, c'est du carburant pour fusée. J'ai pensé qu'on en avait besoin.

— Pourquoi ne peut-on pas faire cours ici ? demanda Deenie en s'asseyant sur le bras de la causeuse. J'adore cette idée. On pourrait faire un parcours d'obstacles, faire venir un toiletteur…

— J'ai pensé la même chose ce matin, reconnut Ally. J'avais ce projet pour sauver les Amis à quatre pattes avec un studio photo et des soins pour les chiens, mais il se trouve que je suis la seule à vouloir les sauver. Mes grands-parents vont vendre cet endroit et aller vivre aux Domaines. Je n'ai pas les moyens de racheter la maison et le terrain, et si les chiens sont tous partis et n'ont plus besoin de moi, à quoi bon ? J'ai même reçu une proposition d'entretien pour le job de mes rêves à New York… C'est évident. L'Univers me dit d'y retourner.

— Effet du stress, déclara Elinor en secouant la tête. C'est ta peur qui parle.

— C'est mon sens pratique qui parle, corrigea Ally. Je ne suis pas chez moi, ici. Je n'y ai peut-être jamais été.

— Est-ce qu'il s'agit de Ben ? demanda Deenie.

— Non.

Il ne s'agissait pas de lui. Pas entièrement.

— Il s'agit de mes grands-parents. Du refuge. Et… de mes parents.

Elle regarda les profondeurs de son punch, comme s'il pouvait résoudre ses problèmes. Elle avait cherché cette connexion, ce sens de la famille, depuis qu'elle les avait perdus. Elle avait si peur d'être seule, de perdre la connexion avec la dernière famille qui lui restait, mais demeurer ici n'était pas possible.

— Avec Ben… c'est juste un autre truc. Une autre raison de partir. Qu'y a-t-il ici pour moi ?

— Tu m'as, moi, déclara Deenie.

— Et moi, ajouta Elinor.

Colby aboya.

— Visiblement, Colby se plaît ici, lui aussi, plaisanta Deenie. Cela me semble de très bonnes raisons de rester.

— Mais toi, tu ne vas pas rester, n'est-ce pas ?

Deenie hésita.

— Probablement pas. Pas pour toujours, en tout cas. Tu veux aller à Rome ? C'est ce que je fais quand les choses ne me conviennent pas.

Elinor la regarda.

— Parfois, je pense que tu es folle. Et puis tu dis un truc comme ça, et je me demande si c'est moi qui suis folle. Nous devrions toutes aller à Rome.

Ally sourit, incertaine quant à leur sérieux.

— Je ne sais pas quoi faire. Je suis venue ici pour décider quoi faire de ma vie et je me retrouve encore plus perplexe qu'avant.

— Ben est un crétin, décréta Elinor. Mais je crois vraiment qu'il tient à toi. Je ne l'ai jamais vu regarder personne de la façon qu'il te regarde, toi.

— Quelle importance ce qu'il ressent, s'il ne me laisse pas entrer dans sa vie ?

Elles restèrent silencieuses devant ce problème, trop complexe pour elles.

— J'aurais aimé qu'il veuille cela, admit Ally, mais il n'y a jamais adhéré.

— J'espère que tu resteras, déclara Elinor. Tu as ta place ici, Ally Gilmore.

Ally voulait y croire. Mais sa place n'était que temporaire.

*

Ben avait un méga mal de tête quand il quitta enfin le théâtre avec Astrid. Il avait aboyé contre plus d'un volontaire et certainement gagné sa réputation de grincheux plus d'une douzaine de fois, mais sa conversation avec Ally lui revenait sans arrêt en mémoire.

Il avait le sentiment de tout foirer une fois encore. Tout l'après-midi, il avait été assailli par cette sensation si familière qu'il laissait tomber quelqu'un. Pourquoi Ally devait-elle lui demander plus qu'il ne pouvait donner ? Ne voyait-elle pas qu'il avait envie d'être avec elle mais qu'il ne pouvait pas se précipiter ? Ils ne se connaissaient que depuis quelques semaines. Il avait besoin de mettre de l'ordre dans sa vie avant d'y faire de la place pour quelqu'un d'autre. Il avait un *plan*, et si elle l'avait seulement écouté – mais non. Et il regardait la ville pittoresque avec un air sombre.

— On pourra regarder *Noël chez les Muppets* ? lui demanda Astrid en sortant de la voiture, inconsciente de la douleur fulgurante dans son crâne.

— Après le dîner.

Ils enlevèrent leur manteau en saluant ses parents dans la cuisine. Ben alla ranger la boîte à outils… et stoppa net en voyant l'étrange objet qui trônait à la place de sa machine à laver en panne.

D'un blanc brillant, tout neuf, il était orné d'un beau nœud rouge sur le dessus.

Ben fixa la machine à laver et sentit une colère irrationnelle monter en lui.

— Qu'est-ce que vous avez fait ? aboya-t-il.

En entendant sa famille arriver, il se retourna.

— Joyeux Noël ! lancèrent ses parents avec un large sourire.

— Où est notre machine à laver ? J'allais la faire réparer.

— Nous avons eu envie de faire ça pour toi, expliqua son père en s'avançant, toujours souriant.

— Et ton père a réparé l'escalier aujourd'hui, ajouta sa mère.

Ben frémit.

Ils essayaient de l'aider. Il savait qu'ils essayaient de l'aider. Mais elle était de nouveau là, la petite voix qui lui disait qu'il avait échoué, qu'il n'avait pas été à la hauteur de ses responsabilités, et il n'arrivait pas à adoucir la colère dans sa voix.

— Je l'aurais fait moi-même.

Il n'avait pas besoin qu'on débarque chez lui pour faire les choses à sa place. Il réparerait la maison. Il prouverait qu'il en était capable. Il y avait tant à prouver.

— Nous en sommes sûrs, répondit sa mère sur un ton prudent.

Il se comportait comme un crétin. Il pouvait entendre Ally lui expliquer que ce n'était pas un aveu de faiblesse d'accepter de l'aide. Qu'il était le seul à penser qu'il avait quelque chose à prouver – mais le sentiment était revenu. Le sentiment qu'il laissait tomber Katie et Paul et que tout le monde s'en rendait compte.

— Oncle Ben ?

Il baissa les yeux vers le visage inquiet d'Astrid et se força à inspirer.

— Merci.

Le ton manquait d'amabilité, mais sa mère sourit.

— De rien. Viens, Astrid. Il y a de nouveaux cadeaux pour toi sous le sapin.

Astrid s'empressa d'aller voir et Ben resta là avec son père.

— Tu vas bien ? lui demanda celui-ci avec un regard perçant.

— J'ai vu Isabelle, annonça-t-il après un moment – parce que c'était plus facile que de reconnaître qu'il avait peut-être tout foiré avec Ally et qu'il était rongé par les regrets.

Son père haussa les sourcils.

— Ah bon ?

— Elle m'a dit que je rends les choses difficiles pour les gens qui veulent prendre soin de moi.

Son père sourit.

— Ce n'est pas vraiment un scoop. Katie était la seule que tu laissais t'aider.

Ben contempla la machine. Il n'avait jamais voulu repousser quiconque ni les empêcher de l'aider. Mais il avait des responsabilités. Certaines choses lui incombaient et il ne pouvait pas les refiler à d'autres. Il devait s'assurer que tout était fait. Mais avec Katie…

Il ne savait pas pourquoi il avait toujours été facile de la laisser prendre les rênes. Peut-être parce que, d'aussi longtemps qu'il s'en souvenait, elle les prenait. Elle était sa grande sœur. C'était son rôle. Elle ne le laissait jamais l'écarter ou essayer de faire sans elle.

Elle était simplement là. Et mon Dieu, cela lui manquait. Elle lui manquait. L'aisance avec laquelle elle se glissait dans sa vie et le faisait rire quand il se hérissait lui manquait. Il existerait toujours un trou dans sa vie là où elle devrait être, mais il devait apprendre à laisser entrer quelqu'un d'autre. Quelqu'un d'autre qu'Astrid. Il ne pouvait pas lui imposer ça. Il avait besoin…

Il avait besoin d'une partenaire.

La vision d'Ally s'imposa à son esprit.

— Si cela peut t'aider, tu as fait des progrès. Nous en avons parlé, avec ta mère. Tu nous as demandé de faire des trucs, et puis tu as emprunté la déneigeuse de Connor. Astrid nous a dit que tu avais demandé à Elinor de la garder plusieurs fois, ces dernières semaines.

Pour Ally. C'était toujours pour Ally. Astrid voulait qu'il soit heureux et pensait qu'il l'était depuis qu'il avait rencontré Ally. Ses parents voulaient qu'il accepte de recevoir de l'aide, et il l'avait fait depuis qu'il connaissait Ally. La ville tout entière souhaitait qu'il se détende et devienne moins grincheux… Et voilà Ally.

L'impression qu'il avait de se noyer avait cessé avec l'arrivée d'Ally. En quelques semaines, elle était devenue l'une de ses meilleures amies, mais elle était plus que ça. Elle l'avait changé, avait brisé les parties calcifiées de son cœur et laissé entrer la lumière. Ces deux dernières années, il s'était enterré, il avait érigé des murs autour de lui et était devenu de plus en plus un Scrooge. Ally l'avait bousculé et avait modifié tout ça.

Il avait joué la sécurité depuis si longtemps – essayant de tout contrôler, de manager sa vie et ses responsabilités, refusant quoi que ce soit de nouveau. Mais la vie n'était pas affaire de sécurité. La vraie vie commençait quand vous arrêtiez de vouloir tout contrôler et sautiez dans le vide. Prendre un chien, par exemple, même en sachant qu'Astrid ne serait peut-être pas toujours celle qui le nourrirait et que ses pantoufles seraient mâchonnées.

Ou tomber amoureux d'Ally.

Il avait essayé de tout contrôler et de tout compartimenter jusqu'à manquer de la perdre… Peut-être l'avait-il déjà perdue. Il lui avait dit de prendre ce job et de retourner à New York.

Ben croisa le regard de son père, un sentiment d'urgence courant dans ses veines.

— Je dois y aller. Peux-tu… ?

La compréhension éclaira le regard de son père.

— Bien sûr.

— Merci.

Maintenant, il devait réfléchir à ce qu'il allait dire.

*

Le refuge et la maison étaient plongés dans le noir quand Ben arriva dans l'allée, se rendant compte, une fois de plus, qu'il aurait dû commencer par appeler ou envoyer un texto. Il se gara, sortit son portable et le fixa, essayant de trouver les bons mots. Les fois précédentes, quand il arrivait, Ally était toujours apparue comme par magie – un de ses signes de l'Univers peut-être –, mais cette fois, la porte de la maison restait fermée.

Finalement, Ben tapa *Pouvons-nous parler ?* et envoya le message.

Trois petits points apparurent. Puis disparurent. Puis réapparurent.

L'impatience le poussa finalement à ajouter : *Je suis dans l'allée*.

Les points disparurent. La porte s'ouvrit.

Ben sortit rapidement de sa voiture et grimpa les marches du porche. Ally se tenait dans la porte entrouverte. Elle le regardait mais ne le fit pas entrer. Derrière elle, la maison était noire et silencieuse.

— J'aurais dû apporter du café. C'est notre gage de réconciliation, non ?

Ally ne sourit pas.

— Ben…

— Pardonne-moi. Je ne veux pas que tu repartes à New York.

Voilà. Il l'avait dit. Cela suffisait, hein ?

Ally soupira – pas un soupir alangui, amoureux, mais un soupir épuisé.

— C'est inutile. Mes grands-parents vont vendre la propriété et s'installer aux Domaines. Je n'ai pas les moyens de garder le refuge et on n'a pas besoin de moi ici.

Ben sentit quelque chose se figer à l'intérieur. Il n'avait pas envisagé qu'elle s'en aille. Même quand il s'y préparait, l'idée qu'elle ne soit plus là semblait irréelle.

— Mais la ville a besoin de toi.

J'ai besoin de toi.

— Non. La plupart des gens ignorent même qui je suis. Je ne fais pas partie de cette ville. Je suis juste une touriste avec un gros appareil photo, comme tu l'as dit, le premier jour.

— Ally…

— C'était juste une pause dans ma vie. L'opportunité de vivre comme l'autre moitié du pays vit, mais maintenant tous les signes pointent vers New York.

— Les signes te donnent seulement la permission de faire ce que tu as envie de faire, lui rappela-t-il. Es-tu sûre de vouloir fuir ?

Ses yeux lancèrent des éclairs, lui rappelant leur première rencontre.

— Je *veux* quelqu'un qui n'ait pas peur de m'embrasser dans le square de la ville. Et je ne vais pas le trouver ici, n'est-ce pas ?

Son regard sombre était intransigeant et les mots qu'ils devaient dire se coincèrent dans sa gorge. Elle voulait qu'il le dise. Elle lui avait demandé, plus tôt, ce qu'il voulait, et il avait répondu que cela n'avait pas d'importance – parce que c'était plus facile que de demander ce qu'il voulait et ne pas l'avoir. Plus facile que de prendre le risque.

Depuis deux ans, il vivait avec l'impression que tous ses choix avaient déjà été faits pour lui. Faire de son mieux avec les cartes qu'il avait reçues. Il n'était pas sûr de savoir faire autre chose. Comment changer les habitudes de toute une vie ? Comment lui montrer qu'il le voulait ?

Il hésita trop longtemps et la résignation s'afficha sur le visage d'Ally.

— Ça ne fait rien. Cela n'a plus d'importance. Bonne nuit, Ben. Joyeux Noël.

Elle referma la porte et Ben resta à la fixer pendant une minute entière avant de retourner à sa voiture.

Il était tellement plongé dans ses pensées qu'il ne se souvint pas comment il était rentré. Il était garé dans sa minuscule allée quand il comprit qu'il était derrière le volant. Il éteignit le moteur.

Il avait encore tout foiré. Il devait montrer à Ally ce qu'elle représentait pour lui et pour toute la ville.

Il devait le faire d'une façon qui prouverait qu'il s'impliquait. Il devait sauter dans le vide – sans chercher un filet de sécurité. Il devait lui *montrer* tout ce qu'il n'avait pas réussi à dire.

Il saisit son portable en sortant rapidement de la voiture.

Il avait beaucoup à faire.

Et il aurait bien besoin d'aide.

36

Le matin avant Noël, Ally descendit l'escalier de la ferme, les marches grinçant sous ses pantoufles. Elle fit sortir Colby et Partridge et les regarda renifler dans la cour, tout en restant bien au chaud dans la cuisine, où elle préparait le café. D'habitude, ses grands-parents étaient levés avant elle – ils avaient toujours été des lève-tôt –, mais récemment c'était devenu une compétition : au lit à 21 heures et debout à 4 h 30.

Ce matin, cependant, ils faisaient la grasse matinée. Ally était seule dans la cuisine, à regarder l'eau goutter de l'avant-toit, faisant fondre leur espoir d'un Noël blanc. Le temps s'était adouci pendant la nuit et, avec cinq degrés, des taches brunes apparaissaient déjà dans l'allée enneigée. Colby vint renifler à la porte et Ally lui ouvrit, Partridge se dandinant juste derrière. La veille, elle n'avait pas eu le courage de rentrer Partridge dans son enclos. Elle n'avait pas résisté à son regard implorant. Soudain, les règles conseillant de ne pas s'attacher n'avaient plus d'importance, quand le refuge était près de fermer et qu'elle allait Dieu sait où, faire Dieu sait quoi de sa vie. Elle devrait peut-être adopter Partridge.

Quoique trouver un appartement en ville acceptant plusieurs chiens serait encore plus difficile.

Colby s'était habitué à la routine des Amis à quatre pattes. Quand elle devait voyager pour son travail, il était toujours resté chez ses grands-parents, mais il était trop gros pour aller aux Domaines. Elle ne pourrait plus voyager autant – ce qui signifiait qu'elle devait vraiment prendre ce job chez Spectrum. Mais elle n'arrivait toujours pas à s'en réjouir. Même en sachant que c'était ce qu'elle devait faire.

La venue de Ben, la veille, lui disant qu'il ne voulait pas qu'elle parte à New York, mais incapable de lui dire qu'il voulait vivre avec elle… cela la confortait dans sa décision de partir. Il était le roi des messages contradictoires et ce serait facile de le laisser entrer dans son cœur, mais elle n'avait pas d'avenir ici.

Ally se versa du café, ajoutant une dose généreuse de crème et de sucre, et alla dans le salon allumer les guirlandes de Noël. Le reste du rez-de-chaussée était dans l'ombre. Elle s'assit sur le canapé avec sa tasse de café et les deux chiens à ses pieds.

Elle resta longtemps assise là, à regarder le sapin, dont chaque décoration évoquait un souvenir. La licorne, achetée par sa mère lors d'une visite à la verrerie de Corning. Le père Noël sous un palmier, la seule fois où ils avaient passé les fêtes aux Bahamas, et avaient décidé que Noël dans une chambre d'hôtel sans un sapin, ce n'était pas vraiment Noël. Et des vieilles décorations, qu'elle avait connues toute sa vie, sur lesquelles son père racontait des histoires quand il les accrochait dans le sapin de Gram et de Gramps.

Ses parents avaient vécu ici. C'était peut-être en partie pourquoi la nouvelle de la vente de la maison et du départ de ses grands-parents aux Domaines l'avait tellement heurtée. Ces vieux murs avaient une histoire. Son père avait grandi ici. Ses parents étaient venus ici chaque week-end de Thanksgiving pour dresser le sapin et de nouveau pour Noël. Quand cet endroit ne représenterait plus la maison, y en aurait-il un autre, un jour ?

L'escalier grinça et Ally vit sa grand-mère émerger au ralenti – comme toujours avant le café.

— Bonjour, ma chérie.

— Bonjour, Gram.

Sa grand-mère avança à pas feutrés sur le plancher, touchant la table au passage. Son mug était là où elle le posait tous les soirs. Elle le prit et se versa doucement son café.

Ally l'observait, la gorge serrée. Elle s'emportait contre sa grand-mère quand elle ne faisait pas attention. Elle détestait la voir vieillir, avançant lentement vers le moment où elle et Gramps disparaîtraient, eux aussi. Quand il ne resterait plus qu'elle pour se souvenir de leurs traditions de Noël.

Gram la rejoignit dans le côté salon et s'assit dans son fauteuil avec un soupir. Ally laissa le silence les envelopper, laissa sa grand-mère siroter son café et regarder l'arbre, jusqu'à ce qu'elle n'y tienne plus.

— Je suis désolée d'avoir réagi de façon excessive hier soir.

— Je ne suis pas sûre que c'était excessif. Nous en avons discuté, avec ton grand-père. Nous aurions dû te parler des Domaines dès le début. Mais nous ne voulions pas que tu te sentes pressée de partir parce que tu savais que nous allions déménager.

— J'aurais dû être plus claire, moi aussi, reconnut Ally. Je me sentais si seule à New York, et je crois que, quelque part, j'espérais trouver ma place ici, comme la pièce manquante d'un puzzle. Je vous aurais vus plus souvent et je n'aurais pas eu à m'inquiéter de vous savoir seuls à vous occuper des chiens et de tout le reste.

— Nous devons mieux communiquer, l'une et l'autre. Tu te sentais seule ?

— Pas tout le temps, mais oui. Un jour... ce fut le pire. Tout était allé de travers. Je ne me souviens même plus de tout ce qui s'est passé, mais mon train était supprimé, j'ai dû marcher sous la pluie, mon parapluie était cassé et je ne pensais qu'à rentrer, emmener Colby se promener et prendre une douche chaude. J'étais tellement pressée qu'en arrivant, j'ai attrapé Colby pour le sortir faire ses besoins, et ce n'est qu'en revenant que je me suis aperçue que mes clés étaient restées à l'intérieur de l'appartement. Je vivais seule et le gardien a mis un temps infini avant de répondre, et je ne connaissais pas mes voisins parce que je n'étais jamais là. Il n'y avait personne que je pouvais appeler. Je n'avais donné un double des clés à personne. Personne chez qui me réfugier en attendant de pouvoir rentrer chez moi. J'étais coincée et j'ai pris conscience, assise là, gelée et mouillée, avec ce pauvre Colby tout aussi gelé et mouillé, que je n'avais personne. Pine Hollow m'apparaissait si différent de New York. J'ai pensé... Je voulais trouver ma place ici, mais vous ne devez pas rester coincés dans cette maison parce que votre petite-fille se sent seule.

L’émotion l’envahit et elle fixa les yeux sur l’arbre jusqu’à retrouver l’usage de la parole.

— Je sais que tu t’inquiètes pour nous, déclara sa grand-mère d’une voix douce. Mais nous aussi, nous nous inquiétons pour toi. Quand tes parents… quand nous les avons perdus, je t’ai vue prendre tes distances, te cacher derrière ton appareil photo. Au début, je me suis réjouie que tu aies trouvé quelque chose qui te consolait ; ensuite, il paraissait comme une barrière que tu mettais entre toi et tout ce qui semblait trop brut. Regarde, mais n’y touche pas. Nous sommes si contents que tu sois venue ce Noël, contents que tu poses ton appareil et que tu ries avec nous.

Sa grand-mère se gratta la gorge.

— Je n’avais pas compris que Ben et toi étiez… épris.

— Ah non ?

La surprise la fit rire et cela gomma l’émotion qui lui serrait la gorge.

— Tu dois être la seule dans toute la ville.

— C’est un gentil garçon.

— Il m’a cachée derrière un rideau. Littéralement. Tu ne peux pas entamer une relation en faisant comme si elle n’existait pas.

— Non, reconnut Gram. Mais je peux comprendre qu’on veuille garder certaines choses privées, surtout au début. Quand sa dernière histoire d’amour a pris fin, toute la ville a glosé dessus. Sois un peu indulgente.

Elle n’avait pas tort et Ben avait une très bonne raison de vouloir garder les choses privées… mais cela faisait tout de même mal.

— Il a toujours essayé de me tenir à l’écart.

— Peut-être. Ou bien tu avais tellement peur qu'il ne veuille pas de toi que tu as pensé qu'il te repoussait, à tort ou à raison.

Copper dévala l'escalier, annonçant l'arrivée de son grand-père, qu'elles entendaient marcher à l'étage. Ally commença à se lever pour laisser sortir Copper, mais sa grand-mère lui fit signe de rester assise. Elle alla ouvrir la porte donnant sur la cour.

— Tu peux avoir ta place ici, Ally. Si c'est ce que tu veux. Et indépendamment de Ben West. Un chez-soi n'est pas un endroit magique. C'est un choix.

L'idée était séduisante, mais si ses grands-parents vendaient le refuge pour aller aux Domaines, elle n'aurait pas de travail, pas d'endroit pour vivre, et pas de perspectives à part une place sur le stand au Marché des Fermiers, qui n'ouvrirait que quand la ville aurait réussi à réparer le toit. Elle ne pouvait pas ouvrir le « paradis du chien de compagnie » qu'elle envisageait sans le refuge.

Mais Gram avait raison sur un point : sa place à Pine Hollow ne dépendait pas de Ben West.

— Je devrais aller préparer les chiens pour le spectacle ce soir.

Elle se leva alors que son grand-père descendait lourdement l'escalier. Près d'elle, Partridge se hissa sur ses pattes et la regarda avec adoration.

— Et nous devons te trouver une maison, hein, Partridge ? Ou bien je vais l'adopter. Qu'en penses-tu, Partridge ? Tu veux rester avec moi ?

— Oh ! Chérie, j'ai oublié de te dire, lança Gram de la cuisine, où elle versait du café à Gramps. On a reçu une demande pour Partridge.

— Ah bon ?

Ally avait laissé son portable se charger à l'étage, mais elle l'avait regardé à son réveil. Pas de nouvel e-mail sur le compte du refuge. Et pas de texto de Ben.

— Elle est arrivée hier soir. Par e-mail.

— Tu as reçu un e-mail ?

— Mon machin-texte. Sur le téléphone.

Ally fronça les sourcils, encore plus étonnée.

— Quelqu'un t'a envoyé une demande par texto ?

— Je m'en occupe, assura sa grand-mère. On l'a fait pendant vingt ans avant que tu arrives.

— D'accord, concéda Ally, de nouveau au bord des larmes.

Elle s'était stupidement persuadée que Ben finirait par adopter Partridge. Elle l'avait vu lui donner des bonbons en douce. Elle savait qu'il avait un faible pour le chien. Mais beaucoup de choses qu'elle souhaitait pour ce Noël ne semblaient être que des vœux pieux.

Les paquets cadeaux pour Ben et Astrid attendaient sur le buffet. Elle souhaitait toujours leur offrir ces photos, ces souvenirs, mais maintenant, est-ce que ce serait bizarre de les leur donner ?

Toujours en pyjama, Ally enfila ses bottes et attrapa son manteau, puis laissa sortir Colby et Partridge. Elle les suivit vers le chenil, où elle alla dire bonjour aux autres chiens, même si cela ressemblait à un au revoir.

37

Organiser un événement impromptu pour collecter des fonds en moins de vingt-quatre heures était un défi évidemment ardu. Ben était dans les coulisses, vérifiant sa check-list une dernière fois, tandis que les spectateurs prenaient place et que le brouhaha grossissait de l'autre côté du rideau. Son projet de rassembler la ville et de surprendre Ally avec une levée de fonds pour sauver le refuge prenait forme. Mais il manquait encore une pièce au puzzle, et c'était le morceau qui l'inquiétait le plus : comment allait réagir Ally.

Contrairement à ses habitudes, Ben allait faire quelque chose qu'il ne pouvait pas contrôler.

Astrid était assise près de Partridge, qui avait l'air ridicule avec un chapeau haut de forme et un nœud papillon mais en semblait très fier. Ben avait envoyé une demande la veille au soir, pour adopter le bouledogue – à Mrs Gilmore pour faire la surprise à Ally –, mais maintenant que l'instant de la grande révélation approchait, il se demandait sérieusement s'il avait bien fait d'opter pour la surprise. Il avait pensé qu'un show en public prouverait à la jeune femme qu'il s'investissait, qu'il n'essayait plus de la mettre dans une case ou de la cacher. Mais maintenant, cela lui apparaissait comme un très bon moyen de se mettre en position d'être publiquement rejeté. Un rejet qu'il méritait peut-être.

Astrid ne savait pas encore qu'il avait postulé pour adopter Partridge. Il voulait que ce soit un cadeau de Noël… et il n'était pas certain d'être accepté. Le formulaire était beaucoup plus poussé qu'il ne l'aurait pensé, il avait été forcé de réfléchir aux responsabilités qu'avoir un chien impliquait, mais au lieu de l'accabler, le fait de savoir ce qui l'attendait l'avait rassuré.

Si seulement, dans la vie, tout pouvait être accompagné d'une check-list.

— Ben ? C'est l'heure.

Ben ressentit une vague de nervosité l'envahir. *Maintenant ou jamais*. Il fit un signe de tête à l'adresse de Gayle Danvers, la responsable de l'organisation du spectacle, qui était tout sourire à l'idée de l'aider dans son geste romantique – comme si elle ne l'avait pas traité de Grincheux en plein milieu de la boulangerie quelques semaines plus tôt.

— Merci, Mrs Danvers. Je suis conscient que vous n'aviez pas à faire ça.

Ses sourcils d'un blanc immaculé se soulevèrent.

— Vous plaisantez ? Je ne sais pas ce que cette ville ferait sans vous. C'est le moins que l'on puisse faire.

Il cligna, trop surpris par son commentaire pour répondre avant qu'elle ne disparaisse derrière le rideau.

Astrid lui donna la laisse de Partridge et leva les pouces en signe d'encouragement.

— Bonne chance, murmura-t-elle, alors que le silence s'installait dans la salle.

L'éclairage de la salle devait s'assombrir. Ben se positionna au centre de la scène. Partridge se dandina à ses côtés, puis s'assit sur son pied, ronflant légèrement.

Il entendit les talons de Gayle, qui se plaçait au centre de la scène de l'autre côté du rideau, et il retint son souffle quand elle commença son introduction.

— Bienvenue à tous, habitants de Pine Hollow, pour le vingt-deuxième spectacle de Noël de Pine Hollow ! Joyeux Noël !

Des applaudissements dispersés et des vœux accueillirent ses paroles.

— Nous sommes très heureux de vous présenter un spectacle cette année qui est plus grand et plus beau que jamais, mais avant de commencer, nous avons une annonce spéciale faite par notre conseiller municipal, Ben West ! Faites du bruit pour Ben !

Les applaudissements jaillirent tandis que le rideau s'écartait et qu'un spot l'éclairait. Ben tressaillit et cligna des yeux sous la lumière intense. En théorie, il savait qu'il ferait ça devant toute la ville, mais il n'avait pas réfléchi au fait qu'ils allaient l'applaudir, l'écouter et le *regarder*.

— Dis quelque chose, lui souffla Astrid de la coulisse, et il comprit qu'il était resté trop longtemps silencieux.

Partridge bascula, appuyant de tout son poids contre sa jambe et le ramenant au présent.

Ben leva le micro.

— Joyeux Noël à tous ! Comme beaucoup d'entre vous le savent, afin de réparer le toit du centre communal, la ville a dû couper le financement du refuge des Amis à quatre pattes, ce qui nous a amenés à chercher une famille pour tous les chiens du refuge.

Il s'éclaircit la gorge.

— Mais, récemment, j'ai compris combien le refuge était vital pour notre communauté et quelle immense perte ce serait pour Pine Hollow… et pour moi… s'il fermait définitivement.

Il plissa les yeux pour regarder au-delà de la lumière aveuglante. Des visages attentifs le scrutaient au premier rang – et, au troisième rang, Ally le fixait avec un air perplexe.

Ben tendit la main.

— Heum, Ally, pourrais-tu venir ici, près de moi ?

Ally regarda l'un et l'autre de ses grands-parents, assis de chaque côté. Comme ils la pressaient d'y aller, elle se leva et rejoignit l'allée.

— Je sais que beaucoup d'entre vous ont rencontré Ally Gilmore ces dernières semaines et ont compris quel atout elle représente pour notre communauté, annonça Ben tandis qu'Ally approchait de la scène. Il me semble que c'est le moins que l'on puisse faire pour l'aider à garder le refuge ouvert.

Ally monta sur la scène et Ben vint à sa rencontre, Partridge se dandinant près de lui.

— Alors, ce soir, nous n'aurons pas seulement notre spectacle de Noël. Le vingt-deuxième spectacle annuel de Noël est désormais le premier spectacle annuel de Noël de Pine Hollow au bénéfice du refuge des Amis à quatre pattes.

Ally se figea en le regardant avec de grands yeux. Il lui prit la main pour l'empêcher de partir, et une vague de rires secoua l'audience.

— Ce soir, grâce à la générosité d'entreprises locales, un certain nombre d'expériences uniques à Pine Hollow seront mises aux enchères sur le site internet de la ville. Nous proposons une soirée entièrement prise en charge par le service traiteur de La Tasse, un gâteau à trois étages, fourni par la pâtisserie Magda, une fête de princesse par Deenie Mitchell, ainsi que des cours particuliers de ski, une année de déneigement, et beaucoup d'autres propositions. Enchérissez vite, et beaucoup, soyez généreux ! Nous souhaitons que le refuge Nos Amis à quatre pattes reste ouvert aussi longtemps que possible, c'est donc la seule fois où personne ne vous reprochera d'être au téléphone pendant le spectacle.

Nouvelle vague de rires.

— Certains donateurs sont ici ce soir pour vous expliquer en quoi consistent les prix. Les enchères s'arrêteront à minuit.

Ben baissa les yeux vers la main d'Ally, qu'il tenait dans la sienne. *Maintenant, le moment ardu.*

Il aurait pu s'arrêter là. Il aurait pu la pousser dans les coulisses et dire le reste en privé, mais, ce soir, il avait quelque chose à prouver. Il savait que toute la ville les regardait, mais il fixa Ally dans les yeux et se gratta nerveusement la gorge, le son résonnant dans le micro qu'il tenait toujours fermement.

— Ces dernières semaines… Il s'arrêta. Je sais que je ne suis pas très facile… Zut.

Il l'avait répété dans sa tête. Mais les mots se mélangeaient.

— Qu'est-ce que tu fabriques ? lui murmura-t-elle.

Elle était si jolie. Ses boucles brunes rassemblées sur le haut de sa tête, comme la première fois qu'elle avait fait irruption à la mairie. Une robe de fête rouge épousait ses formes, mais c'étaient ses yeux qui l'impressionnaient. Deux puits sombres l'observaient avec inquiétude, comme si elle avait peur qu'il la blesse de nouveau – mais il ne voulait plus jamais la blesser.

— Je t'aime, lâcha-t-il dans le micro.

Tout le monde – même Ally – eut le souffle coupé, et les mots coulèrent de la bouche de Ben.

— Grâce à toi, tout ce qui me submerge devient possible parce que je sais que nous pouvons le faire ensemble, mais ce n'est pas pour cela que je te veux dans ma vie mais parce que tu rends les choses plus faciles… Zut, je m'y prends mal… Je veux partager des choses avec toi. Tout. Avec toi. Toi… Moi.

Il se força à inspirer. Son visage semblait gonfler. Un choc anaphylactique pouvait-il arriver sous l'effet de la nervosité ?

— Tout cela est pour toi. Parce que tu as ta place ici, que ce soit avec moi ou pas, mais j'espère bien avec moi. Je suis désolé. Pardonne-moi. Pour tout. Je sais que je ne suis pas une affaire. Je sais que c'est moi qui y gagne et que tu n'as aucune raison…

Il allait s'asphyxier. Il allait s'évanouir de panique. Très digne.

— Ben, chuchota-t-elle, et il se concentra sur son regard.

Son humour chaleureux le recentra.

— Je m'enfonce, dit-il à voix basse. Sauve-moi ?

*

Ally regarda l'homme de ses rêves, tâchant de ne pas rire tandis qu'il bafouillait, torpillant l'instant romantique, mais elle n'aurait pas voulu autre chose. Ben voulait toujours qu'on voie la version posée, la version parfaite. Ses défauts, sa vulnérabilité l'ennuyaient. Mais il les montrait ce soir, à elle et à tous ceux qui l'aimaient.

Elle sentait l'attention de la salle. Les parents de Ben, ses grands-parents, Deenie, Connor, Elinor, la mairesse et sa femme. Toute la ville était là. Et il lui tenait la main, sur la scène, en public. Mais il ne s'était pas arrêté là. Ben ne faisait pas dans la demi-mesure.

Son visage prenait une couleur pourpre inquiétante.

Ally avança d'un pas, se rapprochant de l'homme qu'elle aimait avant qu'il s'effondre devant toute la ville.

— C'est *moi* qui ai de la chance. Je suis folle de toi, Ebenezer West, lui dit-elle, assez proche pour que le micro amplifie ses mots… et tous leurs amis et voisins soupirèrent.

Il sourit et baissa les yeux vers les lèvres d'Ally…

— Oncle Ben !

Le chuchotement venu des coulisses l'arrêta net. Tous deux regardèrent sur le côté où se tenait Astrid, qui agitait un bâton. Ally fronça les sourcils, mais Ben sourit.

— Oui. Désolé. Maintenant.

Il hocha la tête et Astrid avança sur scène en portant un long bâton… avec une boule de gui attachée à l'extrémité. Elle la positionna au-dessus de leurs têtes, en essayant de garder son sérieux.

— J'ai foiré le truc du gui, la dernière fois…

Ben regarda Ally avec un sourire en coin.

— Tu veux bien recommencer ?

Le sourire qui éclairait le visage de la jeune femme était plus éclatant que le spot. Elle avait l'impression de rayonner par tous les pores. Elle agrippa les revers de sa veste, l'attirant vers elle, tandis qu'elle se dressait sur la pointe des pieds.

— Bien sûr.

Ben l'enlaça confortablement contre lui et sourit en entendant les sifflets et les cris d'encouragements du public – parmi lesquels certains émanaient distinctement de Deenie. Ally souriait tellement qu'elle ne savait pas si elle pourrait s'arrêter pour embrasser Ben. Il hésita, son sourire à trois centimètres de sa bouche, et passa lentement la main sur son visage, glissant ses doigts dans ses cheveux, et le reste du monde s'évanouit. Il n'y avait plus que lui, elle et le gui. Ally passa sa langue sur sa lèvre inférieure et Ben se rapprocha.

Elle arrêta de respirer, leurs lèvres se touchèrent, et elle se sentit en paix.

Dans sa tête, le chœur entonna « I'll Be Home for Christmas »… et ce ne fut que quelques instants plus tard, quand Ben releva la tête, qu'elle comprit qu'il chantait pour de bon. Elle était chez elle. Les habitants de Pine Hollow applaudissaient. La mairesse s'écria :

— C'est le meilleur spectacle de Noël qu'on ait jamais eu !

Et Ben ajouta :

— N'oubliez pas les enchères !

Et il l'embrassa de nouveau, alors que résonnait la chanson préférée de sa mère.

Et Ally était d'accord. Le meilleur Noël de tous les temps !

38

— Partridge ?

Un hurlement de joie retentit quand Astrid se jeta dans les bras de son oncle.

— Oh ! Merci, oncle Ben ! Merci, merci, merci ! Tu es le meilleur oncle du monde ! Et Ally !

Astrid quitta Ben pour se précipiter sur Ally.

— Merci beaucoup ! Je sais que c'est grâce à toi !

— Je n'y suis pour rien, protesta Ally. C'est ton oncle.

Mais Astrid ne l'écouta pas, trop excitée et s'en allant déjà à l'autre bout de la pièce.

— Grandma ! Grandpa ! On va avoir un chien !

— Je crois qu'elle aime bien son cadeau, déclara Ally en se lovant près de lui sur le canapé.

Le matin de Noël démarrait bien. Les Gilmore étaient arrivés avant l'aube – ce qui n'était pas très tôt, dans le nord du Vermont, mais il faisait encore noir quand Astrid avait poussé tout le monde dans le salon, s'arrêtant à peine pour saluer Colby, Partridge et Copper dans son excitation.

Astrid avait ouvert ses cadeaux, passant de la joie au ravissement, et inversement… avant de découvrir que son plus grand souhait était réalisé. Partridge allait rester ici.

Ben avait enveloppé une boîte dans laquelle il avait placé un mot disant qu'Astrid pouvait garder Partridge. Cela semblait plus pratique que de placer le bouledogue dans une boîte. Il la regarda enlacer Partridge. Comment résister devant tant de joie ? Il allait avoir du boulot pour l'empêcher d'adopter toute une ménagerie si elle s'amourachait de tous les chiens du refuge – il savait qu'elle continuerait à y faire du volontariat, puisqu'il allait rester ouvert.

Le thème des *Dents de la mer* résonna à point nommé et Ben sortit son portable de sa poche. C'était un e-mail sur la messagerie de la ville qu'il ne redoutait pas.

— Oh oh, gronda Ally en se penchant vers lui. C'est quoi, cette fois ? Une bonne nouvelle pour le matin de Noël, j'espère. Est-ce que le père Noël a endommagé un autre toit ?

— Non, je ne suis pas au courant. Connor vient de m'envoyer le chiffre final des enchères d'hier soir.

Il lui montra l'écran. Ally lut le chiffre en écarquillant les yeux.

— Ben…

— Qu'en dis-tu ? Tu veux rester un peu et t'occuper du refuge ?

Elle croisa son regard, les yeux embués.

— Tu sais que je ne m'en vais nulle part.

Ils en avaient parlé la veille – après qu'il s'était montré en spectacle sur scène, ils s'étaient retirés dans les coulisses et cachés ensemble derrière un rideau.

Ils avaient concocté un plan que ses grands-parents avaient adoré quand ils en avaient discuté en buvant un punch, après le spectacle. L'argent récolté servirait à maintenir le refuge à flot, le temps qu'Ally s'organise pour le transformer en centre d'activités canines. Elle louerait la maison à ses grands-parents pour qu'ils aient les moyens d'emménager aux Domaines. Deenie envisageait même de quitter sa location pour venir vivre avec Ally.

Et peut-être que plus tard… quand Ben aurait terminé ses travaux et qu'avec Ally, ils chercheraient un espace plus grand… Eh bien, il y avait plein d'espace dans la maison des Gilmore. Mais ils verraient plus tard.

La veille, Delia et sa femme, Margaret, leur avaient proposé d'adopter Peanut. Il ne restait donc au refuge que Dolce et ses chiots, mais avec l'argent récolté grâce aux enchères, le refuge serait en mesure d'accueillir de nouveaux chiens abandonnés.

Ally lui avait aussi parlé de son projet de vendre des photos lors du Marché des Fermiers, et il ne doutait pas qu'elle aurait beaucoup de succès. Les photos qu'elle lui avait offertes trônaient sur la bibliothèque à côté de celle de Katie et Paul. Il n'avait pas pensé que des photos feraient une telle différence avant de les voir, mais tout semblait aller un peu mieux. C'était plus chaleureux. Elles auraient été encore plus parfaites si Ally y figurait.

Les photos étaient le plus beau cadeau reçu ce jour-là… quoique la machine à café « de la part d'Astrid », évidemment avec l'aide financière de ses parents, n'en soit pas loin.

Pendant qu'Astrid s'agitait, Ally alla chercher sous le sapin un paquet de la taille d'un livre, avant de revenir près de lui.

— J'ai encore un cadeau pour toi, lui chuchota-t-elle pour ne pas attirer l'attention du reste de la famille.

Ben fronça les sourcils.

— Tu m'as déjà offert les photos. Tu veux ridiculiser mon mug ?

Son cadeau faisait pâle figure en comparaison du sien. Il lui avait offert un mug blanc avec le contour du Vermont en noir et les mots « CHEZ MOI » inscrits dans un cœur. Il avait trouvé ça mignon, et le café les avait réunis, mais c'était avant qu'il découvre les photos encadrées d'Astrid et lui.

— J'adore mon mug, et ce n'est pas une compétition. Et même si c'en était une, c'est toi qui gagnerais, parce que tu as sauvé le refuge.

Elle lui mit le paquet dans les mains.

— Ouvre-le, Scrooge.

Il rit et déchira le papier, mais, quand il l'enleva, son sourire se figea. Il ne comprenait pas. C'était une photo dans un petit cadre, mais il ne voyait pas pourquoi elle avait encadré l'image floue du haut d'un arbre et du bord d'un toit. C'était une erreur. Il la regarda et vit que ses yeux brillaient.

— Tu te souviens quand j'ai pris des photos du square et que j'ai bousculé un Scrooge ronchon et que je lui ai renversé du café dessus ? Mon doigt a appuyé sur le bouton au même instant. *Ça*, dit-elle en montrant le cliché, est l'instant exact de notre rencontre !

Il éclata de rire et l'attira contre lui.

— C'est mon cadeau préféré !

— Moi ou la photo ?

— Devine.

Il la serra contre lui.

Quand, finalement, ils se séparèrent, Ally était toute rouge. Elle s'appuya contre lui et regarda Astrid, qui jouait par terre avec Partridge.

— Maintenant que tu as sauvé le refuge, fait le bonheur d'Astrid en la laissant avoir un chien, réparé le toit du centre communal, et offert aux habitants de Pine Hollow un spectacle de Noël dont ils parleront pendant des années, qu'est-ce que tu vas pouvoir inventer ?

— Faire la sieste ?

Ally haussa les sourcils.

— Alors pas de projet pour te présenter aux élections ?

Il grogna.

— Delia t'a parlé.

— Elle a de bons arguments. Tu serais formidable.

— J'y arrive déjà à peine…

Ally leva les yeux au ciel.

— Quel est l'intérêt d'y arriver ? Je vais t'apprendre à aimer le chaos, Ebenezer !

— Sauver des chiens, spectacle de Noël et tout le reste ?

— Absolument.

Un mois plus tôt, il aurait protesté. Il aurait refusé cette vision du futur de toutes ses forces. Le chaos aurait été un cauchemar, mais maintenant…

Il y avait des bouts de papier cadeau un peu partout. Ally se nicha près de lui. Colby ronflait à leurs pieds tandis que Copper grognait devant un morceau de ruban. Ses parents riaient en écoutant la grand-mère d'Ally raconter une histoire, accompagnée de grands gestes. Un matin de Noël bruyant, en désordre… un matin parfait.

— On verra, grommela-t-il.

Après tout, il avait une réputation de Grincheux à préserver. Il ne pouvait pas céder trop facilement… même s'il avait déjà rempli les papiers pour faire partie du scrutin.

Astrid arriva en sautillant, puis se jeta sous le sapin, à la recherche de cadeaux.

— Maintenant que tu as un chien, je ne t'offrirai plus jamais de cadeaux, d'accord ? la taquina Ben. Je me rappelle avoir entendu que tu ne réclamerais plus jamais rien si tu avais un chien.

— Je ne sais pas, répondit Astrid, assise sur le plancher, en lançant un coup d'œil vers Ally. J'aimerais bien avoir un petit frère.

Ben grogna et Ally éclata de rire.

— Ne t'emballe pas, fillette. Apprécie ce que tu as.

Mais quand Astrid replongea sous le sapin, il regarda Ally, lovée contre lui, qui tournait vers lui ses yeux pleins d'humour. Son cœur se serra… Un bébé n'était pas une mauvaise idée. Encore plus de bazar. Plus de responsabilités…

Mais aussi plus de joie. Plus de rires. Plus de raisons pour que son cœur se gonfle.

Ben sourit, et d'une voix douce dans le creux de l'oreille, il lui murmura :

— Peut-être pour Noël, dans deux ans.

Ally rit mais chercha son regard et, avec un large sourire, répondit :

— Peut-être.

Les choses s'étaient faites au fur et à mesure, mais là, assis chez lui, avec Partridge sur le dos, Colby qui ronflait, ses parents qui riaient, le grand-père d'Ally somnolant dans son fauteuil, et la photo de Paul et Katie leur souriant… là, Noël était presque parfait.

Ben se pencha et embrassa Ally.

Oui, c'était parfait.

Cet ouvrage a été composé par
Fr&co - 61290 Longny-au-Perche

#lisez engagé !
www.lisez.com
Pour plus d'informations:
Imprimé sur du papier issu de forêts gérées durablement.

Imprimé en Espagne par Liberdúplex
en octobre 2023
Nº d'impression : 112390

POCKET – 92, avenue de France, 75013 Paris

S33668/01